玩偶之家
培尔·金特

[挪威] 亨利·易卜生 著

夏理扬 夏志权 译

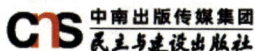

·北京·

Denne oversettelsen er utgitt med støtte fra NORLA
Norwegian Literature Abroad.

本书由NORLA（挪威文学在国外）资助出版。

目 录

译者序 …………………………………… 001

玩偶之家
第一幕 …………………………………… 002
第二幕 …………………………………… 051
第三幕 …………………………………… 092

培尔·金特
第一幕 …………………………………… 134
第二幕 …………………………………… 203
第三幕 …………………………………… 264
第四幕 …………………………………… 309
第五幕 …………………………………… 429

1878年，易卜生在德国慕尼黑。

译者序

《玩偶之家》是挪威剧作家亨利克·易卜生（1828—1906）于1879年发表的一部三幕剧。同年12月，该剧在丹麦的哥本哈根皇家剧院首演。《玩偶之家》是易卜生的代表作，在世界戏剧史上享有极其重要的地位，曾被比做"妇女解放运动的宣言书"。该剧描述了主人公娜拉从爱护丈夫、信赖丈夫到与丈夫决裂的过程，摆脱玩偶地位的自我觉醒过程。该剧因为有这样的结局，在出版之初立刻引起了社会各界的激烈争议。一个多世纪以来，这部著名戏剧在世界各地不断上演，经久不衰。为女权运动的发展起到了极大的推动作用。1918年，在中国，《新青年》甚至还出版了一个"易卜生专号"。"五四"运动期间，易卜生的戏剧被"五四青年"奉为救国的良药——《玩偶之家》尤其被推崇，而其中国化的意义阐释，又直接导致了"五四"时期"所有价值观念的变革"。易卜生以其《玩偶之家》拯救了"五四"新文化运动，同时也造就了中国现代文学创作的空前繁荣。从该剧的第一个中译本发表（1918）至今，已有十几个中译本陆续问世，并多次被搬上舞台。从20世纪20年代起，《玩偶之家》便成为中国话剧舞台上的经典剧目。

《培尔·金特》（1867）是挪威剧作家亨利克·易卜生

（1828—1906）在他39岁时发表的一部五幕诗剧。易卜生一共发表过两部诗剧，另一部是1866年的《布朗德》。两部诗剧都是他在旅居意大利期间所作。1862年，易卜生所在的卑尔根挪威剧院破产。那年夏天，他前往挪威西部采风，搜集挪威民间的神话和童话故事。当时正值挪威的民族浪漫主义运动兴盛期，有不少作家和历史学家从挪威的民间口头文学传统中寻找本民族的文化根源。《培尔·金特》一剧的许多内容都取材于挪威的民间传说。《培尔·金特》一经出版就被抢购一空；出版后的第一个月内就又再版了。然而，剧评家们对该剧的评价并非都是正面的。许多评论家对该剧的体裁和内容提出了质疑。丹麦著名剧评家戈奥格·布朗德斯称这部诗剧"既不美，也不真。"该剧的再版直到1874年才售罄；九年后才在挪威首都克里斯蒂安尼遏剧院首演。埃德华·格里格为首演谱曲。

易卜生在给他的德文翻译路德维格·帕萨格的信中写道："在我所有的作品中，我认为《培尔·金特》对于斯堪的纳维亚国家以外的人来说，是最难懂的。"然而，《培尔·金特》却是易卜生所有作品中上演最频繁的剧本之一，在世界各地久演不衰。但是在国内，《培尔·金特》的演出频率很低，这和它被介绍到中国来的时间较晚有关。与《玩偶之家》介绍早、译本多的特点不同，目前国内的《培尔·金特》译本只有萧乾先生在1981年发表的一个版本。萧老前辈在他的译者前言的最后写道："希望将来有诗人——特别是懂挪威文的诗人，用韵文来译它。"我们此次翻译该作正是为了实现老前辈的愿望，两位翻译中一位是精通古典和现代诗词的诗人，另一位是懂挪威文的易卜生学者。您手中的这个译本是直接从挪威文翻译成中文韵文的诗剧《培尔·金特》。译文一韵到底，多处还译成了绝句和现代抑扬体诗歌。

在国内，由于种种原因，易卜生的作品多年来一直是从英语转译汉语的。这其中发生的错误不胜枚举。就连国内公认的某些翻译大家和老前辈，也难免因转译而无法将易卜生剧作的原意准确传递给读者。这种由转译而造成误译的情况并非中国独有。所以，挪威奥斯陆大学的易卜生中心于2009年成立了一个叫作Ibsen in Translation的项目组，聘请了通晓挪威文等八个语种的翻译者，一同将易卜生后期的十二部戏剧进行重译。我们有幸参与到这个项目中。目前问世的这本《玩偶之家》《培尔·金特》正是我们在参与这个项目时所翻译的，我们使用的原版都是挪威语的初版。翻译期间，翻译成员汇聚一堂，与易卜生戏剧专家共同商讨生僻晦涩的字句，切磋翻译难点。几经修改，这部首次直接从挪威文译成汉语的《玩偶之家》《培尔·金特》终于问世。在此，我们要感谢项目组的全部成员，特别是挪威奥斯陆大学易卜生中心主任弗洛德·赫兰德（Frode Helland）教授、奥斯陆大学汉学家艾皓德（Halvor Eifring）教授、复旦大学北欧文学研究中心孙建教授和南京大学北欧中心何成洲教授对我的帮助。翻译中难免有失误与不妥之处。希望各位读者不吝指正！

附：本书的翻译工作受到挪威外交部所属的一个组织——挪威文学在国外（Norwegian Literature Abroad 简称：NORLA）——的慷慨资助。

玩偶之家

（1879）

［挪威］亨利·易卜生 著

夏理扬 译

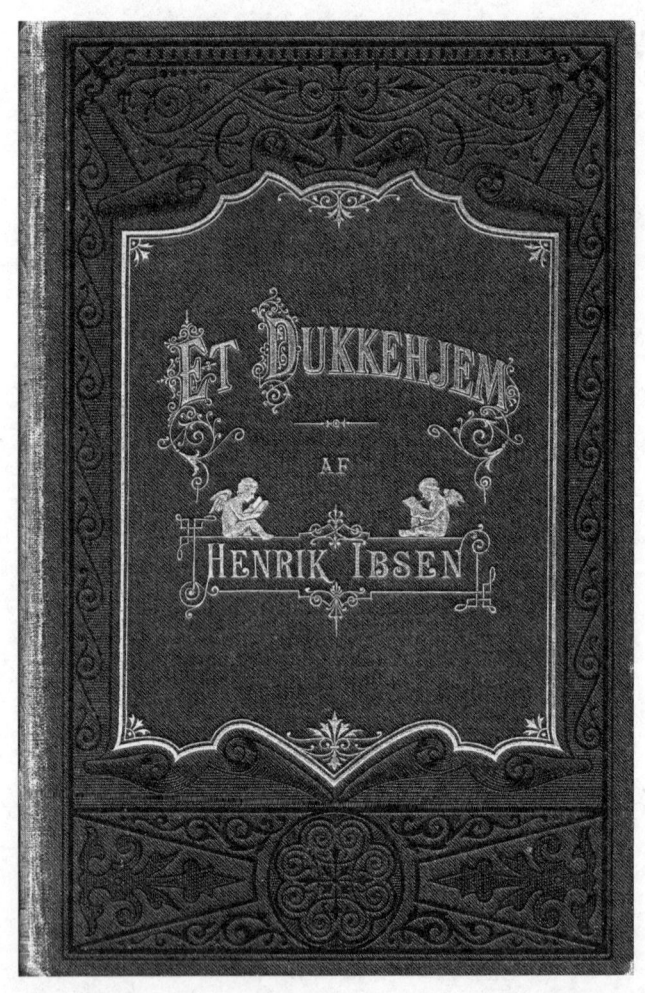

1879年初版封面

手稿标题页

1879年初版内页

人 物 表

托尔瓦·海尔茂,出庭律师
娜拉,他的妻子
阮克医生
琳德太太
克罗格斯塔,事务律师
海尔茂的三个小孩子
安娜玛丽,海尔茂家的保姆
女佣(海莱纳)
一个脚夫

故事发生在海尔茂家中。

第一幕

（一间舒适典雅但不奢华的客厅。右后方的一扇门通向门厅；左后方的一扇门通向海尔茂的书房。两扇门之间置有一架钢琴。左墙中央有一扇门，靠前一些还有一扇窗。窗边有一张圆桌、几把扶手椅和一张小沙发。右墙靠后的地方有一扇门，靠前一些有一座釉砖砌的壁炉，炉前有两把扶手椅和一把摇椅。右门与壁炉之间有一张小桌。各面墙上有几幅铜版画。厅里有一个陈列着陶瓷器具和小工艺品的摆设架；一个摆放着精装书籍的小书橱。地上铺有地毯；壁炉里的火已生好。冬日。）

（门厅门铃响起；过了一会儿能听到门被打开。娜拉称心如意地哼着歌进客厅；她身穿外套，把手里提着的大包小包放在右侧桌上。她身后通向门厅的门开着，望过去可见一个脚夫，他将一棵圣诞树和一个篮子递给为他开门的女佣。）

娜　拉：把圣诞树藏好了，海莱纳。今晚装饰好之前可千万别让孩子们看见。（掏出钱包，问脚夫）多少钱——？

脚　夫：半个克朗。

娜　拉：这是一克朗。不用找了。（脚夫谢过离去。娜拉关门。她一边脱外套，一边继续得意地偷笑）

娜　拉：（从衣袋里掏出一包杏仁饼，吃了两块；然后她小心翼翼地走到她丈夫书房门前偷听）嗯，他在家。（又哼起歌来，走向右侧的桌子）

海尔茂：（在他书房里）是不是小云雀在那儿叽叽喳喳？

娜　拉：（正忙着打开包裹）正是，正是。

海尔茂：是不是小松鼠在那儿翻箱倒柜？

娜　拉：是的！

海尔茂：小松鼠什么时候回的家？

娜　拉：刚到家。（把那包杏仁饼放回口袋，擦擦嘴）出来呀，托尔瓦，来看看我买了些什么东西。

海尔茂：别吵！（过了一会儿；打开房门向外看，手里拿着笔）你是说买东西了？这些全是？我的小金丝雀又出去乱花钱了？

娜　拉：可是，托尔瓦，今年我们手头可以松一松了。毕竟今年的圣诞节我们不必再紧巴巴地过了。

海尔茂：哦，但我们还是不可以浪费。

娜　拉：托尔瓦，我们现在可以稍稍浪费一点了。不是吗？只是那么一丁点儿。你现在收入大增，会赚好多好多钱呢。

海尔茂：是呀，从元旦开始；而且要等第一季度过完了才能拿到工资。

娜　　拉：咻；我们可以先借钱花啊。

海尔茂：娜拉！（向她走去，开玩笑地拉着她耳朵）是不是又轻骨头了？就说我今天向人借了一千克朗，你呢，在圣诞假期的一个星期里就把钱挥霍光了，然后到了除夕，屋顶上的砖头砸到我头上把我打趴——

娜　　拉：（用手遮住他的嘴巴）呸，不许说这么难听的话。

海尔茂：可是，这种事情若是真的发生了，——那怎么办？

娜　　拉：如果真遇上这么倒楣的事情，那么我欠不欠债也都一样了。

海尔茂：可是，那些债主呢？

娜　　拉：他们？谁管得了他们呀！都是些陌生人。

海尔茂：娜拉呀，娜拉，你真是个女人！可是说真的，娜拉，我对这种事情的看法，你是知道的。不借钱！不欠债！一个建立在债务上的家庭，是不自由的、不美满的。我们两人一起坚持到了现在；最后关头我们还是要守住。

娜　　拉：（走向壁炉）好吧，好吧，托尔瓦，随你的便吧。

海尔茂：（跟着她）好了，好了，小云雀可不能这样耷拉着翅膀。你说呢？小松鼠是不是不高兴了？（把钱包掏出来）娜拉，你说我手里是什么？

娜　拉：（迅速转身）是钱！

海尔茂：你瞧。（给她几张钞票）我的天呀，我当然知道，圣诞节的时候家里总是需要很多东西的。

娜　拉：（数钱）十、二十、三十、四十。哦，托尔瓦，谢谢，谢谢！这可够用一阵子的。

海尔茂：没错，你可得用上它一阵子。

娜　拉：当然，当然。你过来，给你看我都买了些什么。都是很便宜的东西！瞧，这些是给伊瓦尔的新衣服——还有一把剑。这是给鲍勃的马和喇叭。这是给艾米的娃娃和娃娃床，做工很一般，反正她玩一阵子就会弄坏的。还有给佣人们的裙子和围巾；我本该给老保姆安娜玛丽再多买些的。

海尔茂：这个包裹里是什么？

娜　拉：（尖叫）不行，托尔瓦，这个你今晚才能看！

海尔茂：好吧。你这个小败家精，告诉我，你想要点什么？

娜　拉：哦，我啊？我什么都不想要。

海尔茂：这可不行，说吧，你最想要什么？——只要是合理的都可以。

娜　拉：我真的想不出要什么。哦，对了，托尔瓦——

海尔茂：怎么？

娜　拉：（摸着他的扣子，却不看着他）你若是想给我点什么，那你就——；你就——

海尔茂：哎呀，你快说呀！

娜　拉：（快速地说）你就给我钱吧，托尔瓦。你觉得手头能省下多少就给多少吧；过几天我会用这钱去买些东西。

海尔茂：可是，娜拉——

娜　拉：就这么办吧，亲爱的托尔瓦——我求你了。我会把钱包在一张金色的纸里，挂在圣诞树上。这样是不是很好玩？

海尔茂：那些鸟儿叫什么来着？——就是那些光会花钱的鸟儿！

娜　拉：知道了，知道了，那叫金丝雀！我清楚得很！可是，托尔瓦，咱们就按我说的办——我会仔细地计划，只把钱用在我最需要的东西上。这样是不是很合理呢？是不是嘛？

海尔茂：（微笑着）是。只要你真的能够守住这些我给你的钱，而且真的用它去给你自己买些东西。可是你又要拿这钱去给家里添东西，或者买些乱七八糟无用的东西来，然后又要我再给你钱。

娜　拉：可是,托尔瓦——

海尔茂：你可别顶嘴,我的小娜拉。(用手臂挽住她的腰)金丝雀确实可爱,但它用钱太多。真没想到,一个男人要养一只金丝雀竟会这么贵!

娜　拉：呸!你怎么可以说这样的话?我可是竭尽全力、能省则省的。

海尔茂：(大笑)没错,这话你说对了。能省则省!可是你根本不能啊!

娜　拉：(一边哼哼、一边得意地微笑着)唔,托尔瓦,你要晓得,我们这些云雀和松鼠的开销有多大呢!

海尔茂：你这个诡异的小东西。真是和你父亲一个样。你总是想尽办法弄到钱;一旦钱到手了,就又从你指间流光;你从来都不知道钱去哪里了。当然,我知道你天生就是这个样子,家传的!就是,就是,娜拉,这个是会遗传的。

娜　拉：唉,我倒是希望自己能传到爸爸的许多才能。

海尔茂：我可不想你变成别的样子,我就要你现在这个样子,——我可爱的小云雀。不过,有件事我有点纳闷:你看上去怎么——怎么——我说什么好呢——怎么这么神秘兮兮的?

娜　拉：是吗?

海尔茂：就是啊。你看着我。

娜　拉：（看着他）看出什么来了吗？

海尔茂：（指着她）爱吃甜食的家伙今天在城里该不会是贪嘴了吧？

娜　拉：没有！你怎么会这样想？

海尔茂：爱吃甜食的家伙真的没有绕道去甜品店里逛一圈？

娜　拉：没有，托尔瓦，我向你保证——

海尔茂：连一点儿果酱都没沾？

娜　拉：没有，绝对没有。

海尔茂：连一两块杏仁饼干都没尝尝？

娜　拉：没有！托尔瓦，我真的向你保证——

海尔茂：好吧，好吧，好吧；我只是和你开玩笑罢了——

娜　拉：（走向右侧的桌子）你反对的事我不会去做的。

海尔茂：当然，我知道的；你都向我保证过了——。（走到她那里）好吧，我的好娜拉，你就守着你那些圣诞小秘密吧。反正今天晚上，圣诞树上的灯点亮的时候，你的秘密就会揭晓的。

娜　拉：你有没有记得邀请阮克医生？

海尔茂：我忘记了。不过没必要去请他；他肯定会来和我们吃晚饭的。再说，他今天上午来的时候，我可以邀请他。我已订了好酒。娜拉，你真不知道我是多么期待今天晚上！

娜　拉：我也是！孩子们也会特别高兴，托尔瓦！

海尔茂：哎，一想到我得了这么个稳定牢靠的职位，不用为生计发愁，就让我开心啊！你说这是不是件大好事？

娜　拉：哦，真是件美妙的大好事！

海尔茂：你还记得去年圣诞节吗？你在节前的整整三个星期，每天晚上都把自己关在屋里，做圣诞树上的花和别的装饰品，——一直做到深更半夜，——就是为了给我们一个惊喜。哎哟，那是我觉得最最无聊的时候了。

娜　拉：我可一点都没觉得无聊！

海尔茂：（微笑着）可是娜拉，最后还是显得太寒酸了。

娜　拉：嗨，你又拿这来取笑我！那只猫进来搞破坏，把东西全都扯破了，我有什么办法？

海尔茂：你当然没办法，我可怜的小娜拉。你是一心要让我们高兴，这才是最重要的。所幸的是，那种拮据的日子已经过去了。

娜　拉：是啊，这真是件美妙的大好事！

海尔茂：现在我不用再一个人无聊地坐着；你也不用再那

么辛苦地干活,伤了你美丽的眼睛和白嫩纤细的双手——

娜　拉:(拍手)对啊,托尔瓦,我们不用再那样了!这话听起来真美妙!(挽住他的手臂)托尔瓦,我告诉你,我觉得我们应该这样过日子。圣诞节一过完,我们就——(门厅铃声响起)哦,门铃响了。(把客厅稍微整理一下)一定是有人来了。真是累人啊。

海尔茂:如果是一般访客,就说我不在家;记住了!

女　佣:(在前门口)太太,是一位女客,我不认识——

娜　拉:哦,请她进来。

女　佣:(对海尔茂说)医生也已经来了。

海尔茂:他是不是到我书房里去了?

女　佣:是的,他进去了。(海尔茂到自己的房间里去。女佣将身穿旅行装的琳德太太领进了客厅,随后将门关上。)

琳德太太:(羞怯,且稍有犹豫地)你好,娜拉。

娜　拉:(不确定地)你好——

琳德太太:你大概认不出我了吧。

娜　拉:这,我倒是——;等等,我想起来了——(突然间)天啊!克里斯蒂纳!真的是你吗?

琳德太太:是的,就是我。

娜　　拉：克里斯蒂纳！我居然没认出你来！我怎么就——。（语气平静下来）你真是大变样了，克里斯蒂纳！

林德太太：是啊，我确实变了。整整九年——不，十年了——

娜　　拉：我们已经那么久没见面了吗？对啊，真的是那么久了。我嘛，过去八年的日子过得还挺开心。这大冬天的，你怎么大老远地跑到城里来了？真是勇敢啊！

林德太太：我是今早坐轮船刚到的。

娜　　拉：那一定是来过圣诞节的。真是太好了！我们一定要好好地过圣诞节！来，把外套脱了。你没冻坏吧？（帮她）来吧，我们舒舒服服地坐在火炉旁。不对，还是坐在那张扶手椅里！我就坐在这张摇椅里。（抓着她的双手）嗯，现在你的面孔又和以前一样了；刚才乍一看只觉得——。克里斯蒂纳，你脸色有点苍白，——好像还变瘦了些。

林德太太：还变老了，娜拉，老了许多。

娜　　拉：嗯，可能是老了点；一点点而已；根本不是许多。（突然停下，严肃地）唉，我这个没头脑的，竟在这儿说瞎话！我的好克里斯蒂纳，你能原谅我吗？

林德太太：娜拉，你这话怎讲？

娜　　拉：（轻声地）可怜的克里斯蒂纳，你守着寡呢。

林德太太：是，三年了。

娜　拉：我知道，我在报上看到的。唉，克里斯蒂纳，你要相信我，那时候我一直想着给你写信，可总是没能写成，总有别的事情要处理。

琳德太太：亲爱的娜拉，我能理解。

娜　拉：不，克里斯蒂纳，我做的太差劲了。唉，你这可怜的人，你一定受了不少苦。——他也没有给你留下什么吧？

琳德太太：没有。

娜　拉：也没孩子吗？

琳德太太：没有。

娜　拉：真就什么都没有？

琳德太太：没有，连一点悲伤和想念都没有。

娜　拉：（怀疑地看着她）可是，克里斯蒂纳，这怎么会呢？

琳德太太：（沉重地笑着，用手将头发）唉，娜拉，有时候就是这样的。

娜　拉：这么孤单啊。你的日子一定不好过。我有三个可爱的孩子。你现在还见不到他们，——他们和保姆一起在外面。那么，现在你就和我说说你的所有事情——

琳德太太：不，不，不，还是你来说说你的事。

娜　　拉：不，你先说。我今天不要做自私的人。今天我只关心你的事情。可是有一件事情我必须告诉你。你知不知道，我们最近遇到了一件大好事？

琳德太太：不知道，是什么好事？

娜　　拉：我的丈夫要做商业银行的主管了！

琳德太太：你的丈夫吗？哦，真是太幸运了——！

娜　　拉：是啊，非常幸运！律师这行档不稳定，尤其是对那些不愿意做任何不检点事情的人来说。托尔瓦自然不愿意做那样的事情；这我也是完全赞同的。你可以想像吧，我们有多高兴！他过了新年就要去银行干了，这一来他的薪水会大涨，还有很高的提成。今后我们可以过得和从前不同了，——想怎样就怎样。哦，克里斯蒂纳，我真是心花怒放啊！能有许多钱，不用再担心，真是太棒了！你说对不对？

琳德太太：对啊，至少够用了，那就很好。

娜　　拉：不是的，不只是够用，而是有很多很多的钱！

琳德太太：（微笑）娜拉呀，娜拉，你还是那么不算计吗？我们读书那会儿，你就是个顶会花钱的孩子。

娜　　拉：（轻声笑）是啊，托尔瓦还是那样说我。（用手指点点戳戳）可是"娜拉呀，娜拉"并不是你想的那么不讲道理。——唉，说实话，我们到现在都没有什么钱可以让我出手阔绰的。我们两个都得工作挣钱。

琳德太太：你也要工作吗？

娜　　拉：是啊，我做些手工活儿，钩针刺绣什么的；（口气随便地）还有些别的活儿。我们结婚那会儿，托尔瓦刚辞了政府部门的工作，这你是知道的吧？他的岗位没有晋升的希望，而他又需要比以前挣更多的钱。结婚第一年他没日没夜地工作，接了各种各样额外的活儿来做。可是他经不住那样工作，生重病倒下了。医生们说他必须到南方去养病。

琳德太太：对，你们不是在意大利住了整整一年吗？

娜　　拉：是的。出去一趟不容易啊。那时伊瓦尔刚出生。可是我们非走不可。噢，那趟旅行真是美妙无比。而且还救了托尔瓦的命。可是，克里斯蒂纳，那趟旅行花了我们许多钱。

琳德太太：这我能想像得出。

娜　　拉：我们花了四千八百克朗。这可是好多钱啊。

琳德太太：是啊，在那种情况下，你们有这个能力总算是幸运的。

娜　　拉：嗯，我告诉你吧，这钱是爸爸给的。

琳德太太：噢，原来如此。你父亲好像就是在那时候过世的。

娜　　拉：是的，克里斯蒂纳，就是在那时候。你想想，我没能去照顾他。我在这里一天天等待伊瓦尔出生。我可怜的托尔瓦那时又病重，需要我照顾。我亲爱的好爸爸呀！我再也没能见到他！啊，这是我婚后经历的最沉痛的事情。

琳德太太：我知道，你是很爱他的。那后来你们就去了意大利了？

娜　拉：是的，那时我们钱也有了，医生又催我们赶快去南方。所以我们一个月后就动身了。

琳德太太：你的丈夫回来的时候身体恢复了吗？

娜　拉：恢复得生龙活虎似的！

琳德太太：那么——那位医生怎么——？

娜　拉：什么医生？

琳德太太：我听佣人提到一位医生，就是和我同时来的那位先生。

娜　拉：噢，那是阮克医生；他不是来出诊的。他是我们的挚交，每天至少来这儿一次。托尔瓦从南方回来以后就再也没生过病。孩子们也健健康康的，我也是。（跳起来拍着手）噢，我的克里斯蒂纳啊，能够活着，而且快乐地活着，——是一件多么美妙的好事情啊！——哎呀，我真是太不像话了——；我只顾着说我自己的事了。（在克里斯蒂纳边上的一个搁脚凳上坐下，将手臂放在克里斯蒂纳的膝盖上）你可别生我的气啊！——告诉我，你是不是真的不喜欢你的丈夫？那你为什么嫁给他呢？

琳德太太：那时我母亲还活着，但是整日躺在病床上，无可奈何。我还有两个弟弟要照顾。我那时觉得不应该回绝他的求婚。

娜　　拉：没错，没错，你做得对。那时他还挺有钱的吧？

琳德太太：他那时好像是挺富裕的。可是他的生意不稳定，娜拉。他一死，生意就全垮了，什么也没留下。

娜　　拉：那后来呢——？

琳德太太：后来我不得不靠经营小店和一所小学堂维持生计，别的无论有什么能做的我都去做。过去的三年，对我来说就像是无休止地工作了漫长的一天。不过，娜拉，现在好了。我可怜的母亲不再需要我了，因为她已经走了。弟弟们也不再需要我了——他们都踏上了工作岗位，能照顾自己了。

娜　　拉：那你一定感觉轻松不少——

琳德太太：不，娜拉；我只感到说不出的空虚。生活再也没有奔头了。（不安地站起来）所以我在那偏僻的小地方再也待不下去了。在这里找事做一定会容易些，这样我可以一门心思去做事，不必再胡思乱想了。要是我能找到一份固定工作该多好，比如办公室职员之类的工作——

娜　　拉：哦，可是，克里斯蒂纳，这种工作很累的；你看上去都已经够累的了。你应当去浴场放松放松，那会对你更好。

琳德太太：（向窗口走去）我没有一位可以给我报销差旅费的父亲，娜拉。

娜　　拉：（起身）哦，你可不要生我的气！

琳德太太：（走向娜拉）亲爱的娜拉，你不要生我的气才对。处在我这种境地的人，心里总有许多牢骚。没人需要我照顾，而我却还要努力地谋生计。人总要活下去，于是就变得自私了。你刚才告诉我你们生活大有好转的时候，——你相信吗？——我倒是更为我自己高兴。

娜　　拉：怎么会？哦，我明白你的意思了。你是说，托尔瓦或许可以帮上你的忙。

琳德太太：是的，我就是这个意思。

娜　　拉：他会的，克里斯蒂纳。这事就交给我吧；我会很巧妙很巧妙地做好铺垫，——找个法子让他心情大好。嗯，我太想帮你这个忙了。

琳德太太：你真好，娜拉，对我的事这么上心，——尤其是你这样没受过什么苦的人，能这样做真是加倍地好！

娜　　拉：我这样——？我没受过——？

琳德太太：（微笑着）噢，天啊，就那点小手工活儿之类的工作——。你还是没长大，娜拉。

娜　　拉：（头一甩，踱步）你不该这样居高临下地对我说话。

琳德太太：怎么了？

娜　　拉：你和别人一样。你们都认为我做不了什么大事情——

琳德太太：好了，好了——

娜　　拉：——你们以为我在这烦恼世界里没遇到过什么困难。

琳德太太：亲爱的娜拉，你不是都已经把你所有的困难告诉我了吗？

娜　　拉：咻，——那些小事情！（轻声说）有桩大事我还没告诉你呢！

琳德太太：哪桩大事？你说什么呀？

娜　　拉：克里斯蒂纳，你很瞧不起我；但你不该这样。你为了你的母亲辛苦拼命地工作那么多年，你觉得很自豪。

琳德太太：我绝对没有瞧不起任何人！但你说的没错：我一想起我能在母亲最后的日子里让她过得没有后顾之忧，我就感到自豪、感到高兴。

娜　　拉：还有你为你弟弟们做的事情，也让你感到自豪。

琳德太太：我觉得这合情合理。

娜　　拉：我同意。可是你听好了，克里斯蒂纳。我也做过让我感到自豪和高兴的事情。

琳德太太：这我一点都不怀疑。不过你说的是什么事情呢？

娜　　拉：轻点儿！要是让托尔瓦听到可不行！他绝对不可

以——；没人可以知道这件事，克里斯蒂纳，我只告诉你。

琳德太太：究竟是什么事呀？

娜　拉：你过来。（把她拉到自己身边的沙发上坐下来）你听好了，——我也做过让我感到自豪和高兴的事情。是我，救了托尔瓦的命。

琳德太太：救命——？怎么救的？

娜　拉：我告诉你我们去了意大利，对不对？托尔瓦要是不去南方，就没救了——

琳德太太：对啊，你父亲给了你们旅行所需要的钱——

娜　拉：（微笑）对，托尔瓦和其他人都是这么以为的，可是——

琳德太太：可是——？

娜　拉：爸爸一个子儿也没给我们。是我去弄到的那些钱。

琳德太太：是你？那么一大笔都是你弄到的？

娜　拉：四千八百克朗。怎么样？

琳德太太：可是，娜拉，这怎么可能？你是不是中了彩票？

娜　拉：（作鄙视状）彩票？（吹气，不屑一顾）中彩票

19

有什么了不起的?

琳德太太:那你是从哪里弄来的钱?

娜　拉:(哼哼,神秘地微笑着)唔,啦啦啦啦!

琳德太太:借钱你肯定是不行的。

娜　拉:哦?为什么不行?

琳德太太:因为妻子没有丈夫的同意,是不能借钱的。

娜　拉:(甩头)哦,如果这个妻子有一点做生意的头脑,——又能做事圆通,那就——

琳德太太:可是,娜拉,我还是不明白——

娜　拉:你不需要明白。我从来没说过这钱是我借来的。我有别的渠道可以弄到钱呀。(向后靠在沙发上)我完全可以从一个仰慕我的人那儿弄到钱。像我这样有魅力的人——

琳德太太:你真是疯了!

娜　拉:克里斯蒂纳,你现在一定特别想知道是怎么一回事吧?

琳德太太:亲爱的娜拉,你听我说,——你是不是贸然行事了?

娜　拉:(又坐起身来)救我丈夫的命算贸然行事吗?

琳德太太：我说你贸然行事是因为你不经他同意就——

娜　　拉：可是他不能知道这事！天啊，你就不明白吗？他连自己病得有多重都不可以知道。医生们来找的是我，说他病入膏肓了；他们说除了去南方休养，没别的法子能救他。你以为我没试过别的方法来劝诱他吗？我跟他说，我是多么地向往和别的少妇一样去外国旅行；我哭过，也求过；我请他想想我当时的处境，请他务必成全我；我还暗示他可以借钱让我们旅行。可是他却差点和我发火，克里斯蒂纳！他说我轻浮，还说他作为丈夫有责任不纵容我轻率和任性的行为——他好像就是这么说的。好，好，我想，反正你的命我是必定要救的；于是我就想了个办法。

琳德太太：你的丈夫没从你父亲那里得知，钱不是他给的？

娜　　拉：没有，从来没有。爸爸就是那时候去世的。我本来想告诉他这件事，求他保守秘密。可他那时病得很重——所以也就没有必要告诉他了。

琳德太太：那你也没向你丈夫坦白过这事？

娜　　拉：没有，我的天，这话亏你问得出！他在这种事情上极其严格！而且，托尔瓦是个自尊心很强的男人，——要是他知道欠了我什么，该感到多大的尴尬和羞辱啊！那样我们的关系就会受到影响，我们的家也不会像现在这样美满幸福了。

琳德太太：你准备永远都不告诉他吗？

娜　　拉：（想了想，半笑不笑地）也许多年后的某一天，我会告诉他，——那时我不再像现在这么漂亮了。你不要笑我!我当然是说,当托尔瓦不再像现在这样喜欢我,当他不再爱看我为他跳舞和化装演戏了。我得为那时候留一手——(中止话语)胡说,胡说,胡说!那时候永远都不会到来。——好了,克里斯蒂纳,你觉得我这个大秘密怎么样?我是不是也能做出点事情来?——我还告诉你啊,这件事没让我少操心。按时按量完成我的任务可真不是件容易的事。我告诉你啊,在商业圈里有个叫作季度利率的东西,还有个叫做本金的东西,——这些个东西要偿还总是费力得不得了。所以我不得不这里克点儿、那里扣点儿,哪里能省就省点儿。持家的费用,我是省不下来的,——因为托尔瓦的生活不能打折扣。孩子们么,我也不能让他们穿不好的;所以在他们身上用的钱我一分也扣不得。他们真是可爱的好孩子啊!

琳德太太:那么可怜的娜拉,只有从你自己的生活费里扣了?

娜　拉:当然了。这件事情毕竟是我的主意。托尔瓦每次给我钱买新裙子之类的东西,我都最多用一半;我一直都买那些样式最简单、价格最便宜的东西。幸好我穿什么都好看,所以也没引起托尔瓦的注意。可是,克里斯蒂纳,有好多次我都感觉挺郁闷的;能穿得漂漂亮亮的该有多好,你说是不是?

琳德太太:噢,那是当然。

娜　拉:噢,我也有过别的收入。去年冬天,我运气好,接到了一大堆抄写的活儿。我每天晚上把自己关在房间里,坐在那儿抄呀抄呀,一直抄到半夜。唉,我常常感觉好累、好累。可是坐在那里工作挣钱,倒也十分有趣。我几乎就像个男人一样。

琳德太太:那你这样下来偿还了多少呢?

娜　拉：嗯，这我说不准。你瞧，这种商业上的事情，很难算得清楚。我只知道，我能攒下来的钱都拿去还了。很多时候我感觉真迷茫。（微笑着）那时我就在这儿坐下来，想像有一个仰慕我的有钱的老先生——

琳德太太：什么？那个老先生是谁呀？

娜　拉：哎呀，没有谁！——他去世的时候，人们打开他的遗嘱，里面有一行大字写着："马上把我所有的钱都转给那位亲爱的娜拉海尔茂太太。"

琳德太太：亲爱的娜拉，——你说的是哪位先生啊？

娜　拉：天啊，你怎么就不明白呢？根本没有什么老先生；这只不过是我走投无路、弄不到钱的时候，坐在这里一遍又一遍想象着的事情。反正现在有没有这样的人都无所谓了，我才不管那个没趣的老头儿呢；我既不在乎他，也不在乎他的遗嘱，因为现在我是无忧无虑了。（跳起来）啊，克里斯蒂纳，想起来就高兴啊，——无忧无虑！能够无忧无虑、十分地无忧无虑；能够和孩子们尽情地玩耍嬉闹；能够按照托尔瓦的意思把家里布置得漂亮精致！春天马上就要来临，蓝天万里无云。或许我们会去旅行一下。或许我又能看到大海。噢，是的，是的，快快乐乐地活着真是一件美妙的大好事！（门厅铃响。）

琳德太太：（起身）门铃响了；我还是走吧。

娜　拉：不，你别走；肯定不是什么重要的人；准是来找托尔瓦的——

女　佣：（在门厅门口）对不起，太太，——这里有位先生，要找海尔茂律师——

娜　拉：你是说海尔茂银行主管。

女　佣：是，银行主管。可我不知道该——医生还在里面呢——

娜　拉：那位先生是谁？
事务律师克罗格斯塔：（在门厅门口）是我，太太。（琳德太太吃了一惊，慌忙转身对着窗。）

娜　拉：（向他走近一步，焦虑地，轻声说）是您？什么事？您要与我丈夫说什么事？

克罗格斯塔：算是银行的事吧。我在商业银行有个小职位，我听说您的丈夫要做我们的主管了——

娜　拉：这么说是——

克罗格斯塔：只是无聊的公事，太太；没什么别的。

娜　拉：噢，那请您到书房里去。（心不在焉地行礼致意，一边把门厅的门关上。接着她走去弄壁炉。）

琳德太太：娜拉，——那个男人是谁？

娜　拉：那是一位事务律师，叫克罗格斯塔。

琳德太太：这么说真的是他。

娜　拉：你认识那个人？

琳德太太：我以前认识他——那是好几年前了。他那时候在我们镇上的律师事务所里做事。

娜　拉：没错，他是在那做过。

琳德太太：他变了不少啊。

娜　拉：他的婚姻很不幸福。

琳德太太：他太太去世了吧？

娜　拉：嗯，留下了许多孩子。瞧，现在烧起来了。（她关起壁炉的门，把摇椅往边上挪了点。）

琳德太太：他是不是各种生意都做？

娜　拉：怎么？大概是吧，我不知道——。我们别再想生意的事情了；真是无聊。（阮克医生从海尔茂书房出来。）

阮克医生：（还在门口）不了，不了，我就不妨碍你的事了。我还是进去找你的太太聊聊。（关门；注意到琳德太太）噢，对不起，我在这里也碍手碍脚的。

娜　拉：哪有的事！（介绍客人）这位是阮克医生。这位是琳德太太。

阮　克：哎呀，您的名字在这个家里经常能听到。我进来的时候，好像在外面台阶上与太太您擦肩而过。

琳德太太：是的，我爬台阶特别慢；吃不消。

阮　　克：噢，您身体不太好吧？

琳德太太：其实就是太疲劳了。

阮　　克：没别的吗？怪不得您到城里来，——是来散心的吧？

琳德太太：我是来这里找工作的。

阮　　克：难道这可以帮您解除疲劳吗？

琳德太太：医生先生，人总得活下去啊。

阮　　克：对，大多数人都同意这说法。

娜　　拉：阮克医生，——您不是也想活下去吗？

阮　　克：我当然想了。虽然我过得很痛苦，我还是情愿痛苦地活下去，越长久越好。我的病人们也都是这样。那些个道德上生病的人也是。现在海尔茂的书房里就有一个这样的道德病人——

琳德太太：（轻声地）啊！

娜　　拉：您在说谁？

阮　　克：噢，有个叫克罗格斯塔的律师，你不认识的。他已经病到根子里了，太太。但他却还一上来就讲自己必须活下去，而且这对他来讲有多重要。

娜　拉：噢？他要和托尔瓦谈什么事情？

阮　克：我真不知道。我只听到好像是关于商业银行的事。

娜　拉：我不知道克罗格——这位律师克罗格斯塔原来还和商业银行有关。

阮　克：可不是嘛，他在那里得了个什么职位。（对着琳德太太）我不知道在您那地方是不是也有这么一种人——他们到处搜寻道德腐败的人，一旦找到，就把他们安排到某个好的岗位上，对他们进行密切观察。而那些道德健康的人则被拒之门外。

琳德太太：但那些病人确实是最需要被安顿好的。

阮　克：（耸肩）哈，说到点子上了！正是这种观念，才让我们的社会变成了一所医院。（娜拉沉浸在自己的思绪里，突然大声笑起来，拍着手。）

阮　克：您为什么觉得这好笑？您知道社会到底是什么吗？

娜　拉：我才不在乎什么无聊的社会呢！我笑的是别的事，——极其好笑的事。——阮克医生，您告诉我，——商业银行所有的员工现在是不是都归托尔瓦管理？

阮　克：您是觉得这件事极其好笑吗？

娜　拉：（微笑，哼哼着）别管我！别管我！（来回走着）一想到我们——一想到托尔瓦能对这么多人有那么大的影响，我就觉得极其好笑。（从口袋里取出一包东西）阮克医生，你要不要来一小块杏仁饼干？

阮　　克：哟，哟，杏仁饼干啊。我以为这东西在这儿是禁品呢！

娜　　拉：没错，但这些是克里斯蒂纳给我的。

琳德太太：什么？我——？

娜　　拉：没事，没事；你别怕。你又不知道托尔瓦把这东西给禁掉了。他怕我吃了这些会有难看的牙齿。不管了，——就这一次——！对不对，阮克医生？请吃！（把一块杏仁饼干放到他嘴里）还有你，克里斯蒂纳。我也来一块，就一小块——最多两块。（又开始来回走）我真是太开心了。现在只有一件事情是我最最想做的。

阮　　克：噢？什么事？

娜　　拉：我有句话憋不住，太想要说出来，让托尔瓦听到。

阮　　克：那您为什么不能说出来呢？

娜　　拉：我不敢，是脏话。

琳德太太：脏话？

阮　　克：噢，那还是不说为妙。但对我们您尽可以——。到底是什么话，您那么想讲出来让托尔瓦听到？

娜　拉：我特别想要讲：去他妈的。

阮　克：您这是疯了吗？

琳德太太：我的天啊，娜拉——！

阮　克：您讲吧，他来了。

娜　拉：（把杏仁饼干藏起来）嘘！嘘！嘘！（海尔茂从书房里走出来，手臂上挂着外套，手里拿着帽子。）

娜　拉：（迎上去）亲爱的托尔瓦，你把他打发走了吗？

海尔茂：嗯，他刚走。

娜　拉：我来给你们介绍——：这位是克里斯蒂纳，她刚到城里来。

海尔茂：克里斯蒂纳——？对不起，您是——

娜　拉：亲爱的托尔瓦，她是琳德太太，克里斯蒂纳琳德太太。

海尔茂：噢，原来如此。您一定是我太太小时候的朋友吧？

琳德太太：是的，我们认识很久了。

娜　拉：你相信吗，她大老远地跑到这里来就是为了和你说话。

海尔茂：这话怎讲？

琳德太太：这，其实不是的——

娜　拉：克里斯蒂纳干职员这一行最行了，而且她非常想在一位有经验的男人的领导下工作，可以学到更多东西——

海尔茂：这想法很有道理，太太。

娜　拉：她听说你要做银行主管了——是电报上说的——她就马上出发到这里来了——。托尔瓦，你说呢？你一定可以看在我面上帮一下克里斯蒂纳的，对不对？

海尔茂：唔，这事倒也不是不可能。太太，您丈夫大概不在了吧？

琳德太太：是的。

海尔茂：您有做职员的工作经验？

琳德太太：有，我有丰富的经验。

海尔茂：那我很有可能帮您物色到一个职位——

娜　拉：（拍手）你瞧！你瞧！

海尔茂：太太，您来得真巧啊——

琳德太太：哦，我该怎么感谢您呢——？

海尔茂：不用谢我。（穿上外套）还请您原谅我要失陪了——

阮　克：等等，我和你一起走。（去门口取他的貂皮大衣，在壁炉前将其烘烤加热）

娜　拉：亲爱的托尔瓦，早点回来！

海尔茂：顶多一个小时。

娜　拉：克里斯蒂纳，你也要走吗？

琳德太太：（穿上外套）是的，我得去找一间旅馆。

海尔茂：那我们或许可以一起走一段路。

娜　拉：（帮她）真是的，我们这里太小了，真的是没地方——

琳德太太：哎，你这么客气干什么！再见了，亲爱的娜拉，感谢你所做的一切。

娜　拉：再会！唔，今晚你一定要来。还有您，阮克医生。什么？只要您吃得消？您当然会吃得消；您只需穿得暖和点儿。（众人在门口交谈。门外台阶上传来孩子们的声音。）

娜　拉：他们来了！他们来了！（她跑去开门。保姆安娜玛丽和孩子们一起进来。）

娜　拉：进来，进来！（弯下身亲孩子们）哦，你们这些可爱乖巧的——！克里斯蒂纳，你看到了吗？他们是不是很可爱？

阮　　克：我们别站在风口闲聊了！

海尔茂：来吧，琳德太太；除了做母亲的，没人能受得了这冷风！（阮克医生、海尔茂和琳德太太走下台阶。保姆和孩子一起进了客厅。娜拉关上门厅的门，也进了客厅。）

娜　　拉：你们看起来真是精神抖擞啊。哦，还有红红的脸颊！像苹果和玫瑰一样。（接下去的谈话中，孩子们有回应）你们玩得开心吗？太棒了！哦，是吗，你推着艾米和鲍勃坐雪橇了？什么，两个同时坐的？哇，你太厉害了，伊瓦尔。哦，让我抱抱她，安娜玛丽。我可爱的小娃娃！（从保姆怀中接过最小的孩子，抱着她跳舞）好的，好的，妈妈也和鲍勃一起跳舞。什么？你们打雪仗了？哦，我真想和你们一起玩呀！不用了，安娜玛丽，我要自己来帮他们脱衣服。让我来吧。这真好玩。你进去吧，你看上去冻坏了。炉子上有给你准备的热咖啡。（保姆走进左侧的房间。娜拉将孩子们的外套脱下，随手乱扔。孩子们说着话。）

娜　　拉：是吗？有条大狗追你们了？它没咬你们吧？不，狗不咬可爱的小娃娃。伊瓦尔，别拆包裹！那是什么？你们一定想知道吧。哦，哦，那是样可怕的东西。什么？我们一起玩好不好？玩什么呢？捉迷藏。好，我们玩捉迷藏。鲍勃先躲起来。我？好吧，我先躲起来。

（她和孩子们在客厅和右隔壁的房间里嬉闹玩耍。娜拉最后躲到了桌子底下；孩子们冲进来找她，可是却找不到；他们听到娜拉轻轻的笑声，转向桌子，提起桌布，看到了她。众人一阵欢笑。她向孩子们爬去，吓唬他们。又一阵欢笑。这时有人敲门；大家都没有听到敲门声。门被推开一半，律师克罗格斯塔出现了;他等了一会儿;娜拉和孩子们还在玩耍。)

克罗格斯塔:对不起,海尔茂太太——

娜　　拉:(轻声尖叫,转身,半跪起来)啊!您要干什么?

克罗格斯塔:对不起;外门半掩着;一定是有人忘了关门——

娜　　拉:(起身)我丈夫不在家,克罗格斯塔先生。

克罗格斯塔:我知道。

娜　　拉:那——您来这里做什么?

克罗格斯塔:我有话对您说。

娜　　拉:对我——?(对孩子们轻声说)到里面去找安娜玛丽。什么?不会的,这个陌生人不会欺负妈妈的。他一走我们就接着玩。(她把孩子们领到左侧的房间里,关上门。)

娜　　拉:(不安地,焦虑地)您有话对我说?

克罗格斯塔:是的,我有话对您说。

娜　　拉:今天——?可是还没到一号呢——

克罗格斯塔:对,今天是圣诞夜。您的圣诞节过得好不好,就看您自己了。

娜　拉：您想要什么？今天肯定是不行的——

克罗格斯塔：这事我们暂且不谈。我要说的是别的事。您有空吗？

娜　拉：噢，当然，当然，我有空，不过——

克罗格斯塔：那就好。我在欧而森的饭店里看见您丈夫从街上走过——

娜　拉：对啊，怎么？

克罗格斯塔：——和一位女士一起。

娜　拉：那又怎样？

克罗格斯塔：我能否冒昧问一句：那位女士是不是一位叫琳德的太太？

娜　拉：是啊。

克罗格斯塔：她是刚到城里的吗？

娜　拉：没错，今天来的。

克罗格斯塔：她是您的好朋友吧？

娜　拉：是的。可是我不明白——

克罗格斯塔：我以前也认识她。

娜　拉：这我知道。

克罗格斯塔：噢？这些您都一清二楚。我猜也是。好，请您直截了当地告诉我：琳德太太是不是要去商业银行上班了？

娜　拉：克罗格斯塔先生，您怎么可以这样盘问我？您是我丈夫手下的员工。但既然您问了，我就告诉您：是的，琳德太太确实要在那里工作。而且举荐她的人就是我，克罗格斯塔先生，现在您清楚了。

克罗格斯塔：那我是猜对了。

娜　拉：（来回走）噢，我大概还是有那么一点点影响力的。虽然我是个女人，但这不等于——。克罗格斯塔先生，一个人在别人手下工作，就应该小心不要冒犯，——那——

克罗格斯塔：——有影响力的人？

娜　拉：没错。

克罗格斯塔：（转换语气）海尔茂太太，您能不能行行好用您的影响力帮我一个忙？

娜　拉：什么？您这是什么意思？

克罗格斯塔：能不能请您帮我保住我在银行的职位？

娜　拉：这怎么讲？谁想要夺走您的职位？

克罗格斯塔：嗨，您不必对我装糊涂。我清楚，您的朋友要是碰上我一定不会舒服；我也清楚，我被解雇的时候，应该

"感谢"哪个人。

娜　　拉：可是我向您保证——

克罗格斯塔：好了，好了，长话短说：现在还来得及，我建议您用您的影响力来阻止这样的情况。

娜　　拉：可是，克罗格斯塔先生，我根本没有影响力。

克罗格斯塔：是吗？我还以为您刚才说——

娜　　拉：那话不能这么理解。您怎么会相信，我对我丈夫有那么大的影响力呢？

克罗格斯塔：噢，我上大学时就认识您丈夫。我认为银行主管先生并不比别的丈夫更有定力。

娜　　拉：您要是说这样不尊重我丈夫的话，我就要请您走人了。

克罗格斯塔：太太您胆子真大。

娜　　拉：我不再怕您了。新年一过，我马上就无债一身轻了。

克罗格斯塔：（进一步克制自己）太太，您听好了。如果有必要，我会拼命保住我在银行的这个小职位。

娜　　拉：看得出来。

克罗格斯塔：这不光是为了钱；我最不在乎钱了。有件别的事——。好吧，我就和你说了吧！您瞧，事情是这样的。您一定和别人一样清楚地知道，几年前我干过一件鲁莽的事情。

娜　拉：我好像是听说过这事儿。

克罗格斯塔：事情虽然没有闹到法庭上去；但从那以后，我的路子全被堵住了。于是我就去做了那种生意，——你知道的。我总得做点事情，而且我敢说，我还不算是最坏的。但现在我得重新做人了。我的儿子们快长大了，为了他们我必须要尽可能地挽回我的名誉。银行的这个职位对我来说就是挽回名誉往上攀爬的第一个台阶。现在您的丈夫要把我从这个台阶上踢下来，那我就又要落到泥坑里。

娜　拉：天啊，克罗格斯塔先生，我根本没有能力帮您啊。

克罗格斯塔：那是因为您不想帮我；但我有办法让您帮我。

娜　拉：您该不会是要告诉我丈夫，我欠了您的钱吧？

克罗格斯塔：唔，要是我真告诉他又怎样呢？

娜　拉：那您就是可耻的。（哽咽）这个我引以为豪的秘密、让我高兴的秘密，如果托尔瓦是从你这儿得知的——以这样丑恶粗鄙的方式得知的，——那么您就会置我于可怕的不愉快的境地。

克罗格斯塔：只是不愉快吗？

娜　拉：（激动地）您只管去说吧；最倒楣的还是您自

己；因为我丈夫会清楚地看到您是哪类人，那样您肯定还是保不住您的职位。

克罗格斯塔：我问的是，您害怕的不愉快只是家庭内部的不愉快吗？

娜　拉：我丈夫要是知道了这件事，他一定会马上还清所有的欠款；这样我们就两清了。

克罗格斯塔：（走近一步）海尔茂太太，您听好了，——要么是您记性不好，要么就是您对生意一窍不通。还是让我来为您解释一下吧。

娜　拉：解释什么？

克罗格斯塔：您丈夫生病的时候，您来找我借四千八百克朗。

娜　拉：我没别的人可找。

克罗格斯塔：我向您保证一定把钱弄到——

娜　拉：你确实弄到了。

克罗格斯塔：我保证帮您把钱弄到，但是有条件的。您当时满脑子想着您丈夫的病，一心要筹到旅费；所以您可能没多顾及所有的细节。我不妨提醒您一下。好，我答应为您筹到钱，但是需要您打一张借条。借条是我拟的。

娜　拉：对啊，我签了字的。

克罗格斯塔：很好。可是我还加了几行字，要求您的父亲做担保人。这几行字下面应该有您父亲的签名。

娜　　拉：应该有——？他是签了名的呀。

克罗格斯塔：日期一栏里我是空着的。也就是说，您父亲应该自己填写签名当天的日期。这个太太您记得吗？

娜　　拉：记得啊，我好像——

克罗格斯塔：我把借条给了您，由您转寄给您父亲。是不是这样？

娜　　拉：是的。

克罗格斯塔：您肯定是马上就寄出的；因为只过了五、六天您就把您父亲签了名的借条还给我。于是我就把钱给了您。

娜　　拉：对啊；我难道没有按时还款吗？

克罗格斯塔：有。可是，——言归正传，——您当时的处境很困难，是不是，太太？

娜　　拉：没错。

克罗格斯塔：我猜想，您的父亲当时病得很重。

娜　　拉：他那时病入膏肓。

克罗格斯塔：不久就去世了？

娜　　拉：是的。

克罗格斯塔：海尔茂太太，您告诉我，您是否记得您父亲的忌日是哪天？是当月的哪一天？

娜　　拉：爸爸是九月二十九日去世的。

克罗格斯塔：说得没错。这点我已经证实过了。所以有件蹊跷古怪的事情，（拿出一张纸）我就是搞不懂。

娜　　拉：什么蹊跷？我不知道——

克罗格斯塔：太太，蹊跷的是——您父亲是在死后三天签的名。

娜　　拉：怎么会？我不明白——

克罗格斯塔：您的父亲是九月二十九日去世的。可是您看，这里您父亲签名时候的日期写的是十月二日。这难道不蹊跷吗，太太？（娜拉不出声）

克罗格斯塔：您能为我解释一下吗？（娜拉依然不出声）

克罗格斯塔：另外还有一事值得一提：十月二日和年份这几个字不是您父亲的笔迹，而是一个我觉得很熟悉的笔迹。这个也不难解释：您父亲或许忘了写日期，所以另一个人就代他随便写了个日期，而那个人并不知道您父亲是什么时候去世的。这并没什么不妥。最关键的是签名。海尔茂太太，这个签名是真的，对吧？这真的是您父亲亲笔签的名字吧？

娜　　拉：（沉默了一小会儿，然后将头向后一甩，挑衅地看着他）不是的。是我签了爸爸的名字。

　　克罗格斯塔：什么，太太，——您知道吗，您这样认罪很危险。

　　娜　拉：有什么危险？您反正马上就会拿到所有欠款。

　　克罗格斯塔：请允许我问您一句：您为什么没有把借条寄给您的父亲？

　　娜　拉：那样根本不可能。爸爸那时病重。如果我求他签名，那我就必须要告诉他这钱是干什么用的。可是我不能在他病得那么重的时候告诉他，我的丈夫生命有危险。这怎么可能。

　　克罗格斯塔：那么您就应该放弃那趟出国旅行。

　　娜　拉：不行，那不可能。那趟旅行是为了救我丈夫的命。我怎么可能放弃。

　　克罗格斯塔：可是您想过没有，您那样做是对我设下了骗局——？

　　娜　拉：那我根本就无暇顾及。我根本不在乎您。我受不了您明知我丈夫病重却还百般为难我。

　　克罗格斯塔：海尔茂太太，您显然不明白您究竟犯了什么罪。但我可以告诉您，我当初做过的、让我身败名裂的事情，并不比您的这件事更糟糕。

　　娜　拉：您？您是要我相信，您为了救您太太的命，做了件勇敢的事情？

克罗格斯塔：法律是不论动机的。

娜　拉：那一定是很成问题的法律。

克罗格斯塔：不管成不成问题，——我一旦将这张纸上交法庭，您就会依法受惩。

娜　拉：我才不信。难道做女儿的没有权力让她快死的父亲免受焦虑和担忧的困扰？难道做妻子的没有权力救她丈夫的命？我对法律是不很懂；但是我确信，法律里一定有个地方是允许这种情况的。而您这个做律师的，竟然不知道吗？你一定是位坏律师，克罗格斯塔先生。

克罗格斯塔：也许吧。可是生意上的事情，——我们之间的这种生意，——这您应该相信我是懂的吧？好。您想怎样就怎样吧。可是我要告诉您：如果我再次落水，您是要陪我的。（他鞠躬，从门厅出去。）

娜　拉：（思考了一会儿，然后将头一甩）太不像话了！——想要威胁我！我可没那么傻。（开始收拾孩子们的衣服；很快又停下）不过——？——不会的，这不可能！我这么做是出于爱呀。

孩子们：（在左侧门口）妈妈，那位陌生人已经走出大门了。

娜　拉：好，好，我知道。你们别和任何人提起这位陌生人。听见没有？连爸爸也不可以告诉！

孩子们：听见了，妈妈。你还想玩吗？

娜　　拉：不想，不想，现在不行。

孩子们：可是，妈妈，你答应过的。

娜　　拉：没错，但我现在不行。进去，我有很多事要做。进去，进去，亲爱的好孩子们。（她轻轻推着孩子们到房间里去，关上门。）

娜　　拉：（在沙发上坐下。拿出一块绣布，刺了几针，很快又停下来。）不行！（将绣布一扔，站起来，走到门厅门口，喊叫）海莱纳！给我把树搬进来。（走到左侧的桌子旁，打开抽屉；停住）不行，这绝对不可能！

女　　佣：（抱着圣诞树）太太，树放哪儿？

娜　　拉：那儿，就放中间。

女　　佣：还要我拿什么过来吗？

娜　　拉：不必了，谢谢。我需要的都在这儿了。（女佣把树放下，又出去。）

娜　　拉：（开始装饰圣诞树）这里放蜡烛——这里放花。——那个卑鄙小人！呸！呸！呸！没事的。圣诞树要装饰得漂漂亮亮的。托尔瓦，你想要什么，我都会做到。——我会为你唱歌，为你跳舞——（海尔茂腋下夹着一叠文件，从外面进来。）

娜　　拉：哦，——你已经回来啦？

海尔茂：是啊。有人来过这里吗？

娜　拉：这里？没有。

海尔茂：那就蹊跷了。我看到克罗格斯塔从大门出去。

娜　拉：哦？哦对，克罗格斯塔来过一会儿。

海尔茂：娜拉，我一看你就知道，他来这里求你为他说好话。

娜　拉：是的。

海尔茂：而且你得装作是你自愿要说他好话？你不可以告诉我他来过。这是不是也是他求你的？

娜　拉：是，托尔瓦，可是——

海尔茂：娜拉呀，娜拉，你怎么可以答应这种事？你竟和这种人说话，还答应他的请求！甚至还要对我说谎！

娜　拉：说谎——？

海尔茂：您不是告诉我没人来过这里吗？（用手指着她）我的小云雀可千万不能再做这样的事。云雀唱歌一定要清清楚楚，绝对不可以唱错音。（搂住她的腰）难道不是吗？对吧，我就知道是这样。（放开她）这事就不要再提了。（到壁炉前坐下）啊，这儿真是暖和舒服。（稍微翻看文件）

娜　拉：（忙着装饰圣诞树，稍稍停了一会儿）托尔瓦！

海尔茂：哎。

娜　拉：我太期待后天在斯坦伯格家的化妆舞会了！

海尔茂：我太想看到你要给我的惊喜了！

娜　拉：噢，真没劲。

海尔茂：怎么了？

娜　拉：我想不出合适的；要么太傻，要么就是太普通。

海尔茂：难道这就是我的小娜拉的重大发现吗？

娜　拉：（在他的椅子后，手臂放在椅背上）托尔瓦，你很忙吗？

海尔茂：噢——

娜　拉：这些文件是什么？

海尔茂：是银行的事务。

娜　拉：现在就开始了？

海尔茂：我征得快退休的主管的同意，由我来对公司人员和商业计划做出一些必要的调整。这事我得利用圣诞节的这个星期来做。这样新年一开始就一切就绪了。

娜　拉：怪不得那个可怜的克罗格斯塔——

海尔茂：嗯。

娜　拉：（仍旧靠在椅背上，慢慢地抚摸着托尔瓦的头发）你那么忙就算了，托尔瓦，否则我倒是有件很大的事情需要你帮忙。

海尔茂：说来听听。是什么事？

娜　拉：没人像你这么有品位。我想在化妆舞会上光鲜夺目。托尔瓦，你能不能给我出个主意，告诉我应该装扮成什么样子，还有我的服装该怎么做？

海尔茂：啊哈，你这个有主见的小家伙也在找救兵？

娜　拉：是的，托尔瓦，没你的帮助我就没法子了。

海尔茂：好，好，我来想想。我们会想出好办法的。

娜　拉：噢，你真好。（走到圣诞树那里，停下）红花看起来真美。——你说，那个克罗格斯塔做过的坏事真的就很坏吗？

海尔茂：伪造签名。你知道这意味着什么吗？

娜　拉：他这会不会是出于无奈？

海尔茂：有可能，或者也可能是像很多人一样，——出于轻率鲁莽。我并非冷酷到因为一件错事就不管是非情由地谴责一个人。

娜　拉：就是嘛，托尔瓦！

海尔茂：很多人都可以重拾道德尊严，只要他公开认罪，并且接受惩罚。

娜　拉：惩罚——？

海尔茂：可是克罗格斯塔没有走这条路；他用诡计和骗术逃过了惩罚；这就让他在道德上败坏了。

娜　拉：你觉得这会不会是——？

海尔茂：你想想，这样一个负罪之人必须不断地说谎、伪装，连在自己最亲的人面前——在他的妻子和孩子面前——也要一直戴着面具。最可怕的事，娜拉，就是他对他的孩子也这样。

娜　拉：为什么？

海尔茂：因为如此充斥着谎言的氛围给整个家庭带来的是污染和病毒。在这样的家中，孩子们呼吸的每一丝空气里都充满了丑恶的苗头。

娜　拉：（在他背后走近他）你真这样想？

海尔茂：噢，亲爱的，这是我作为律师的经验。几乎所有年轻时就道德堕落的人都有一个说谎的母亲。

娜　拉：为什么只是——母亲？

海尔茂：通常都是从母亲那里传来的；不过父亲当然也会

造成同样的影响。这是所有律师都知道的。那个克罗格斯塔年复一年，在家中用谎言和伪装来毒害他的亲生孩子；所以我把他叫做是道德不健全的人。（双手伸向娜拉）所以我可爱的小娜拉要向我保证不提他的事情。握握手，一言为定。好了，好了，这是怎么了？把你的手给我。对了。一言为定。我可以告诉你，我和他肯定是不可能一起工作的；我一靠近这种人就会浑身不舒服。

娜　　拉：（把手抽回来，走到圣诞树的另一头）这里真暖和呀。我还有很多事要做呢。

海尔茂：（起身，把文件收拾起来）对，我也想要在晚饭前再看一会儿文件。我也会想想你的服装问题。或许我还有可以包在金纸里挂到树上的东西。（把手放在娜拉的头上）啊，我亲爱的好娜拉，我的小云雀。（他走进自己的书房，关上门）

娜　　拉：（沉默一会儿后，轻声地）怎么可能！不是这样的。不可能。一定不可能！

保　　姆：（在左侧的门口）孩子们好生哀求，想到妈妈这里来。

娜　　拉：不行，不行，不行。不要让他们到我这里来！安娜玛丽，你陪着他们。

保　　姆：好的，好的，太太。（关门）

娜　　拉：（害怕得脸色苍白）毒害我的孩子——！污染家庭？（短暂停顿；头向后）不是这样的。绝对不会是这样的。

1879年，哥本哈根，Betty Hennings 饰演的娜拉。

1879年，哥本哈根，Emil Poulsen 饰演的海尔茂。

第二幕

（同一间客厅。舞台后方钢琴旁有一棵圣诞树。树上乱七八糟的，糖果已被摘下，蜡烛也烧尽了。娜拉的外衣撂在沙发上。）

（娜拉一个人在客厅里，心烦意乱地来回走。最后她在沙发旁停下，拿起大衣。）

娜　　拉：（放下大衣）有人来了！（向门走去，听）没人。当然不会有人的——今天是圣诞第一天，不会有人来；——明天也不会有人来。——但或许——（开门向外张望）没有；信箱里也没东西，是空的。（向前走）哦，太荒唐了！他根本不会是认真的。这种事情不会发生的。不可能。我还有三个孩子呢。（保姆捧着一个大纸箱，从左侧房间出来。）

保　　姆：我总算把这箱化妆舞会穿的服装找到了。

娜　　拉：谢谢。把它放在桌上吧。

保　　姆：（照吩咐做）这些衣服乱糟糟的。

娜　　拉：哦，我真想把它们撕成碎片！

保　姆：这可使不得。完全可以修补好的，只要有些耐心就行。

娜　拉：好吧，我去找琳德太太来帮我。

保　姆：又要出去？外面天气这么恶劣！娜拉太太您会着凉的，——要生病的。

娜　拉：嗨，还有比这更糟的事呢。——孩子们怎么样了？

保　姆：那些可怜的小家伙们正在玩圣诞礼物呢，不过——

娜　拉：他们常问到我吗？

保　姆：他们习惯了妈妈一直在身边。

娜　拉：是啊，安娜玛丽，可是从今以后我不能再一直和他们一起了。

保　姆：小孩子么，什么都会习惯的。

娜　拉：真的吗？你觉得，如果我走远了，他们会不会忘了他们的妈妈？

保　姆：您这是什么话，——走远了？

娜　拉：我问你，安娜玛丽，——我经常想，——你把自己的孩子给了陌生人，心里怎么会受得了？

保　姆：我必须得受得了啊，因为我要喂小娜拉喝奶。

娜　拉：但那是你想要的吗？

保　姆：被人利用了的穷姑娘，能遇上这么好的差事，那就谢天谢地了！那个坏男人什么也没给我。

娜　拉：那你的女儿肯定已经把你忘记了。

保　姆：哦没有，她没有忘记我。她在受坚信礼和结婚的时候都给我写过信。

娜　拉：（搂住她的脖子）亲爱的老保姆安娜玛丽，我小的时候，你就是我的好妈妈。

保　姆：可怜的小娜拉，没有妈妈，只有我来做你的妈妈。

娜　拉：所以如果我的孩子们没有了妈妈，我知道，你会——。呸！呸！我尽在这儿胡说八道！（打开箱子）进去，到孩子们那儿去吧。我得要——。明天你会看到，我有多么漂亮。

保　姆：对，舞会上没人能比得上娜拉太太那么漂亮。（她走进左侧的房间里）

娜　拉：（开始把箱子里的东西拿出来，但很快就把东西都扔下）哎，要是我敢出去。只要没有人来。只要家里不发生什么事情。傻瓜，没人会来的。只要不去想。掳一掳暖手包；手套真漂亮，手套真漂亮。别去想，别去想！一、二、三、

四、五、六——(尖叫)啊,他们来了——(想要去门口,但迟疑地站住)(琳德太太从门厅进来,已经脱下外套)

娜　　拉:哦,克里斯蒂纳,是你啊。外面没别人了吗?——你来了真好!

琳德太太:我听说,你到我住的地方去找我了。

娜　　拉:是的,我正好路过你那儿。有件事你一定得帮帮我。来,我们坐在沙发上。你瞧。明天晚上楼上的斯坦伯格大使家里有个化妆舞会。托尔瓦想要我装扮成那不勒斯的渔女,还要跳塔朗泰拉舞,因为我在卡普里岛学过。

琳德太太:你瞧瞧,你瞧瞧,你这是要跳一支独舞啊?

娜　　拉:是的,托尔瓦说我要跳。你瞧,这是我的服装。我们在南方的时候,是托尔瓦请人帮我缝制的。可是现在都破了,我真不知道——

琳德太太:噢,这个我们修补一下就好了;只是有些地方的花边脱落了而已。你有针线吗?噢,这个就行。

娜　　拉:噢,你真好。

琳德太太:(缝衣服)娜拉,那你明天就要穿上化妆舞会的礼服咯?这样,——到时候我到这儿来欣赏你打扮好的样子。噢,我忘了谢谢你了,昨晚和你一起真是开心。

娜　　拉:(起身,走远些)噢,昨晚啊,我觉得没有往常那么开心。——你应该早点来城里的,克里斯蒂纳。——嗯,托尔瓦很会把家里弄得漂亮舒适。

琳德太太：你也不赖啊。你不愧是你父亲的女儿。不过，你说，阮克医生是不是总像昨天这么垂头丧气的？

娜　　拉：不是的，昨天他特别不高兴。他得了一种很危险的毛病，叫脊髓结核，真可怜。我告诉你，他的父亲从前是个很坏的人，有好多情妇什么的；所以他儿子从小就身体不好。你懂我的意思吧。

琳德太太：（把手里的针线活撂在身上）可是，亲爱的好娜拉，你怎么会知道这些事情？

娜　　拉：（踱步）嗨，——我有三个孩子，所以有时候会接触到一些略通医术的女人；是她们告诉我这种事情的。

琳德太太：（又开始缝衣服；短暂的沉默）阮克医生每天都来这里吗？

娜　　拉：一天都不落。他是托尔瓦从小认识的挚友，也是我的好朋友。阮克医生和我们差不多就是一家人。

琳德太太：可是，这人靠谱吗？我是说，他是不是很爱奉承人啊？

娜　　拉：不是，恰恰相反。你怎么会这么想？

琳德太太：昨晚你介绍我们认识的时候，他说他经常在这个家里听到我的名字；可是我后来发觉，你的丈夫根本不知道我是谁。那阮克医生怎么会——？

娜　　拉：他这话说得没错，克里斯蒂纳。托尔瓦对我喜欢得不得了,所以照他的说法,他想把我独占。我们刚结婚那会儿,我只要一提娘家的亲朋好友,他就很嫉妒似的。所以我自然就不再提了。但是和阮克医生,我还是经常提起这些人的,因为他喜欢听我说这些。

琳德太太:娜拉,你听我说,在很多方面你还是个孩子。我比你大好几岁,也比你有经验一些。我给你一句话:你要断掉和阮克医生的这个事。

娜　拉:我要断掉这个什么?

琳德太太:这个也好,那个也好,我认为全要断掉。昨天你提到一位有钱的爱慕者,可以给你钱——

娜　拉:对啊,只可惜——没有这样的人呀。你什么意思?

琳德太太:阮克医生有钱吗?

娜　拉:有的。

琳德太太:有没有人靠他过日子?

娜　拉:没有,可是——?

琳德太太:而且他每天到这里来?

娜　拉:是啊,我不是告诉你的吗?

琳德太太:可是这个有教养的男人为什么这么缠人?

娜　拉：我一点都听不懂你的话。

琳德太太：你别装了，娜拉。你以为我不清楚，你那四千八百克朗是从谁那里借来的？

娜　拉：你是不是头脑发昏了？竟然有这种想法？他是我们的朋友，每天要到这里来的！那该有多尴尬呀？

琳德太太：这么说真的不是他？

娜　拉：不是，我向你保证。我压根儿就没有想过——。而且他那个时候也没有钱能借给我；他是后来才继承了些财产的。

琳德太太：好吧，我亲爱的娜拉，那算你运气好。

娜　拉：才不是呢，我根本就没有想过要问阮克医生——。不过，我敢肯定，如果我问了他——

琳德太太：但你当然不会去问他的。

娜　拉：那是当然。因为我认为这没必要。但我敢肯定，如果我告诉阮克医生——

琳德太太：背着你的丈夫？

娜　拉：另外那件事，我也得把它了结；那也是背着他干的。我必须得把它了结了。

琳德太太：对，对，这我昨天就说过了；可是——

娜　拉：（前后来回走）这种事情还是男人要比女人更能承受得住——

琳德太太：尤其他是你自己的男人，没错。

娜　拉：胡说八道。（停住）等所有欠款都还清了，那就能拿回那张借条了，对吗？

琳德太太：对，这是当然。

娜　拉：那就可以把它撕得粉碎、烧成灰烬，——那张丑陋肮脏的纸头！

琳德太太：（盯着娜拉看，放下针线活，慢慢起身）娜拉，你有事瞒着我。

娜　拉：你能从我脸上看出来？

琳德太太：昨天上午我走以后一定出了什么事情。娜拉，是什么事？

娜　拉：（对着她）克里斯蒂纳！（听）嘘！托尔瓦回来了。这样，你暂时到孩子们房里去。托尔瓦不喜欢看到针线活。让安娜玛丽帮你。

琳德太太：（收拾起一部份针线活）好，好，但我们一定得好好谈谈，否则我不会回去的。（她进左侧房间；托尔瓦从门厅进。）

娜　拉：（走向他）噢，亲爱的托尔瓦，我盼你盼得好久啊！

海尔茂：那是裁缝吗——？

娜　拉：不是,那是克里斯蒂纳;她来帮我修补化妆舞会穿的服装。你就放心吧,我会漂漂亮亮的。

海尔茂：是啊,我的主意不错吧？

娜　拉：你的主意太棒了！可是我听了你的话,是不是也很好呢？

海尔茂：（抓住她的下巴）好？——因为你听了自己丈夫的话？好吧,好吧,你这个小冒失鬼,我有数,你不是这个意思。我不打扰你了;你是不是该去排练排练？

娜　拉：你也要去工作吧？

海尔茂：是的。（给她看一包文件）瞧。我刚才去过银行了——（正要进书房）

娜　拉：托尔瓦。

海尔茂：（站住）嗯。

娜　拉：如果你的小松鼠好声好气地求你一件事——

海尔茂：什么事？

娜　拉：那你会不会答应？

海尔茂：那我得先知道是什么事啊。

娜　拉：松鼠会跑来跑去，为你表演各种把戏，只要你行行好，答应我。

海尔茂：那你说呀。

娜　拉：云雀会走到哪里唱到哪里，高唱低吟都可以——

海尔茂：这有什么，云雀本身就是这样的。

娜　拉：我会扮成小精灵，在月光下为你跳舞，托尔瓦。

海尔茂：娜拉，——你该不会是要提你今天早晨拐弯抹角要说的那件事吧？

娜　拉：（靠近他）就是那件事，托尔瓦，我真心诚意地求你了！

海尔茂：你还真敢再提那件事？

娜　拉：是的，是的，你必须答应我；你必须让克罗格斯塔保住他在银行的职位。

海尔茂：我亲爱的娜拉，他的职位我已经决定给琳德太太了。

娜　拉：噢，你真是个大好人；可是你完全可以解雇另一个职员啊。

海尔茂：你真是太任性了！就因为你随口许诺要帮他说话，我就得——！

娜　拉：托尔瓦，不是为了这个。是为了你自己好。这个人不是给那些最下流的报纸写稿子的吗？这是你自己说的。他能狠狠地伤害你。我对他怕得要死——

海尔茂：噢，我明白了；是以前的事情，让你害怕了。

娜　拉：你这话是什么意思？

海尔茂：你一定是想起你父亲了。

娜　拉：哦，对。你还记得吗，那些恶人是怎样在报纸上写文章，把爸爸诬蔑得一塌糊涂？我相信，如果上面没有派你去调查此事，爸爸的饭碗早就被他们弄丢了。幸亏你心地这么好，这么帮他。

海尔茂：我的小娜拉，你的父亲和我有着本质区别。你父亲并不是一个无可指摘的人。但我是；而且我希望，只要我在这个职位上做，就能保持这一点。

娜　拉：哦，谁也不知道，坏人会做出什么事情来。托尔瓦，现在我们日子好了，能在这个温馨祥和的家里快乐安宁地生活，——你和我，还有孩子们一起！所以，我才这么诚心地求你——

海尔茂：就因为你这样为他说话，才让我无法留住他。银行里的人都已经知道，我要解雇克罗格斯塔。如果现在传出话去，说是新来的主管让他的太太牵着鼻子走——

娜　拉：那又怎样——？

海尔茂：没怎样，——你这个任性的小家伙只管让自己心满意足——。难道我得让全行的人当笑柄，让人以为我容易受到各种外界的影响？相信我，这样一来我很快就会自食其果的！再说，还有一件事，让我这个做主管的没法和克罗格斯塔共事。

娜　　拉：什么事啊？

海尔茂：他道德上的缺陷，我或许还能不得已将就——

娜　　拉：哦，就是嘛，托尔瓦。

海尔茂：而且我听说，他还挺能干的。可是他跟我年轻时就认识，当初我交友不慎，到现在麻烦却不小。我还是全告诉你了吧：他跟我称兄道弟，而且这个不识相的人在别人面前也这样，毫无遮掩。恰恰相反，他以为这种交情就能让他有资格和我随随便便的，每次他对我称兄道弟的时候，就一副得意的样子。我告诉你，这让我极其难堪。他这样的行为会让我在银行做不下去的。

娜　　拉：托尔瓦，你说的这些话都不是当真的。

海尔茂：哦？为什么不当真？

娜　　拉：因为这些都是鸡毛蒜皮的事情。

海尔茂：你说什么？鸡毛蒜皮？你觉得我是个鸡毛蒜皮的小人吗？

娜　　拉：不是的，亲爱的托尔瓦，恰恰相反；所以——

海尔茂：都一个样！反正你说了，我的这些理由都是鸡毛蒜皮的小事；所以我就是个鸡毛蒜皮的小人！好吧！——好，这事必须要了结！（走向门厅的门，喊叫）海莱纳！

娜　　拉：你要做什么？

海尔茂：（在文件里翻找）我要做一个决定。（女佣进来。）

海尔茂：这儿，你拿着这封信，马上去找个送信的。快点。地址就在信封上。给你钱。

女　　佣：好的。（她拿着信下。）

海尔茂：（把文件收好）你瞧吧，你这个硬头颈的小妇人。

娜　　拉：（咋舌）托尔瓦，——这封是什么信？

海尔茂：克罗格斯塔的辞退信。

娜　　拉：把它叫回来，托尔瓦！还来得及。哎呀，托尔瓦，把它叫回来！看在我的份上；——看在你自己的份上；看在孩子的份上！你听见吗，托尔瓦；快叫回来！你不知道这封信会给我们大家带来什么不幸。

海尔茂：太晚了。

娜　　拉：是，太晚了。

海尔茂：亲爱的娜拉，你这么担心，我可以原谅你，但你这说白了就是对我的侮辱。没错，就是侮辱！你认为我会害怕一个区区小职员，这难道不是对我的侮辱吗？但我还是原谅你，因为这体现的是你对我爱得有多深。（用双手臂搂住她）我亲爱的娜拉，你这样做也是合情合理的。该来的事情，就让它来吧。如果真的来了，你可以相信，我既有勇气、也有力量。你将会看到，我是个能承担一切的男人。

娜　　拉：（恐惧）你这是什么意思？

海尔茂：我说了，承担一切——

娜　　拉：（下定决心）你决不可以承担一切。

海尔茂：好，娜拉，那我们分担，——就像夫妻一样。这是应当的。（抚摸她）你现在满意了吗？好了，好了，别瞪着你的大眼睛，一副受惊的样子。这只不过是些无中生有的想像罢了。——现在你去排练塔朗泰拉舞，还要练习一下铃鼓。我去里面的书房，把中门关上，这样我就什么也听不到了；你就放开了练。（在门口转身）阮克来的时候，你让他进来找我就行。（他向她点头致意，拿着文件到书房里去，关上门。）

娜　　拉：（焦急、茫然，就像脚下钉了钉子似地动弹不得，低声自语）他会做得出来的。他会的。他会不顾一切的。——不行，绝对不行！什么都行，就是这个不行！得想个办法——！得找条出路——（门铃响起）阮克医生——！什么都行，就是这个不行！什么都行！（她搂了一下面庞，打起精神，去开通往门厅的门。阮克医生站在门外，挂起自己的貂皮大衣。接下来的对话中，天色渐暗。）

娜　　拉：您好，阮克医生。我从门铃声就能听出是您。您先别去找托尔瓦；他这会儿没工夫。

阮　克：那您呢？

娜　拉：（阮克进入客厅，娜拉将门关上。）哦，您是知道的，——为了您我总是有工夫的。

阮　克：谢谢了。那我就要抓紧时间利用您的工夫了。

娜　拉：您这话是什么意思？抓紧时间？

阮　克：是的。吓着您了吗？

娜　拉：哦，这话听起来很奇怪。是不是要出什么事了？

阮　克：事情是要出的，我早有心理准备。但我真没想到会来得这么快。

娜　拉：（抓住他的手臂）您知道什么了？阮克医生，您倒是告诉我呀！

阮　克：（在壁炉边坐下）我的情况越来越糟糕。这是没有办法的。

娜　拉：（松了一口气）是您啊——？

阮　克：还能有谁？骗自己是没用的。海尔茂太太，我是我的病人中最最痛苦的。这些天我对自己的内心做了个清算。——破产了。不到一个月我大概就要躺到教堂墓地去腐烂了。

娜　拉：哦，呸，听听您说的这丑话。

阮　克：事情也丑陋得很呐。但最糟糕的是，还有很多别的丑事要先发生。现在还有一项检查要做；做完了我就会大概知道，我什么时候开始消解。有句话我要跟您说。海尔茂心地纯良，最看不得丑陋的事情。我不想要他在我的病榻前——

娜　拉：可是，阮克医生——

阮　克：我不要他来。无论如何不要。我会关门不让他进来。——我一旦确定事态恶化了，就会给您送来我的名片，上面会有一个黑色十字。到时候您就知道，那搞破坏的、可恶的事情已经开始了。

娜　拉：不要，您今天一点都不讲道理。我真希望您能有个好心情啊。

阮　克：面对死亡有好心情？——而且还是为了他人受罪。这其中有道理可讲吗？每个家庭里都有这样那样逃不掉的债要还——

娜　拉：（捂住耳朵）啦啦啦啦！您高兴起来！高兴起来！

阮　克：是啊，这件事整个就是笑话。我可怜的脊梁骨得为了我父亲花天酒地的生活而受罪。

娜　拉：（在左侧的桌子旁）他是不是特别爱吃芦笋和鹅肝酱？

阮　克：是，还有松露。

娜　拉：对，松露。好像还有牡蛎吧？

阮　克：对，牡蛎，牡蛎；那是当然的。

娜　拉：还有那些个波特酒和香槟酒。这么美好的事物竟会坏到脊梁骨里去，真是让人伤心。

阮　克：而且是坏到一条不幸的脊梁骨里去，——这条脊梁骨连它们的美味都没尝到过。

娜　拉：就是啊，这真是最让人伤心的事。

阮　克：（打量她）唔——

娜　拉：（过了一会儿）您笑什么？

阮　克：我没啊，是您笑了。

娜　拉：不是，是您笑了，阮克医生！

阮　克：（起身）看来您比我想的还要坏。

娜　拉：我今天真是要发疯了。

阮　克：看得出来。

娜　拉：（双手放在他肩上）亲爱的、亲爱的阮克医生，您会一直活在托尔瓦和我的心里。

阮　克：哦，这种想念很容易就消失了。走了的人，很快就被忘了。

娜　拉：（担心地看着他）您真这么想？

阮　克：人一交新朋友，就——

娜　拉：谁交新朋友了？

阮　克：我走了以后，您和海尔茂都会交新朋友。我看您已经开始了。那位琳德太太昨晚在这儿做什么呢？

娜　拉：啊哈，——您该不是妒忌可怜的克里斯蒂纳吧？

阮　克：怎么不是？她将继承我在这个家里的位置。当我的期限一到，或许这个女人就——

娜　拉：嘘！别那么大声；她就在里面。

阮　克：她今天又来了？您瞧瞧是不是？

娜　拉：她只是来帮我缝制服装的。我的天，您真是不讲道理。（在沙发上坐下）阮克医生，您好好儿的，明天您就会看到，我的舞跳得有多漂亮；而且您要想象，我的舞就是为您跳的，——哦，当然也是为托尔瓦跳的；——那是自然的。（从盒子里拿出各种各样的东西）阮克医生，您坐这儿，我给您看样东西。

阮　克：（坐下）什么东西？

娜　拉：您瞧这。您瞧！

阮　克：这是丝袜。

娜　拉：肉色的。是不是很漂亮？哦，现在天黑了；等到明天——。哎，哎，哎，您只可以看脚。嗨，好吧，您也可以往上看。

阮　克：唔——

娜　拉：有什么不对劲吗？您是不是觉得这袜子我穿不合脚？

阮　克：这个我哪里会晓得啊？

娜　拉：（看了他一眼）您真不害臊。（用丝袜轻轻地甩到他耳朵上）这一记是给您的。（将袜子收好）

阮　克：您还有什么好东西要让我看？

娜　拉：我没别的东西给您看了；因为您不乖。（哼着小曲，翻找东西）

阮　克：（沉默了一会儿）每当我坐在这里与您这么亲近的时候，我简直无法想象，——哎，我想象不出——要是我从未踏进这个家门，我该会是何等模样。

娜　拉：（微笑着）是啊，我觉得您在我们家确实挺自在的。

阮　克：（轻声说，向前望着）如今要离开这一切——

娜　拉：别胡说；您不会离开这一切。

阮　克：（如前）——留不下一丁点儿的感激，也没有一丝想念，——只留下一个空位，谁先到，就谁先坐。

娜　拉：假如我现在请求您——？不行——

阮　克：求我什么？

娜　拉：请求您证明您和我的友情——

阮　克：哦？接着说。

娜　拉：不是的，我是说，——假如我请求您帮我一个很大很大的忙——

阮　克：您终于愿意让我这么荣幸了吗？

娜　拉：哎，您还不知道我的请求是什么呢。

阮　克：好吧；您说。

娜　拉：不行，我不能说。阮克医生，这个请求太大了，——除了需要您的建议和帮助以外，我还需要求您做一件事——

阮　克：越大越好。我猜不出您要我做什么。不过您说吧。难道您不信任我吗？

娜　拉：不是，我最信任的人就是您。您是我最真、最好的朋友，——这点我很清楚。所以我才会告诉您。好吧，阮克医生，有件事您一定要帮我阻止。您知道托尔瓦对我的爱有多么深、多么不可言喻；他会毫不犹豫地为我舍弃生命。

阮　克：（向她弯下身）娜拉，——您以为只有他会——？

娜　拉：（略感震惊）会怎么样——？

阮　克：会心甘情愿地为您舍弃自己的生命。

娜　拉：（沉重地）哦，是这样。

阮　克：我对自己发过誓，要在我走以前把这话告诉您。没有比现在更好的机会了。——是的，娜拉，您现在知道了。而且您也知道，您就算不信任别人，也可以相信我，尽管把您的心里话说给我听。

娜　拉：（平稳地、慢慢地起身）让我过去。

阮　克：（为她让道，但还是坐着）娜拉——

娜　拉：（在通往门厅的门口）海莱纳，把灯端进来。——（走向壁炉）哎呀，亲爱的阮克医生，您这样真不好。

阮　克：（起身）我和另一个人一样，全心全意地爱您，——这不好吗？

娜　拉：不是的。但您完全没有必要告诉我——

阮　克：您是什么意思？难道您知道——？（女佣端着灯进来，将它放在桌上，出去。）

71

阮　克：娜拉，——海尔茂太太——，我问您，这事您是不是知道？

娜　拉：哦，我知道什么？我不知道什么？我真说不上来了——。阮克医生，您怎么能这么莽撞！本来一切都好好的。

阮　克：好吧，反正您现在知道了，我甘愿用生命和灵魂为您效劳。您就说吧。

娜　拉：（看着他）现在还能说什么？

阮　克：我求您了，告诉我是什么事。

娜　拉：现在我什么也不能告诉您了。

阮　克：不对，不对。您绝不能这样惩罚我。只要是人力能及的事情，请您让我为您去做吧。

娜　拉：您现在什么也不能为我做了。——而且我也不需要什么帮助。您瞧，这都只不过是我的想象罢了。就是的。是我的想象！（在摇椅里坐下，微笑着看着他）阮克医生，您是位得体的人。现在灯已经点上，您不觉得害臊吗？

阮　克：不觉得，我真不觉得。但或许我该走了——再也不要来了？

娜　拉：不，您可不要走。您还是得像从前那样来。您是知道的，托尔瓦离不开您。

阮　克：哦，那您呢？

娜　拉：哦，我总是觉得，您一来，家里就特别欢快。

阮　克：就因为这，才让我误入歧途。您对我来说是个谜。许多次我都以为您喜欢和我在一起，几乎像您喜欢和海尔茂在一起一样。

娜　拉：是啊，您瞧，有些人是我最爱的，而还有一些人，我喜欢和他在一起。

阮　克：哦，对，这话有道理。

娜　拉：我在娘家时，当然最爱的人是爸爸。但我总是特别喜欢偷偷溜进女佣们的房间；因为她们从来都不训斥我，而且她们说话总是那么有趣。

阮　克：啊哈，原来我替代的是她们的位置。

娜　拉：（跳起来，走向他）哦，亲爱的好阮克医生，我绝不是那个意思。但您能理解，和托尔瓦一起就像是和爸爸一起那样——（女佣从门厅进）

女　佣：太太！（轻声说话，递给她一张卡片）

娜　拉：（瞄了一眼卡片）啊！（把它塞进口袋）

阮　克：出了什么事？

娜　拉：没事，没事，什么事也没有；就是——是我的新服装——

阮　克：怎么？您的服装不是在那里吗？

娜　拉：哦，对，那件；这是另外一件；是我叫人定做的——；托尔瓦不可以知道的——

阮　克：啊哈，原来这就是那个大秘密啊。

娜　拉：对，正是。您进去找他吧；他在里面的房间里。别让他出来——

阮　克：放心，我不会让他逃走的。（他走进海尔茂的房间）

娜　拉：（对女佣）他在厨房等着吗？

女　佣：是的，他从后面的台阶上来的——

娜　拉：您有没有跟他说家里有客人？

女　佣：说了，没用。

娜　拉：他还是不肯走？

女　佣：不肯走。他非要和太太说话不可。

娜　拉：那就让他进来吧，但是要轻轻地。海莱纳，这件事你谁也别告诉；是给我丈夫的一个惊喜。

女　佣：好的，好的，我明白——（下去）

娜　拉：可怕的事情要发生了。终究还是发生了。不行，不行，不行，不能让它发生；不可以发生。（去把海尔茂房间的门闩推上。)

（女佣将通往门厅的门打开让克罗格斯塔进来，然后又关上门。他身穿毛皮行装、靴子和皮帽。）

娜　拉：（走向他）说得轻点，我丈夫在家。

克罗格斯塔：哦，在家就在家吧。

娜　拉：您找我做什么？

克罗格斯塔：我需要向您报告一些消息。

娜　拉：那就快点。什么消息？

克罗格斯塔：您一定知道，我已被辞退。

娜　拉：我没能阻止这件事，克罗格斯塔先生。我为您尽了全力；但是没用。

克罗格斯塔：您丈夫对您的爱这么微不足道吗？他知道我能把您如何，却还敢——

娜　拉：您怎么就以为他知道了呢？

克罗格斯塔：哦，不对，我想也不会呀。如此有大丈夫的勇气，根本就不像是我的好兄弟托尔瓦海尔茂能做得出来的呀——

娜　拉：克罗格斯塔先生，请您尊重我的丈夫。

克罗格斯塔：那是当然，我完全尊重他。但既然太太您那么迫切地要保守秘密,那我猜想您一定了解您的行为究竟意味着什么了吧?——比昨天更清楚了?

娜　　拉:比您能告诉我的要清楚多了。

克罗格斯塔:是啊,我这个笨律师——

娜　　拉:您来找我做什么?

克罗格斯塔:海尔茂太太,我只是来看看您怎么样了。我整天都在想着您。您看,我一个讨债鬼——一个小律师,——一个——,一个像我这样的人,也有那么一点,别人所谓的善心。

娜　　拉:那您就发发善心;想想我的孩子们。

克罗格斯塔:您和您的丈夫想过我的孩子吗?不过现在都无所谓了。我只想告诉您,您不必把这件事看得太重。我目前还不会对别人说。

娜　　拉:哦,好;就是嘛;我就知道。

克罗格斯塔:这件事完全可以友好地解决;根本不需要传到别人耳里;只有我们三人知晓。

娜　　拉:我丈夫绝不可以知道此事。

克罗格斯塔:您怎么能瞒得住呢?难不成您能付清余款?

娜　　拉:不行,我现在手头没钱。

克罗格斯塔：那或许您有办法在近日内把钱凑齐？

娜　　拉：办法倒是有，就是我不愿意用。

克罗格斯塔：是啊，反正现在也无济于事了。即使您现在手头有大笔现金，也不能从我这儿拿回您的借条。

娜　　拉：那您倒是说说，您要拿它做什么？

克罗格斯塔：我只想拿着它，——由我保管着。旁人不可知晓。如果您由此要去做什么傻事——

娜　　拉：那又怎样？

克罗格斯塔：——假如您打算要离家出走——

娜　　拉：那又怎样？！

克罗格斯塔：——或者您有——更坏的打算——

娜　　拉：您怎么会知道？

克罗格斯塔：——那您就打消那个念头吧。

娜　　拉：您怎么会知道，我有那个念头？

克罗格斯塔：大多数人都会马上想到那个念头。我也想过；但我就是没那个勇气——

娜　　拉：（有气无力地）我也没有。

克罗格斯塔：（松了一口气）哎，是啊；您是不是也没那个勇气？

娜　　拉：我没有，我没有。

克罗格斯塔：那样做也太愚蠢了。家里闹过了，也就——。我口袋里装着给您丈夫的信——

娜　　拉：您把整件事都写进去了？

克罗格斯塔：我已经尽量使用柔和的语气。

娜　　拉：（急忙）他绝对不能看到这封信。把它撕了。我无论如何会想办法把钱凑齐。

克罗格斯塔：抱歉，太太，但我刚才好像已经和您说了——

娜　　拉：哦，我说的不是我欠您的钱。您告诉我，您要从我丈夫那里要多少钱，我去凑钱。

克罗格斯塔：我不要您丈夫的钱。

娜　　拉：那您要什么？

克罗格斯塔：我告诉您我要什么。太太，我要重新站起来；我要往上爬；而且您丈夫要帮我做到。一年半来我没做一件不光彩的事；我一直都在艰难的处境中挣扎；我本愿意老老实实一步一步地爬上去。可是现在我被赶了出来，仅仅是恢复我的职位已经是不够的了。我告诉您，我要往上爬。我要再回到银行，——得到晋升；您的丈夫要专门为我设立一个职位——

娜　拉：他绝对不会同意的！

克罗格斯塔：他会的，我了解他，他不敢反抗。到时候我和他一起在银行，您走着瞧吧！一年以内，我将成为银行主管的左膀右臂。管理商业银行的人将不再是托尔瓦海尔茂，而是尼尔斯克罗格斯塔。

娜　拉：您永远都不会有那一天！

克罗格斯塔：难道您要——？

娜　拉：现在我有勇气了。

克罗格斯塔：您吓唬不了我。像您这样一位优越惯了的太太——

娜　拉：您走着瞧，您走着瞧！

克罗格斯塔：难道您要到结了冰的水面下去？到又冷又黑的水里去？到了春天再浮上来，那时候您丑得没人认得出，头发都掉光了——

娜　拉：您吓唬不了我。

克罗格斯塔：您也吓唬不了我。海尔茂太太，没人会去做这样的事。况且这么做又有什么用呢？他反正是在我的手心里了。

娜　拉：哪怕我不在了——？

克罗格斯塔：您忘了，那样您的生前名誉就由我说了算了。（娜拉无语，站在那里看着他。）

克罗格斯塔：好，我现在已经提醒过您了。别做傻事。海尔茂拿到我的信之后，我就等他的回音。您记好了，是您丈夫自己把我又引到这条路上来的。我永远都不会原谅他。再会，太太。（他从门厅出。）

娜　　拉：（走向通往门厅的门，打开一丁点儿，听。）他走了。他没把信放进信箱。不会，不会，他不可能做得出来！（把门开得越来越大）他在干什么？他站在门外。没下台阶。他改主意了吗？难道他——？（只听得一封信掉进信箱里，然后传来克罗格斯塔下台阶的脚步声）

娜　　拉：（压低声音尖叫，向前跑到沙发旁的桌子那里；短暂的停留）在信箱里了。（恐慌地、悄无声息地走向通往门厅的门）就在那里。——托尔瓦，托尔瓦，——现在我们没救了！

琳德太太：（拿着服装从左侧房间里出）喏，补好了。要不要试试——？

娜　　拉：（嘶哑地、轻声地）克里斯蒂纳，你来。

琳德太太：（把衣服扔到沙发上）出了什么事？你看起来神情恍惚。

娜　　拉：你来。你看见那封信了吗？在那儿，你看，——透过信箱玻璃能看到。

琳德太太：嗯，嗯，我看到了。

娜　　拉：那封信是克罗格斯塔写的——

琳德太太：娜拉，——是克罗格斯塔，是他借给你的钱！

娜　　拉：是的。现在托尔瓦全都要知道了。

琳德太太：娜拉，相信我，这样对你们俩都是最好的。

娜　　拉：你并不知道整件事情。我签了一个假名字——

琳德太太：我的天啊，怎么会——？

娜　　拉：克里斯蒂纳，你听我说，我要你做我的证人。

琳德太太：什么证人？我怎么做——？

娜　　拉：如果我神志不清了，——这是很有可能的——

琳德太太：娜拉！

娜　　拉：或者我出了什么别的事，——让我不能在这里——

琳德太太：娜拉，娜拉，你真的是发疯了！

娜　　拉：如果有人要将一切责任揽下来，承担所有的罪过，你明白吗——

琳德太太：明白，明白，但你怎么会这么想——？

娜　拉：那时你就要作证，克里斯蒂纳，你要证明那是不对的。我根本没有发疯；我现在清醒得很。我告诉你：没别人知道这件事；全是我自己一个人做的。记住了。

琳德太太：记住了。但我还是不明白这一切。

娜　拉：哦，你怎么可能明白？将要发生的，正是那件美妙的事情。

琳德太太：美妙的事情？

娜　拉：是的，美妙的事情。但那十分可怕，克里斯蒂纳；——那件美妙的事情绝对不可以发生，无论如何都不可以。

琳德太太：我去克罗格斯塔那里和他谈谈。

娜　拉：别去他那里；他会伤害你的！

琳德太太：从前他愿意为我做任何事情。

娜　拉：他？

琳德太太：他住在哪里？

娜　拉：哎，我怎么知道——？对了，（在口袋里摸）这是他的名片。可是那封信，那封信——！

海尔茂：（在他的房间里，敲门）娜拉！

娜　拉：（慌忙叫起来）啊，什么事？你要什么？

海尔茂：哎呀，你别这么害怕。我们不会出来的，你都把门插上了。你是不是在试衣服？

娜　拉：是的，是的，我在试衣服。托尔瓦，我会很好看的。

琳德太太：（看过了名片）他就住在这里的街拐角。

娜　拉：是嘛，但那也不顶用。我们没救了。信已经在信箱里了。

琳德太太：钥匙在你丈夫那里？

娜　拉：对，一直是他保管的。

琳德太太：克罗格斯塔必须得把信原封不动地要回来；他必须得找个理由——

娜　拉：可是托尔瓦一般都是在这个时候——

琳德太太：你进去，到他那里去拖延时间。我马上赶回来。（她快速地从通往门厅的门出去。）

娜　拉：（走向海尔茂的房间、打开门、往里看）托尔瓦！

海尔茂：（在内房）哦，我终于可以回到自己的客厅了吗？来，阮克，我们现在可以看了——（在门口）这是怎么回事？

娜　　拉：怎么了，亲爱的托尔瓦？

海尔茂：阮克告诉我这是一个绚丽的化妆舞会演出。

阮　　克：（在门口）我真以为是那样的，看来是我搞错了。

娜　　拉：是啊，不到明天，谁也不能欣赏到我的装扮。

海尔茂：亲爱的娜拉，你看起来真是累坏了。是不是练得过头了？

娜　　拉：没有，我根本还没练呢。

海尔茂：可这是一定要——

娜　　拉：知道，托尔瓦，这是一定要练的。可是你不帮我，我就练不起来；我全忘了。

海尔茂：嗨，我们很快就又能练出来的。

娜　　拉：好，托尔瓦，那你一定要帮我。向我保证？我太紧张了。当着这么多的人——。今天晚上你一定要把自己全部献给我。一点公事都不可以办；手不能碰笔。可以吗？亲爱的托尔瓦，好不好？

海尔茂：我向你保证，今晚我完完全全由你摆布，——你这个可怜的小东西。——唔，对了，让我先去——（走向门厅）

娜　拉：你出去看什么？

海尔茂：就是看看有没有信。

娜　拉：不要，不要，不要去看，托尔瓦！

海尔茂：怎么了？

娜　拉：托尔瓦，我求你了；没有信的。

海尔茂：让我去看看吧。（要走）（娜拉在钢琴旁，弹奏塔朗泰拉舞曲的开头几个小节。）

海尔茂：（在门口站住）啊哈！

娜　拉：你如果不陪我练，那我明天就跳不了。

海尔茂：（走到她那里）亲爱的娜拉，你真的那么怕吗？

娜　拉：是的，怕得不得了。我马上就来练，离吃饭还有一会儿。哦，你坐下给我伴奏，亲爱的托尔瓦；就像往常那样，你来指导我、纠正我。

海尔茂：既然你有这愿望，那我十分荣幸。（他到钢琴前坐下）

娜　拉：（从盒子里拿起铃鼓和一条彩色的长披肩，快速往身上一披；接着她向前一跳、站到了房间中央，大喊）为我演奏！我要跳舞！（海尔茂弹琴，娜拉跳舞；阮克医生站在琴旁、海尔茂的身后，看着。）

海尔茂：（弹琴）慢一些，——慢一些。

娜　　拉：慢不下来。

海尔茂：娜拉，不要这么猛！

娜　　拉：就是这么跳的。

海尔茂：（停止伴奏）不对，不对，不能这样跳。

娜　　拉：（笑着、摇着铃鼓）你瞧我说得对不对？

阮　　克：让我来为她伴奏。

海尔茂：（起身）好，你来；这样我可以更好地指导她。（阮克坐到钢琴前伴奏；娜拉的舞跳得越来越狂野。海尔茂站在壁炉旁，不停地向娜拉做出指点；她不听；她的头发松下来、披到肩膀；她不管，仍旧接着跳。琳德太太进来。）

琳德太太：（站在门口，看呆了）啊——！

娜　　拉：（仍旧跳着）克里斯蒂纳，你瞧我们多开心。

海尔茂：可是，我最最亲爱的好娜拉，你的舞跳得好像是到了生死关头似的。

娜　　拉：没错。

海尔茂：阮克，停下来；这简直是疯了。我说停下来。（阮克停止伴奏，娜拉骤然停下。）

海尔茂：（走向她）我绝对没有想到，你把我教你的东西全部忘光了。

娜　拉：（把铃鼓一扔）你自己也看到了。

海尔茂：好，你需要正儿八经的指导。

娜　拉：是啊，你瞧，这很有必要是不是？你一定得全程指导我。托尔瓦，向我保证？

海尔茂：这个你放心。

娜　拉：不管是今天还是明天，你都不可以想别的，只能想我；你不可以看信件，——不可以开信箱——

海尔茂：啊哈，你还是在担心那个人——

娜　拉：噢，对，对，还有那个人。

海尔茂：娜拉，我一看你就知道，他的信就在信箱里。

娜　拉：我不知道；也许吧；但你现在不能看这种东西；在这一切结束之前，千万别让我们之间发生不愉快的事。

阮　克：（轻轻对海尔茂说）你别跟她唱反调。

海尔茂：（伸出一条手臂搂住她）就听你的，小家伙。但是明天晚上，你的舞跳完了——

娜　拉：那时你就自由了。

女　佣：（在右侧门口）太太，桌子摆好了。

娜　拉：海莱纳，我们要喝香槟酒。

女　佣：好的，太太。（出去）

海尔茂：噢哟，噢哟，这还是场酒会哪？

娜　拉：香槟酒会，直到天明。（大喊）海莱纳，再拿些杏仁饼来，多拿些来，——只此一次。

海尔茂：（拉住她的手）好了，好了，好了，别这么撒野胡闹了。还是变回我的小云雀吧。

娜　拉：哦，好，我会的。你先进去，还有您，阮克医生。克里斯蒂纳，你得帮我把头发梳起来。

阮　克：（边走边轻声说）该不会是有什么——有什么事要发生吧？

海尔茂：哦，我的好兄弟，没的话。只不过是我跟你提起过的那种小孩子脾气。（他们走进右侧房间）

娜　拉：怎么样？！

琳德太太：他出城了。

娜　拉：我一看你就知道。

琳德太太：他明晚回来。我给他留了张条。

娜　拉：你不该管这事。你也管不了。这其实是好事——等待美妙的事情发生。

琳德太太：你等待的是什么呢？

娜　拉：你不会明白的。到他们那儿去吧，我马上就来。（琳德太太走进饭厅。）

娜　拉：（站了一会儿，打起精神；看了看她的表）五点了。再过七小时就是午夜。二十四小时之后就是明天午夜。那时塔朗泰拉舞已经跳完了。二十四加七？还有三十一个小时要过。

海尔茂：（在右侧门口）小云雀在哪里呢？

娜　拉：（张开手臂走向他）云雀在这里！

1879年,《玩偶之家》在哥本哈根首演。

1904年2月,《玩偶之家》在挪威国家剧院上演时的海报。

第三幕

（同一间客厅。沙发桌和周围的几张椅子被向前移到了舞台中央。桌上点着一盏灯。通向门厅的门开着。楼上传来跳舞的音乐。）

（琳德太太坐在桌旁，心不在焉地翻看一本书；想要看书，但又集中不起精神来；有几次她竖起耳朵听大门外的声音。）

琳德太太：（看表）还没来。时间快到了。要是他不——（又听）啊，他来了。（她走进门厅，小心翼翼地将大门打开；台阶上传来慢慢的脚步声；她悄悄说）进来。里面没人。

克罗格斯塔：（在门口）我在家看到您留的纸条。这是什么意思？

琳德太太：我必须与您谈谈。

克罗格斯塔：哦？而且必须在这个家里？

琳德太太：我们不能去我的住处，我的房间没有单独的入口。进来吧，就只有我们俩；佣人睡着呢，海尔茂一家在楼上参加舞会。

克罗格斯塔：（进入客厅）噢，噢；海尔茂一家今晚还跳舞？真的吗？

　　琳德太太：是啊，为什么不跳？

　　克罗格斯塔：哦对，为什么不呢。

　　琳德太太：来，克罗格斯塔，让我们说说话。

　　克罗格斯塔：我们俩之间还有话可说吗？

　　琳德太太：我们有很多话可说。

　　克罗格斯塔：我觉得没有。

　　琳德太太：哦，那是因为您从未真正明白我的意思。

　　克罗格斯塔：这么明确的事情，难道还有别的意思吗？一个没心肠的女人在利益的驱使下，离开她的男人。

　　琳德太太：您觉得我这么没心肠吗？您以为我忍心离开你吗？

　　克罗格斯塔：难道不是吗？

　　琳德太太：克罗格斯塔，您真的相信吗？

　　克罗格斯塔：如果不是，那您为什么给我写那封信？

　　琳德太太：我不得不写。当我要与您分手的时候，我也有责任清除您对我的一切感情。

克罗格斯塔：（攥紧双手）原来如此。这一切——这一切都是为了钱！

琳德太太：您别忘了，我有一位无助的母亲和两个小弟弟要照顾。我们等不起您，克罗格斯塔；您那时候前途未卜。

克罗格斯塔：那好吧。但您为了他人而抛弃我是不对的。

琳德太太：是啊，我也不知道。我经常问自己，那时做得对不对。

克罗格斯塔：（和缓了一点）我失去您的时候，就感觉好像脚底落了空。您看我，现在的我就是一个遇了难的、抓着沉船残骸的人。

琳德太太：救援或许就在不远处。

克罗格斯塔：确实在不远处；但后来您来了，挡住了我的救援。

琳德太太：我是不知情的，克罗格斯塔。我是今天才得知，我在银行取代的是您的职位。

克罗格斯塔：您说这话，我相信。但是现在您知道了，您不准备退出吗？

琳德太太：不，因为这样对您一点好处都没有。

克罗格斯塔：噢，好处，好处——；要换了是我，我还是会退出的。

琳德太太：我已经学会了谨慎行事。是受生活的艰辛所迫。

克罗格斯塔：生活教会了我不要相信嘴上说的空话。

琳德太太：那么生活教会了您一个很有用的道理。但是您还是相信人的行动的吧？

克罗格斯塔：您这话什么意思？

琳德太太：您说，您就是一个遇了难的、抓着沉船残骸的人。

克罗格斯塔：我说这话是有充分理由的。

琳德太太：我也是一个遇了难的、抓着沉船残骸的人。没有人能让我为之伤心，也没有人需要我照顾。

克罗格斯塔：这是您自己选的。

琳德太太：我那时别无选择。

克罗格斯塔：好吧，那现在呢？

琳德太太：克罗格斯塔，如果我们两个遇难者能够走到一起。

克罗格斯塔：您在说什么？

琳德太太：两人一块儿抓一根残骸，总要比每人各自抓一根要好。

克罗格斯塔：克里斯蒂纳！

琳德太太：您以为我来城里是为了什么？

克罗格斯塔：难道您是因为惦记着我吗？

琳德太太：我要是不工作，日子就过不下去。我这一辈子，只要是我记得的日子，都是在工作。工作是唯一也是最能让我开心的事情。但我现在孤身一人，感到可怕的空虚和孤独。为自己工作，一点都不开心。克罗格斯塔，给我一个人、一件事，让我的工作有个目的。

克罗格斯塔：这话我不信。这只不过是女人的一种夸张的、喜欢自我牺牲的高尚情怀罢了。

琳德太太：您觉得我是个夸张的人吗？

克罗格斯塔：那您的话当真？告诉我，——您对我的过去完全了解吗？

琳德太太：是的。

克罗格斯塔：那您知不知道我在这儿被人叫做什么？

琳德太太：您刚才好像还觉得，您如果和我在一起可能会是另一种人。

克罗格斯塔：这点我确信。

琳德太太：那么现在还有可能吗？

克罗格斯塔：克里斯蒂纳；——您这话说得这么当真！唔，您是当真的。我从您脸上看出来了。您真的有勇气——？

琳德太太：我想要做一个母亲；而您的孩子正好需要母亲。我们也互相需要。克罗格斯塔，我相信您的本质是好的；——与您一起我什么都敢做。

克罗格斯塔：（抓住她的双手）谢谢，克里斯蒂纳，谢谢；——现在我要让别人也这样看我。——哦，我差点忘了——

琳德太太：（听）嘘！塔朗泰拉舞！走，快走！

克罗格斯塔：为什么？怎么了？

琳德太太：您听到楼上的舞蹈吗？这支舞一跳完，他们就会回来的。

克罗格斯塔：哦，我是该走了。这一切不会有结果的。您肯定不知道我对海尔茂一家做了什么样的事情。

琳德太太：我知道，克罗格斯塔。

克罗格斯塔：那您还是有勇气——？

琳德太太：我理解，感到绝望会让您这样的男人做出什么事情。

克罗格斯塔：哎，要是我能收回我的行为！

琳德太太：您能的；您的信还在信箱里。

克罗格斯塔：您确定吗？

琳德太太：很确定；但是——

克罗格斯塔：（打量她）原来是这样啊？您愿意不惜一切解救您的朋友。您坦白说吧。是不是这样？

琳德太太：克罗格斯塔，这个曾经为了他人把自己出卖了的人，不会再做这样的事。

克罗格斯塔：我去把信要回来。

琳德太太：不要，不要。

克罗格斯塔：要的。我在这里等海尔茂下来；我就对他说，他得把信还给我，——我说那信是关于辞退我的事，——他没必要看了——

琳德太太：不要，克罗格斯塔，您不要把信要回来。

克罗格斯塔：可是，您说，您不正是因为这件事把我叫到这里来的吗？

琳德太太：是的，我起初害怕；但现在已经过了一整天，在这一天里，我见到了这个家里不可思议的事情。海尔茂一定得全数知道；这个不幸的秘密一定要见天日；他们俩之间一定要把事情全部讲清楚；他们不能再这样隐瞒、回避了。

克罗格斯塔：好吧，既然您愿意冒这个险——。但有件事情我还是能做的，而且得马上做——

琳德太太：（听）快点！快走！舞蹈结束了，此地不安全了。

克罗格斯塔：我在外面等您。

琳德太太：好，等我。您得送我到家。

克罗格斯塔：我从来都没有这么开心过。（他从大门出；门厅和客厅之间的门仍旧开着。）

琳德太太：（稍稍收拾一下，把自己的外套拿出来理好）这是多么大的变化啊！真是个大变化！我可以为他人工作了，——为他活着；为一个家增添温馨。好，现在就要着手做的是——。希望他们快点回来——（听）啊哈，他们来了。得把衣服穿上。（拿起帽子和大衣）
（外面传来海尔茂和娜拉的声音；钥匙在锁孔里转，海尔茂连拖带拉地将娜拉拉近门。她穿着意大利服装，披着一条黑色的大披肩；他穿着礼服，外面套着一件附带假面具的、敞开的黑披风。）

娜　拉：（还在门口，与他争执）不要，不要，不要，我不要进去！我还要上去。我不要这么早回家。

海尔茂：可是亲爱的好娜拉——

娜　拉：托尔瓦，我求求你了；我这么好声好气地求你，——就再玩一个小时！

海尔茂：一分钟也不行，我的好娜拉。你知道的，我们有约定。好了，到客厅里去；你站在这儿会冷的。（虽然娜拉还在挣扎，但海尔茂还是好生把她扶进来了。）

琳德太太：晚上好。

娜　　拉：克里斯蒂纳！

海尔茂：什么，琳德太太，您怎么这么晚了还在这儿？

琳德太太：哦，对不起；我太想看看娜拉的装扮了。

娜　　拉：你一直都在这儿等我吗？

琳德太太：是的，可惜我来晚了，你已经到楼上去了；可是我一定要看你一眼再走。

海尔茂：（将娜拉的披肩脱下）好，仔细看看她吧。我觉得她确实值得看。琳德太太，她是不是很漂亮？

琳德太太：是的，确实漂亮——

海尔茂：她是不是美得不可思议？这也是舞会上客人们的一致看法。但是这个小家伙出奇的任性。我们该拿她怎么办呢？您信不信，我差不多是硬把她从舞会上拉出来的。

娜　　拉：哦，托尔瓦，只不过是再待半个小时嘛，你都不肯，你会后悔的。

海尔茂：太太，您听听。她跳了她的塔朗泰拉舞，——大受欢迎，——这也是她辛苦得来的，——虽然，我觉得，——她的表演可能，严格地讲，作为一种艺术来说，——太过自然了。不过，这就不说了！最重要的是，她成功了；她大受欢迎。难道我要让她继续待在那里、削弱她留给大家的印象？当然不行。我带着我美丽的、变幻莫测的、卡普里岛的小姑娘——将她搂在我怀里，快速地向舞会上的所有人行了一圈礼，然后——就像小说里说的那样——让美景从视线里消失了。琳德太太，收场戏总是要强有力的；可是我就是没法让娜拉明白这一点。哎，这里真热。（把披风朝椅子上一扔，打开通向他房间的门）怎么回事？这么黑。哦，对了。失陪了——（他进去，点起两盏灯。）

娜　拉：（快速低语，上气不接下气）怎么样？！

琳德太太：（轻声地）我和他谈过了。

娜　拉：然后呢——？

琳德太太：娜拉，——你必须一五一十地告诉你丈夫。

娜　拉：（有气无力地）我就知道。

琳德太太：克罗格斯塔那边你什么都不用担心；但你必须和你丈夫说。

娜　拉：我不说。

琳德太太：那就让信说吧。

娜　拉：克里斯蒂纳，谢谢你。我现在明白该怎么做了。嘘——！

海尔茂：（回来）太太，您欣赏过她了吗？

101

琳德太太：是的，现在我该告辞了。

海尔茂：怎么，现在就要走？这是您在编织的东西吗？

琳德太太：（拿起来）是的，谢谢。我差点忘了。

海尔茂：这么说您会编织？

琳德太太：哦，是的。

海尔茂：您知道吗，您应该刺绣才是。

琳德太太：哦？为什么？

海尔茂：哦，因为刺绣优美多了。您瞧，刺绣的时候，左手拿着绣品，右手拿着针——就这样——抽出一条细而长的曲线；是不是——？

琳德太太：哦，是挺优美的——

海尔茂：而编织则相反——编织总是很丑；您瞧，两条手臂夹得紧紧的，——编织棒上上下下；——总觉得有种中国风味。——啊，今晚的香槟酒真是好极了。

琳德太太：哦，晚安，娜拉，别再任性了。

海尔茂：说得正是，琳德太太！

琳德太太：晚安，主管先生。

海尔茂：（送她到门口）晚安，晚安；您自己回家应该可以吧？我本该——；但您住的实在不远。晚安，晚安。（她出去。他关上门，进来）哎哟，总算把她打发走了。她真是闷死人了，这个人。

娜　拉：托尔瓦，你该是很累了吧？

海尔茂：不累，一点都不累。

娜　拉：也不困吗？

海尔茂：也不困；我反而感觉特别有精神。你呢？你看起来倒是又累又困。

娜　拉：是啊，我很累了。我过会儿就去睡觉。

海尔茂：你瞧，你瞧！我不让你久留，还是对的吧。

娜　拉：哦，你做的总是对的。

海尔茂：（吻她的额头）现在云雀总算说人话了。不过，你有没有注意到，今晚阮克有多高兴？

娜　拉：是吗？他高兴吗？我没和他说上话。

海尔茂：我也没和他说什么话；不过我很久没有看到他心情这么好了。（看了她一会儿；接着走近她）唔，——回到家里放松自在真是舒服啊；和你单独在一起。——哦，你个迷人的女人、年轻又美貌！

娜　拉：托尔瓦，别这么看着我！

海尔茂：我不该看我最珍贵的宝贝吗？——看我最最荣耀的宝贝——完完全全是我的，由我独享。

娜　拉：（走到桌子另一边）你今晚不要这样和我说话。

海尔茂：（跟着她）我看出来了，你骨子里还有塔朗泰拉舞。这让你更加诱人。你听！客人们开始走了。（轻声地）娜拉，——很快整座房子都会安静的。

娜　拉：是的，我希望如此。

海尔茂：就是啊，我的爱人娜拉。哦，你知道吗，——我在和你一起参加舞会的时候，——你知道我为什么没怎么和你说话，只是有时候远远地向你瞄一眼，——你知道为什么吗？那是因为我想象着，你是我年轻的秘密爱人，我们偷偷订了婚，没人知道我们之间的事情。

娜　拉：哦，好，好，好，我知道了，你的所有心思都在我身上。

海尔茂：我们要走的时候，我把披肩披到你细嫩的肩膀上，——披到那美妙的脖子上，——我就想象你是我年轻的新娘，我们刚刚完婚，我第一次带你进我家门，——第一次和你独处，——完全单独在一起，和你这个年轻的、颤抖着的美丽佳人在一起！整个晚上我渴望的都是你。当我见到你在跳塔朗泰拉舞时摇摆、诱人的样子，——我的血液都沸腾了；我再也忍不住了；——所以我才这么早把你带出来。

娜　拉：托尔瓦，你走！你走开。我不想。

海尔茂：这是什么意思？你个小娜拉，是在逗我玩吧。不想，不想？我难道不是你丈夫吗——？（有人敲大门）

娜　拉：（吃了一惊）你听到了吗——？

海尔茂：（对着门厅）是谁啊？

阮克医生：（在外面）是我。我能进来一会儿吗？

海尔茂：（轻声地，不耐烦地）哎，他来做什么？（高声）等等。（去开门）啊，你路过不忘进来看看我们，真是客气啊。

阮　克：我觉得好像听到了你的声音，所以就想进来看看。（环顾四周）哎，这个我熟悉的地方。你们俩在这儿快乐又自在。

海尔茂：你好像在楼上的时候也挺开心的。

阮　克：非常开心。为什么不呢？人活在这个世上，为什么不尽情享受呢？至少是能享受多少就享受多少、能享受多久就享受多久。今晚的酒美极了——

海尔茂：尤其是香槟。

阮　克：你也这么觉得对吧？我简直不敢相信自己喝下了多少。

娜　拉：托尔瓦今晚也喝了不少香槟。

阮　克：是吗？

娜　拉：是呀，每次喝多了以后，他都兴致这么好。

阮　克：辛苦了一天，为何不在晚上尽尽兴呢？

海尔茂：辛苦了一天；可惜我不敢说我今天辛苦了一天。

阮　克：（拍他的肩膀）但你瞧，我敢说！

娜　拉：阮克医生，您今天一定是进行了一个科学检查。

阮　克：正是。

海尔茂：你瞧瞧，你瞧瞧；小娜拉开始谈论科学检查了！

娜　拉：我是否该祝贺您检查结果良好？

阮　克：是的，您应该。

娜　拉：这么说是好的了？

阮　克：无论对于医生来说，还是对于病人来说，都是最好的，——那就是确定性。

娜　拉：（快速的、探究的语气）确定性？

阮　克：完全确定。难道我不该在晚上好好庆祝一下吗？

娜　拉：当然应该，您做得对，阮克医生。

海尔茂：我也同意，只要别到了明天来找你算账！

阮　　克：哎，这世上没有免费的午餐。

娜　　拉：阮克医生，——您一定很喜欢化妆舞会吧？

阮　　克：是的，如果有许多怪诞离奇的服装，我就喜欢。

娜　　拉：您说，下次化妆舞会，我们俩应该扮成什么好呢？

海尔茂：你这没长性的小家伙，——已经在想下一次了！

阮　　克：我们俩？哦，那我来告诉您，您应该扮成命运的宠儿——

海尔茂：好啊，可是用什么服装才能扮成那样呢？

阮　　克：你的太太只要做她自己平时的样子就行——

海尔茂：说得好。可是你知道你自己要扮成什么吗？

阮　　克：知道，我亲爱的朋友，我早就想好了。

海尔茂：哦？

阮　　克：下一次化妆舞会，我要做隐身人。

海尔茂：太有意思了。

阮　　克：有一种黑色帽子——；你没听说过能让人隐身的帽子吗？你只要戴上它，别人就看不见你了。

海尔茂：（忍住不笑）嗯，没错，没错。

阮　克：我一点都想不起来我来这儿是做什么的。海尔茂，给我一支雪茄烟，要深色的哈瓦那。

海尔茂：不甚荣幸。（把盒子递给他）

阮　克：（拿出一支烟，把头切掉）谢谢。

娜　拉：（点上一根蜡做的火柴）我来给您点烟。

阮　克：谢谢。（她为他拿着火柴，他点上烟）再见了！

海尔茂：再见，再见，我的老朋友！

娜　拉：睡个好觉，阮克医生。

阮　克：谢谢您的祝福。

娜　拉：您也祝我睡个好觉。

阮　克：您？哦，好，既然您要我说——。睡个好觉。谢谢您给的火。（他向海尔茂夫妇致意，离开了。）

海尔茂：（压低声音）他喝得真不少。

娜　拉：（心不在焉地）也许吧。（海尔茂从口袋里拿出一串钥匙，去门厅。）

娜　拉：托尔瓦——你去那儿做什么？

海尔茂：我得去取信；信箱都满了；明天一早的报纸都要放不下了——

娜　　拉：你今晚要工作吗？

海尔茂：这个你是知道的，我今晚不工作。——怎么回事？有人动过锁了。

娜　　拉：动过锁——？

海尔茂：就是有人动过了。会是谁呢？女佣们是绝对不会的——。这儿有根断了的发夹。娜拉，是你的——

娜　　拉：（急忙）一定是孩子们——

海尔茂：你得让他们改掉这个坏习惯。唔，唔；——总算打开来了。（把信箱里的东西拿出来，对着厨房喊）海莱纳？——海莱纳；把门口的灯灭了。（回到客厅里，将门厅的门关上）

海尔茂：（手里拿着信）你瞧，这么多的信。（翻看）这是什么？

娜　　拉：（在窗边）那封信！哦，托尔瓦，不要看，不要看！

海尔茂：两张名片——是阮克的。

娜　　拉：阮克医生的？

海尔茂：（看名片）医学博士阮克。这两张名片在最上面；一定是他刚才走的时候塞进去的。

娜　拉：名片上写了什么吗？

海尔茂：名字上有个黑色十字。你瞧。真是不吉利。好像是给自己报丧似的。

娜　拉：他就是这个意思。

海尔茂：什么？你知道这事？他对你说了什么没有？

娜　拉：是的。看到这两张名片就意味着他与我们辞别了。他要把自己关起来，等死。

海尔茂：可怜的朋友。我知道不能久留他。但没想到这么快就——。他还要躲起来，像只受了伤的动物。

娜　拉：这种事注定要来的时候，最好还是让它静悄悄地来，不是吗，托尔瓦？

海尔茂：（前后来回走）他跟我们走得那么近。我想象不出他走了是个什么感觉。他的痛苦和孤单，就好比是一片阴天，衬托出我们阳光灿烂的幸福生活。——哎，或许这样是最好的。至少对他来讲。（停住）也许对我们也是，娜拉。现在只剩我们俩相依为命了。（搂住她）哦，我亲爱的妻子；我怎么抱你都觉得不够紧。娜拉，你知道吗，——我经常想，要是你遇到危难就好了，那样我就能冒着生命危险、不顾一切地去救你。

娜　拉：（从他怀中挣脱，强烈而果断地）托尔瓦，现在你去看信吧。

海尔茂：不看，不看，今晚不看。我要和你在一起，我亲爱的妻子。

娜　拉：你的朋友要死了，你还——？

海尔茂：你说的没错。我们俩为这件事都很难受；我们之间隔着一些不美好的东西——一些关于死亡和分离的念头。我们必须要从中解脱出来。在解脱之前，我们还是各做各的事吧。

娜　拉：（搂住他脖子）托尔瓦，——晚安！晚安！

海尔茂：（吻她额头）晚安，我的小夜莺。睡个好觉，娜拉。现在我来看信。（他带着一叠信到他房里去，关上门。）

娜　拉：（两眼迷茫地东摸西摸，抓起海尔茂的披风，披到自己身上，用嘶哑的嗓音快速地、断断续续地低语）再也见不到他了。永别了。永别了。永别了。（将自己的披肩往头上一披）再也见不到孩子们了。和他们也永别了；永别了。——啊，那冰冷的黑水。哦，那无底的——；那——。啊，真希望一切都了结了。——他拿到信了；他在看了。不要，不要，再等等。托尔瓦，孩子们，永别了——（她正要从门厅跑出去，海尔茂把门猛一推开，站在那里，手里拿着一封拆开了的信。）

海尔茂：娜拉！

娜　拉：（高声尖叫）啊——！

海尔茂：这是什么？你知道这封信里写的是什么吗？

娜　拉：是的，我知道。让我走！让我出去！

海尔茂：（把她拉回来）你要去哪里？

娜　拉：（使劲挣脱）托尔瓦，你不要救我！

海尔茂：（向后绊了一脚）是真的！他写的是真的吗？太可怕了！不，不，这不可能是真的。

娜　拉：是真的。我对你的爱胜过世上的一切。

海尔茂：你不要打岔。

娜　拉：（向他走近一步）托尔瓦——！

海尔茂：你这个祸水，——你做了什么呀！

娜　拉：让我走吧。你不能为我担这个罪。你不能自己承担下来。

海尔茂：不要演戏了。（把通向门厅的门锁住）你就待在这里，把事情交待清楚。你明白你做了什么吗？回答我！你明白吗？

娜　拉：（直瞪瞪地盯着他，用僵硬的口吻说）是的，我现在开始彻底明白了。

海尔茂：（来回走）我算是看清楚了。太可怕了。整整八年了，——这个曾经让我高兴、让我骄傲的女人，——是个虚伪的骗子，——不对，比那更坏，——是个罪犯！——啊，所有这一切都无比丑恶！呸，呸！（娜拉保持沉默，仍然直瞪瞪地看着他。）

海尔茂：（在她面前停下）我早该料到这种事会发生。我早该料到。你父亲的鲁莽作风——。闭嘴！你父亲的鲁莽作风全都传给你了。没有信仰、没有道德、没有责任感——。哎，我对你父亲睁一只眼、闭一只眼，竟招来这样的惩罚。我是为了你才那么做的；而你就这样报答我。

娜　拉：对，就这样报答你。

海尔茂：你把我的幸福全都毁了。我的前途让你给断送了。想想就可怕。我的命运被掌握在一个没有良知的人的手里；他想把我怎样就怎样，想问我要什么就要什么，我随他摆布，——一声都不敢吭。我会可怜巴巴地往下沉、一直沉到底，——都是因为一个轻率的女人！

娜　拉：当我离开这个世界了，你就自由了。

海尔茂：哦，别假惺惺的。这种话你父亲也是随口就能说的。像你说的那样，你离开了这个世界，对我又有什么好处？一点好处也没有。他还是可以把这件事告知天下；他要是那么做，我就可能被怀疑是知情故纵。别人或许会以为，这件事是我策划的，——是我唆使你做的！这一切我都要谢谢你啊，——我们结婚到现在，我一直都把你捧在手心里。现在你明白你对我做了什么吗？

娜　拉：（冷酷、平静地）我明白。

海尔茂：这件事太不可思议了，我无法理解。但我们必须想个办法。把披肩脱了。我说脱了！我先得想个办法，无论如何要安抚住他。要不惜一切代价封锁这件事的信息。——至于你和我，表面上还是得做得和从前一样。但这自然只是掩人耳目罢了。你自然还是住在这个房子里。但是不许你教育孩子；我不敢将他们托付给你——。哦，没想到我竟然要对你说这样的话，我曾经那么深爱你，——直到现在还是——！哎，这是往事了。从今以后再也没有幸福可谈；能挽救的只有残存的一点碎片和面子——（门铃声响起）

海尔茂：（吃了一惊）怎么回事？这么晚了。难道会是——！难道他——？娜拉，你躲起来！就说你病了。（娜拉一动不动地站着。海尔茂去开通往门厅的门。）

女　佣：（在门厅，睡衣上披着一件衣服）这是给太太的信。

海尔茂：给我。（拿过信，关上门）果然是他写的信。你不能看，我自己来看。

娜　拉：你看吧。

海尔茂：（在台灯边）我不敢看。也许我们没救了，你和我都没救了。不对，我得看他写了什么。（快速将信拆开；扫了几行；看了看信里附带的一张纸；高兴得叫出来）娜拉！（娜拉不解地看着他）

海尔茂：娜拉！——不对，让我再看一遍。——对，对；就是这个意思。我获救了！娜拉，我获救了！

娜　拉：那我呢？

海尔茂：你当然也获救了；我们俩都获救了。你瞧。他把你的借条还给你了。他说他改主意了，后悔了——；还说他生活中出现了一个好的转机——；哦，管他说了什么呢。我们得救了，娜拉！没人能把你怎么样了。哦，娜拉，娜拉——；不对，得先把这个可恶的东西弄掉。让我看看——（瞅了一眼借条）不，我不要看；只当是我做了一场梦。（把借条和两封信都撕成碎片，统统扔进壁炉，看着它们燃烧）你瞧，现在全好了。——他在信里说，从圣诞夜到现在——。哎，娜拉，这三天你一定过得很艰难。

娜　　拉：这三天我斗争得很辛苦。

海尔茂：而且很痛苦，看不到出路——。不，我们不说这些丑事了。我们现在只要庆祝，要不断地说：这一切都结束了，结束了！娜拉，你听见了吗，你好像没明白：这件事结束了。这是怎么回事——你怎么直瞪瞪的？哦，可怜的小娜拉，我明白了；你不敢相信我原谅了你。但是娜拉，我原谅你了；我发誓：我饶恕你所做的一切。我知道，你所做的都是出于对我的爱。

娜　　拉：这话没错。

海尔茂：你对我的爱，是一个妻子对丈夫应有的爱。只是你做事的方式欠缺考量。但你以为，就为了你不会独立处事，我就会爱你少吗？不会的，不会；你靠着我就行了；我会指点你；我会引导你。假如你这个妇人的无奈没有让你在我眼里加倍可爱，那我就不是真正的男人。我刚听说这件事的时候觉得整个世界都垮了，你可不要把我对你说的那些可怕的话放心里去。我已经原谅你了，娜拉；我向你发誓，我已经宽恕你了。

娜　拉：谢谢你的宽恕。（从右侧门出）

海尔茂：不，别走——。（看进去）你到卧室去做什么？

娜　拉：（在房里）把化妆舞会的礼服脱了。

海尔茂：（在开着的门口）对，脱掉它；你可以冷静下来了，我受惊了的小夜莺，定定心。好好休息休息；我有宽广的翅膀，可以呵护你。（在门口走来走去）哦，我们的家多么温馨美丽啊，娜拉。在这儿你可躲避风雨；在这儿我会把你当成我从老鹰爪子下救出的鸽子那样照顾你；我会让你可怜的砰砰跳的心平静下来。慢慢地，娜拉，我会做到的，相信我。明天，这一切都会在你眼里不同了；一切都会很快恢复到从前的样子；我就不必再告诉你我已经原谅了你；因为你自己会清楚地感觉到，我原谅了你。你怎么可能相信我会想到要把你赶出去，甚至是怪你？哦，娜拉，你不了解一个真男人的心。对于一个男人来说，能够在心里清楚地知道，自己原谅了妻子，——真心诚意地原谅了她，——这是一件无比甜美和满足的事情。从此，他的妻子成了他双重意义上的财富；他就好比是重新赋予了他妻子生命；他的妻子从某种意义上来说，既是他的妻子，也是他的孩子。从今以后，你对我来说就是这样了，你这个迷途无助的小家伙。你什么也别担心，娜拉；只要你敢开心对待我，我就是你的意志力和良知。——怎么？你不睡觉吗？你换了身衣服？

娜　拉：（穿着日常服装）是的，托尔瓦，我现在换了身衣服。

海尔茂：可是，这么晚了，你为什么——？

娜　拉：今晚我不睡。

海尔茂：可是，亲爱的娜拉——

娜　拉：（看自己的表）还不太晚。你在这儿坐下，托尔瓦；我们俩有很多话要说。（到桌子一边坐下）

海尔茂：娜拉，——这是什么意思？你这么直瞪瞪地——

娜　拉：你坐下。这得有一会儿。我有很多话要对你说。

海尔茂：（到桌子另一边坐下）娜拉，你这样弄得我很紧张。我不懂你。

娜　拉：这就对了。你不懂我。而我也从来都不懂你——直到今晚。不，你不要插话。你听我说就行。——这是一场清算，托尔瓦。

海尔茂：你是什么意思？

娜　拉：（短暂沉默之后）我们现在坐在这里，你有没有想到什么事情？

海尔茂：什么事情？

娜　拉：我们结婚已经八年了。你有没有想到，这是你和我作为夫妻，第一次严肃地谈话。

海尔茂：是啊，严肃的，——什么叫严肃的？

娜　拉：整整八个年头了，——要是从我们第一次见面说起就更长了，——我们从来没有严肃地讨论过一件严肃的事情。

海尔茂：难道你要我不停地告诉你那些你帮不上忙的烦心事吗？

    娜　　拉：我说的不是烦心事。我是说，我们从来没有一起严肃彻底地讨论过一些事情。

    海尔茂：可是，亲爱的娜拉，那样对你合适吗？

    娜　　拉：这话说到正题上了。你从来就不懂我。——我受过不少委屈，托尔瓦。先是在爸爸那里，后来是在你这儿。

    海尔茂：什么！我们俩，——我们是这个世界上最最爱你的两个人。

    娜　　拉：（摇头）你们从来没爱过我。你们只是觉得，爱我是件好玩的事情。

    海尔茂：娜拉，你这算什么话？

    娜　　拉：就是这个话，托尔瓦。我和爸爸一起的时候，他把他所有的看法都告诉我，于是我就和他看法都一样；即使我有别的看法，也不会让他知道；因为他不会允许。他把我叫作他的娃娃，他和我玩，就像是我和我的娃娃玩。然后我落户到了你家——

    海尔茂：你就这样称呼我们的婚姻吗？

    娜　　拉：（不理他）我是说，然后我从爸爸的手里到了你的手里。每件事情你都按照你的喜好来安排，所以我就与你有了一样的喜好；或许我假装与你有一样的喜好；我也不知道——；我觉得可能两者都有；有时候是真的有时候是装的。回过头去看看，我觉得我在这里过得像个穷人一样，——得过一天且过一天。我的生计就是为你做把戏，托尔瓦。而你又喜欢那样。你和爸爸对我犯下了大罪。我如今一无是处，都是你们的错。

海尔茂：娜拉，你怎么这么不讲道理、不懂感恩！你在这里难道不幸福吗？

娜　拉：不幸福，我从来就没有幸福过。我以为我幸福，但是我从来都不幸福。

海尔茂：不——不幸福！

娜　拉：不幸福，只不过是有些乐趣罢了。你一直都对我很好。但是我们的家只不过是一个游乐室。我在这里做了你的玩偶妻子，就像我在家是爸爸的玩偶孩子。而孩子们呢，就是我的娃娃。我觉得和你一起玩挺愉快的，就像孩子们也觉得和我一起玩挺愉快的。那就是我们的婚姻，托尔瓦。

海尔茂：你的话有些道理，——虽然有些夸大其词了。但从今以后就不一样了。我们不再玩了；而是要把心思放在教育上。

娜　拉：谁的教育？我的还是孩子们的？

海尔茂：你还有孩子们的，我亲爱的娜拉。

娜　拉：啊，托尔瓦，你教不来我如何做一个适合你的妻子。

海尔茂：你竟说这话？

娜　　拉：而且我，——我怎么又有能力去教孩子呢？

海尔茂：娜拉！

娜　　拉：刚才不是你自己说的，——你不敢把这个任务托付给我。

海尔茂：那是我在气头上说的话！你怎么能当真呢？

娜　　拉：但是你说的很对。这件事我胜任不了。我必须先解决另一件事。我必须先教育自己。这件事你帮不了我。我必须独自完成。所以我现在要离开你了。

海尔茂：（跳起来）你说什么？

娜　　拉：要想了解我自己和周围的一切，我就必须要一个人过。所以我不能再和你住在一起了。

海尔茂：娜拉，娜拉！

娜　　拉：我现在就走。今晚克里斯蒂纳应该会收留我——

海尔茂：你疯了！你不可以这样！我不许你这样！

娜　　拉：从今以后，你不许也没用了。我会把属于我的东西都带走。你的东西我什么也不要，现在不要，将来也不要。

海尔茂：你这到底是着了什么魔呀！

娜　拉：明天我就回家，——我是说，回老家。我在那里最容易找到出路。

海尔茂：就凭你这个无知、没有经验的人？

娜　拉：我会努力积累经验，托尔瓦。

海尔茂：所以你就离开你的家、你的丈夫还有你的孩子！你不想想，别人会说什么话。

娜　拉：这我管不了。我只知道，我必须这样做。

海尔茂：哦，真让人作呕。你就这样背叛你最神圣的责任。

娜　拉：你说我最神圣的责任是什么？

海尔茂：这还要我告诉你吗！难道不是对你丈夫和孩子的责任吗？

娜　拉：我也有其他同样神圣的责任。

海尔茂：你没有。其他什么责任？！

娜　拉：对我自己的责任。

海尔茂：你首先是个妻子、是个母亲。

娜　拉：这话我已不再相信。我相信，我首先是一个人，——与你一样的一个人，——或者至少我要学着去做一个人。托尔瓦，我知道大多数人都会同意你的看法，而且书里也是这样说的。但是我不能再满足于大多数人的看法和书里的说法。我必须自己考虑问题,来把它们弄清楚。

海尔茂:难道你不清楚你在自己家里的位置是什么吗?难道在这种问题上你没有一个全能的向导吗?难道你没有宗教信仰吗?

娜　拉:哦,托尔瓦,我根本就不清楚宗教信仰是什么。

海尔茂:你在说什么?!

娜　拉:我只听到杭森牧师在我坚信礼上说过一些话。他说,宗教是这个,宗教是那个。等我离开了这里的一切,独自生活的时候,我就要把这件事情也弄个清楚。我要看看杭森牧师所说的话对不对,至少对我来说对不对。

海尔茂:哦,这样的话从一个这么年轻的女子嘴里说出来,真是闻所未闻!如果宗教不能指你走上正道,那就让我来唤醒你的良知。是非感你总还是有的吧?或者,你回答我,——你是不是连是非感也可能没有了?

娜　拉:嗯,托尔瓦,这个问题还是不要回答了。我根本不知道。在这种事上我很糊涂。我只知道,我和你在这些事情上的看法很不一样。我还听说,法律也和我想象的不一样;但如果说法律是对的,那我实在是无法理解。一个女人似乎没有权利照顾她临终的父亲的感受,也没有权利救她丈夫的命!我不信这个。

海尔茂:你的话就好像是个小孩子说的。你不懂社会是什么样的。

娜　拉：不，我不懂。但是现在我要来搞懂它。我一定要来看看，谁是对的，是社会还是我。

海尔茂：你病了，娜拉；你热昏头了；我觉得你已经几乎失去理智。

娜　拉：我从来没有像今晚这样感觉清醒和有把握。

海尔茂：于是你就清醒而有把握地离开你的丈夫和孩子？

娜　拉：是的。

海尔茂：那么就只有一种解释了。

娜　拉：什么解释？

海尔茂：你不再爱我了。

娜　拉：对，就是这个意思。

海尔茂：娜拉！——你竟说出这种话！

娜　拉：哦，托尔瓦，这让我十分痛心；你对我一直都很好。但我改变不了这个事实。我不再爱你了。

海尔茂：（尽力保持冷静）这个也是清醒而确定的信念吗？

娜　拉：是的，完全清醒而确定。所以，我不愿意再留在这里。

海尔茂：那么你能不能帮我明白我是如何辜负了你的爱？

娜　　拉：能。是今晚，当那件美妙的事情没有发生的时候；那时候我看到，你不是那个我理想中的男人。

海尔茂：再说清楚点；我不懂。

娜　　拉：八年了，我耐心地等待；我的天啊，我很清楚，美妙的事情不是随便哪天都会发生。所以当这个大祸临头的时候，我确信：美妙的事情要来了。当克罗格斯塔的信躺在信箱里的时候，——我万万不会想到，你会在这个人开的条件面前弯腰。我确信，你会对他说：你去把此事公布于天下吧。而且在这之后就——

海尔茂：就怎么样？在我让我的妻子任世人羞辱之后——！

娜　　拉：在那之后，我确信你会挺身而出，将一切责任都揽到自己身上，说："是我的错。"

海尔茂：娜拉——！

娜　　拉：你是不是觉得我绝对不会接受你为我做出的这样的牺牲？没错，我当然不会。但是我的话和你的话比，根本没有分量。——那就是我一直盼望着但又害怕的那件美妙的事情。正是为了阻止这件美妙事情的发生，我才想要结束自己的生命。

海尔茂：我会心甘情愿地日夜为你工作，娜拉，——为你承担悲伤、与你分享渴望。但是没有人会为了自己爱的人牺牲自己的名誉。

娜　　拉：成千上万的女人就是这样做的。

海尔茂：哦，你考虑问题和说话都像是个傻孩子似的。

娜　拉：好吧。但是你考虑问题和说话都不像是我可以与之同甘共苦的男人。你的恐慌，——不是因为怕我有危险，而是怕你自己有危险。——当一切危险都过去的时候，——你就好像什么事情都没发生过。我还是和以前一样是你的小云雀、你的玩偶，——但是从今以后要加倍呵护，因为它不懂事、很脆弱。（起身）托尔瓦，——在那一刻我意识到，这八年来我和一个陌生男人住在一起，还和他生了三个孩子——。哦，我实在无法忍受这样的念头！我恨不得将自己撕得粉碎。

海尔茂：（沉重地）我明白了，我明白了。我们之间真的是产生了很大的隔阂。——哦，但是，娜拉，这个隔阂难道就没有填补的可能了吗？

娜　拉：现在的我，不再是你的妻子了。

海尔茂：我有力量重新做人。

娜　拉：假如你的玩偶和你分开了，——你也许会有这个力量。

海尔茂：要分开，——要和你分开！不，不，娜拉，我无法想象。

娜　拉：（走进右侧房间）所以我就更应该走。（她拿着外衣和一个小旅行包出来，将旅行包放在桌边的椅子上。）

海尔茂：娜拉，娜拉，现在别走！等到明天。

娜　拉：（将大衣穿上）我不能在一个陌生男人的家里过夜。

海尔茂：那我们不能像兄妹一样住在一起吗——？

娜　拉：（将帽子扎紧）你很清楚，这不是长久之计——。（将披肩披上）别了，托尔瓦。我不想看到孩子们。我知道他们在这里比和我一起要好。现在的我，什么也不能为他们做。

海尔茂：但以后，娜拉，——以后呢——？

娜　拉：我哪里知道？我对以后一无所知。

海尔茂：但你是我的妻子，现在是，以后也是。

娜　拉：托尔瓦，你听好了；——当一个妻子离开她夫家，——也就是我现在要做的，——我听人说，依照法律，她就解除了她的丈夫对她的一切责任。无论怎样，我解除你对我的一切责任。你不要觉得有任何约束，我也同样不要感到被约束。我们双方都必须完全自由。这儿，我把你的戒指还给你。你把我的也还给我。

海尔茂：有必要吗？

娜　拉：有必要。

海尔茂：给你。

娜　拉：好。现在算是结束了。我把钥匙放在这儿。家里的一切事情，佣人们比我更清楚。明天——我走之后——，克里斯蒂纳会来这里收拾我从娘家带来的东西。我会派人把东西寄给我。

海尔茂：结束了，结束了！娜拉，你再也不会想我了吗？

娜　拉：我一定会经常想你和孩子们，还有这个家。

海尔茂：我能给你写信吗，娜拉？

娜　拉：不，——千万不要。我不要你写信给我。

海尔茂：哦，但我总要给你——

娜　拉：不要，什么也不要。

海尔茂：如果你需要的话，我总要帮帮你。

娜　拉：不，我说了不要。我不要陌生人的东西。

海尔茂：娜拉，——对你来说，我就永远是一个陌生人了吗？

娜　拉：（拿起旅行包）哦，托尔瓦，除非那件最美妙的事情发生。——

海尔茂：你告诉我，最美妙的事情是什么？

娜　拉：那就要你和我都得改变，那样——。哦，托尔瓦，我不再相信什么美妙的事情了。

海尔茂：但我要相信。告诉我！我们都改变，那样就——？

娜　拉：那样我们的结合就能成为真正的婚姻。告辞了。（从门厅走出去。）

海尔茂：（在门边的一把椅子上摊坐下去，双手捂着脸）娜拉！娜拉！（环顾四周，站起身来）空了。她不在了。（他心中生起一线希望）最美妙的事情——？！（下面传来大门被重重关上的声音。）

——剧终

1898年，易卜生在挪威克里斯蒂阿尼亚（现奥斯陆）。

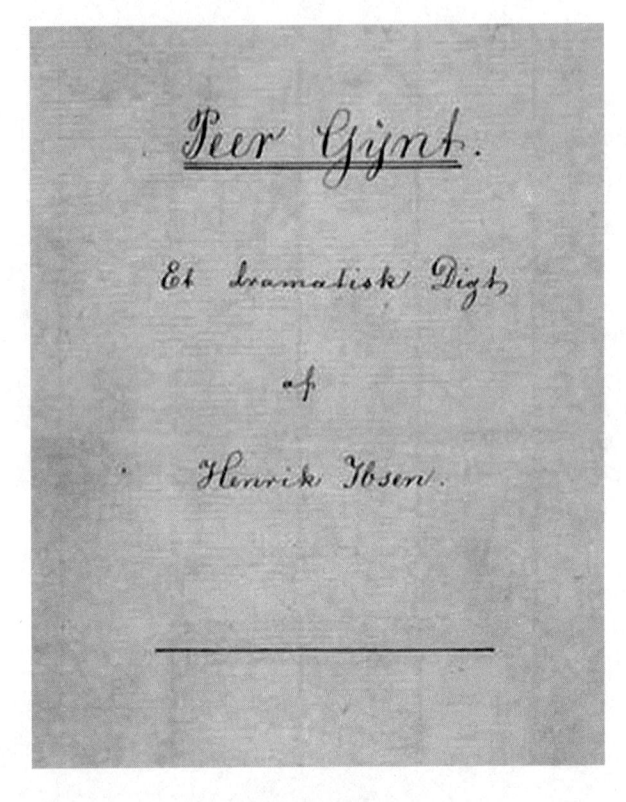

手稿标题页

培尔·金特

（1867）

[挪威] 亨利·易卜生 著

夏志权 夏理扬 译

人 物 表

奥斯————一个守寡的农妇
培尔·金特————奥斯的儿子
两个背着粮食袋子的老妪
阿斯拉克————铁匠
婚礼上的客人、司仪、乐手等
一对从外地来此落户的夫妇
苏尔维格和小海尔格————这对夫妇的女儿
亥格斯塔农场的农场主
茵格利德————农场主之女
新郎和他的父母
三个牧女
一个绿衣女
垛伏勒的山妖大王
几个妖臣
几个年轻的女妖和几个小妖
两个巫婆
几个长着胡子的老精灵和其他精灵，以及生活在地下的妖怪等
一个丑孩子
一个黑暗中的声音
鸟的尖叫声
卡莉————一个佃农的妻子
考顿先生[1]、巴隆先生[2]、冯·艾贝科夫先生[3]以及特隆佩特斯

---

[1] 原文Master Cotton，是英文的名字。
[2] 原文Monsieur Ballon，是法文的名字。
[3] 原文Deherrer V.Eberkopf，是德文的名字。

特劳勒先生[1]——培尔·金特旅途中的伴侣

 一个小偷和一个窝赃者

 安昵特拉——阿拉伯沙漠酋长的女儿

 阿拉伯人、女奴、舞女等

 门农的雕像（唱着歌）

 埃及吉萨的狮身人面像（无声人）

 贝格瑞芬菲尔特——教授、博士、开罗疯人院的院长

 胡胡——来自印度马拉巴海岸的语言改革家

 侯赛因——东方国家的一位大臣

 一个扛着王者木乃伊的埃及农民

 几名疯人院病人，以及他们的看护

 一位挪威的船长及其船员

 一名陌生乘客

 一位牧师

 一群送葬人

 一位地方长官

 一个铸钮扣的人

 一个瘦子

 故事开始于本世纪[2]初叶，结束于近期[3]。故事有一部分发生在谷博朗山谷[4]以及周围的高山上；一部分发生在摩洛哥海岸；一部分发生在撒哈拉沙漠、开罗的疯人院、海上，等等。

---

[1] 原文 Trumpeterstraale，是瑞典文的名字。
[2]《培尔·金特》发表于1867年。所以"本世纪"即指19世纪。
[3] "近期"即指接近1867年的时期。
[4] "谷博朗山谷"是挪威东部的主要山谷之一。

133

第一幕

第一场

(奥斯的农庄旁,一座长着宽叶树林的山坡上,河水湍急地向下流淌。小河的另一边有座老磨坊。盛夏炎热的一天。)

(一个二十岁的壮小伙子——培尔·金特,——正从山路走下来。他的母亲——纤弱瘦小的奥斯,——跟在他后面,怒气冲冲地骂他。)

奥　斯：培尔,
　　　　你撒谎!

培　尔：(边走边说)
　　　　没有,
　　　　我没撒谎!

奥　斯：那你赌咒,
　　　　保证你说的决无虚妄!

培　尔：为啥要我赌咒!
　　　　我的话决非虚妄!

奥　斯：呸！
　　　　谅你不敢！
　　　　你的话全是信口雌黄！

培　尔：（站住）
　　　　我说的全是实话，
　　　　决非信口雌黄！

奥　斯：（面对培尔）
　　　　在母亲面前你都不知羞耻吗？
　　　　瞧，
　　　　地里正在大忙，你却偷偷溜到山里闲逛！
　　　　一溜就是一月的时光！
　　　　你在山里东跑西荡。
　　　　沿着冰川追鹿到处乱闯。
　　　　弄得浑身破衣烂裳，
　　　　这才回到家中见娘！
　　　　没带回任何猎物给我尝，
　　　　还丢掉了你的枪！
　　　　接着还用猎户的谎言，睁眼对我胡编乱讲！我要你讲，
　　　　你见到所谓的"驯鹿"，
　　　　究竟是在什么地方？

培　尔：就在岩瀑湖的西方。

奥　斯：（轻蔑一笑）

嘿哼!
你说的真是像模像样!

培　尔：我迎着风,躲在赤杨树后张望。
那只驯鹿正用蹄子刨雪,
想用青苔填充饥肠。

奥　斯：(如同之前一样轻蔑)
对呀,
看来是这样!

培　尔：我屏住呼吸站在那里听,
听到蹄子抓地咔嚓响;
看见许多枝杈长在犄角上。
我从石头缝里朝前爬,
肚皮贴在地上。
周围都是大石头,
我沿着石缝向外望。
哎呀,
好一只光溜溜的驯鹿,
浑身是肉膘肥体壮!
我敢说,
你这辈子活了这么长,
却从未见过这样的驯鹿,
甚至想都不敢想!

奥　斯：真是从未见过。

培　尔："砰！"
　　　　　我就给他一枪。
　　　　　这家伙"咚"地一下、
　　　　　倒在山坡上！
　　　　　一转眼，
　　　　　我便抓住它的左耳、
　　　　　骑到它的背上！
　　　　　我正要用刀扎它的颈窝，
　　　　　这畜生、
　　　　　突然大吼一声震天响！
　　　　　又"噌"地一声站起来，
　　　　　脑袋向后一甩将我推搡。
　　　　　我的刀连同刀鞘都给撞掉，
　　　　　落在雪地上。
　　　　　它顶住我的腰。
　　　　　那对犄角
　　　　　紧紧夹住我的腿肚，
　　　　　就像火钳一样。
　　　　　然后，
　　　　　一转眼间，
　　　　　便奔向岩濑山梁。
　　　　　快得就像闪电一样！

奥　斯：（不由自主地）
　　　　　啊！
　　　　　基督在上！

培　尔：你是否到过岩灏山梁?
它顶部狭窄如同刀刃，
从头到尾大约十里多长①。
冰川、雪坡和峭壁，
就在山头下方。
向下一里多路，
顺着灰色的冰碛，
两边沉睡的湖浜，
尽收眼底，
黑糊糊不见波光!
我骑上那只驯鹿，
飞跑在山梁，
我从未骑过这样的小鹿，
真是爽!
我一边飞跑一边望：
金色的太阳闪耀光芒!
在我下方，
湖浜之上，
只见一只只棕色的鹰隼，
在宽广迷茫的半空展翅飞翔。
它们因远而微，
小到如同尘屑飘扬!
湖面浮冰拍岸开裂，
却听不到嘎嘎声响!

---

① 原文是"半里"。在当时的挪威长度单位里，一里相当于11 294米。

只有山上的精灵绕我舞唱。
闹得我眼花缭乱,
看不清楚舞;
也听不清楚唱!

奥　斯:（被他说晕了）
啊,
上帝,
帮帮我!

培　尔:忽然在那悬崖边上,
在这只驯鹿脚旁,
从洞里钻出一羽雄松鸡。
"咯咯咯"乱叫乱嚷;
吓得使劲拍打翅膀。
驯鹿用力扭身,
高高跳向空中,
驮我跳向
悬崖深渊峭壁下方!
（奥斯吓得站不稳了,急忙扶住一棵树。培尔·金特继续说。）
我们背对黑色峭壁、
下方是深渊万丈!
冲过层层云彩霞光。
旋即冲向一群海鸟、
吓得海鸟四散逃亡!
我们飞呀飞呀,

继续坠往下方。
脚下湖里白白亮亮，
就和驯鹿肚皮相仿。
妈妈呀，
那是我和驯鹿倒影湖上！
倒影迅速向我蹿上，
我们也不比它稍慢，
只是我们向下它们向上。

奥　　斯：（急得喘不过气）
上帝，
帮帮我！
培尔，
赶快给我讲！

培　　尔：下方的驯鹿向上蹿，
上空的驯鹿向下降，
顷刻间，
终于碰上！
浪花飞溅我身旁。
我们躺在水里挣扎，驯鹿在前凫水，
我则拽尾跟上。
越过重重波浪，
终于凫到北岸旁。
登陆返乡！

奥　　斯：可那驯鹿呢？

培　　尔：他或许还在那个地方！

（培尔捻手指发出劈啪声，用脚跟转过身来，接着说。）

你如果抓到他，

那他就是你的财物一桩。

奥　　斯：那你没有折断颈项？

也没栽断大腿？

更没摔坏脊梁？

感谢上帝、赞美上帝，

保佑你——

我的心肝宝贝儿郎。

虽然你的马裤撕裂，

但想到你那惊险的坠降，

有可能发生的悲惨状况，

马裤的破损、

也就不值一讲！

（忽然，奥斯住口、睁大眼睛、张大了嘴，看着培尔，好久说不出话。接着，便猛地叫起来。）

哎呀！

你这骗人的混账，

上帝呀上帝！

你怎么这么善于胡编妄想！

想起来了，

当我还是二十岁的姑娘，

就曾听过一套信口雌黄，

和你刚才所讲十分相像!
不过,
骑着驯鹿的那人,
是格莱斯内家的谷博郎,不是你,——
我的儿郎!

培　尔:别人能讲,
我也能讲。
这等事情可以
发生不止一趟!

奥　斯:(愤怒地)
没错,
谎言可以颠来倒去,
穿上闪耀的盛装;
为了掩盖底下干瘪的骨架,
只要将那新换的皮囊披上。
你整天胡编乱造:
搭你的空中楼房;
胡诌老鹰的翅膀。
还有各种荒谬的夸张。
东抛一个骗;
西撒一个谎。
编那些惊险故事,
让人怕得发不出声响。
叫人终究忘了、
以前的所见所闻,一不小心就会上当!

培　尔：要是别人这么贬我，
　　　　那我可要火冒三丈！
　　　　拳脚相加，
　　　　让他趴在地上！

奥　斯：(哭着)
　　　　哦！
　　　　上帝！
　　　　我还不如就此死亡！
　　　　在那黑色的泥土下、
　　　　让我熟睡、
　　　　把我埋葬！
　　　　我怎么求他，
　　　　都是废话一筐；
　　　　我怎么掉泪，
　　　　都是白哭一场！
　　　　培尔，
　　　　你横竖是个浪子；
　　　　你就是不能指望！

培　尔：美丽娇小的好妈妈呀，
　　　　你说的全都顺理成章。
　　　　高兴起来吧！
　　　　别那么哭哭嚷嚷！

奥　斯：住口！
　　　　我能高兴吗？
　　　　除非假装！
　　　　我养的儿子，简直和猪一样！
　　　　我这个可怜的寡妇，
　　　　无权无势、
　　　　无人可仰仗。
　　　　你却每每让我丢脸；
　　　　每每把我心伤！
　　　　（又哭起来）
　　　　你爷爷盛年留下的家当。
　　　　现在还剩什么可享？
　　　　拉斯姆斯·金特挣下的钱，
　　　　装满多少布袋多少皮囊！
　　　　如今却已不知去向！
　　　　金钱在你父亲手里，
　　　　就像长了腿脚一样。
　　　　他挥金如土，
　　　　这里买地那里购房；
　　　　驾的马车金碧辉煌。
　　　　谁都记得那年冬天，
　　　　他大宴宾客的排场：
　　　　每人喝完都将玻璃杯瓶、
　　　　发疯似地抛向后墙！
　　　　那些金钱银两，
　　　　如今到底去向何方？

培　尔：那么去年下的雪，今年去了什么地方？

奥　斯：你妈说话，
　　　　不许打岔！
　　　　瞧瞧咱们这座房，
　　　　每隔一块窗玻璃，都得用破布来充当；
　　　　塌了倒了篱笆墙，
　　　　牲口挨风遭雨打，草场失修地也荒。
　　　　每月典质还旧账。

培　尔：妈呀！
　　　　你别那么苦水满腔满肚肠。
　　　　运气变化真无常，
　　　　看似跌到谷底时，
　　　　却又一跃而上，
　　　　苦尽甘来大变样！

奥　斯：我们从前的好运，
　　　　来自那块肥沃的土壤。
　　　　现在土里生了盐碱，
　　　　我的天，
　　　　你却还像当年那样、
　　　　机灵自满挺着胸膛！
　　　　那年牧师刚从哥本哈根返乡，①
　　　　问起你的教名是啥；还说那里的公子侯王，

---

① 挪威在拥有本土的大学（1811年）之前，牧师大多是在哥本哈根大学接受教育的。

也都羡慕你的才高意广。
你爸听了那甜言蜜语,
送给他骏马一匹雪橇一辆!
那阵子咱们真是万事吉祥!
牧师军官座上客;日日吃到肚子胀!
可是患难见知己,
当你爸的钱袋变货囊,
咱家也就门庭骤冷无人访!
(用围裙擦眼泪)
你身体强壮血气方刚,
而我如今老了,你本该像根拐杖,
伺候在我身旁。
你本该守住这点家业,
把心放在咱这农场上。
(又哭起来)
可你这个二流子,
天知道,
你帮了我多大的忙!
在家的时候,
你就躺在炉子旁,
捅捅炉子拨拨炭灰,
别的啥事也不相帮!
在外你和流氓恶棍打架;吓跑参加舞会的姑娘。
你这个儿子,
尽做些坏事羞辱你的娘!

培　尔:(从奥斯身旁走开)
　　　　妈,

这些话你就不要再讲!

奥　斯：(跟在培尔后面)
前些时、
在隆德那个地方,
你们酒后发疯群殴一堂。
你敢说你不是带头人?
不就是你?
把那铁匠的胳膊打伤!
就算胳膊没伤,
也至少打得他、
一根手指脱节呼爹喊娘!

培　尔：是谁对您瞎讲?

奥　斯：(恼火)
是佃户的老婆所讲。
她听到了呼喊的惨状。

培　尔：(揉了一下胳膊肘)
可是、
叫喊的是我,
而非铁匠!

奥　斯：是你?

培　尔：对呀,

>我的娘!
>我挨揍啦!
>挨得够呛!

奥　斯：怎会这样?

培　尔：他很壮!

奥　斯：谁很壮?

培　尔：就是那个阿斯拉克铁匠!

奥　斯：呸——啊呸!
　　　　恨不得啐你一口、
　　　　打你一掌!
　　　　你竟然败于一钱不值的酒鬼,
　　　　游手好闲的醉汉流氓!
　　　　(又哭起来)
　　　　因为你、
　　　　我饱受羞辱毫无荣光;
　　　　这回更是叫我、
　　　　丢尽了老脸一张。
　　　　就算他壮,
　　　　你就该是这么个熊样?

培　尔：我打了人也罢,
　　　　挨了打也罢,

全都一个样!
　　　　　你反正都要哭上一场。
　　　　　(笑)
　　　　　妈妈,
　　　　　不要再这样悲伤!

奥　斯: 是不是,
　　　　　你又在向我撒谎?

培　尔: 对!
　　　　　就撒这么一次谎。
　　　　　快把眼泪擦干换副模样!
　　　　　(攥紧左手)
　　　　　看!
　　　　　我就是用了这把"钳子",
　　　　　把铁匠整个儿弯向下方。
　　　　　此刻我的右手、
　　　　　就像大锤一样——

奥　斯: 你这个胡作非为的浑蛋,
　　　　　不断闹事的魍魉,
　　　　　迟早要把我、
　　　　　逼得气绝身亡!

培　尔: 别这么说,
　　　　　别这么讲!
　　　　　你的命运要比那好,

　　　　　好到二万倍，
　　　　　好到万事吉祥！
　　　　　我这娇小的妈妈，
　　　　　其貌不扬却心地善良；
　　　　　我的承诺请你相信：
　　　　　来日等我干出名堂——，干出真正的大名堂！
　　　　　那些邻居街坊，
　　　　　都会以你为尊，
　　　　　毕恭毕敬刮目相望。

奥　斯：（不屑一顾地）
　　　　　就凭你？！

培　尔：谁能晓得何等机缘在前方？

奥　斯：若有那么一天，
　　　　　我的宝贝儿郎！
　　　　　你只要能够缝补你的马裤，
　　　　　我就会欣喜若狂！

培　尔：（激动地）
　　　　　我要当国王！
　　　　　我要当皇上！

奥　斯：啊，
　　　　　上帝帮帮我！
　　　　　我这半吊子的儿郎，

这下彻底发疯啦！
　　　竟然如此疯狂！

培　　尔：非当不可！
　　　我只求你容我时间，
　　　我必定当上国王！

奥　　斯：俗话说：
　　　"容我时间，就能上天。
　　　容我时光，就能称王。"

培　　尔：对，
　　　你就等着吧！
　　　等我大变样！

奥　　斯：别说啦！
　　　你中了邪，
　　　你在发狂！
　　　不过，
　　　要不是你成天白日做梦，
　　　倒或许干出一点名堂。
　　　亥格镇上、
　　　曾经喜欢你的那位姑娘，
　　　你要是正正经经求她，
　　　本可以和她花烛洞房！

培　　尔：你真这么想？

奥　斯：要是姑娘坚定地看中你,
　　　　那她老爸只好割爱相让!
　　　　老头儿虽然倔强,
　　　　最后拿主意的、
　　　　毕竟是那茵格利德姑娘!
　　　　姑娘走到何方,
　　　　那老头儿就一瘸一拐、
　　　　跟到何方。
　　　　(又哭起来)
　　　　唉!
　　　　我的培尔,
　　　　那可是个有家当的姑娘;
　　　　可以继承田产的姑娘!
　　　　你想想,——
　　　　你当初要是拿定主意,
　　　　早就成了姑爷仪表堂堂。
　　　　决不会是现在的模样:
　　　　衣衫褴褛、
　　　　又臭又脏!

培　尔：(急切地)
　　　　跟我来,
　　　　我们去求那姑娘!
　　　　让她答应和我拜堂!

奥　斯：去什么地方?

培　尔：亥格镇呀，
　　　　那姑娘居住的地方。

奥　斯：可怜的孩子，
　　　　不行啦！
　　　　求婚者的道路已被堵上！

培　尔：为什么？

奥　斯：唉，
　　　　机不可失，
　　　　时不再来，
　　　　从此再也甭想！

培　尔：怎么回事？

奥　斯：(抽泣)
　　　　正当你在山里乱闯。
　　　　骑着驯鹿凌空滑翔。
　　　　马司·莫恩登门求婚，
　　　　得到了那位姑娘。

培　尔：什么？
　　　　他那丑陋的长相，
　　　　女人见了都被吓跑！
　　　　怎么会这样？！

奥　斯：可不是吗？
　　　　那位姑娘偏偏要和他拜堂。

培　尔：等一等，
　　　　我去把车套上。
　　　　（转身要走）

奥　斯：不用费事啦。
　　　　人家明天就要拜堂。

培　尔：拜个屁！
　　　　我今晚就去闹它一场！

奥　斯：呸！
　　　　难道你要雪上加霜，
　　　　让我们被那众人耻笑，
　　　　从此脸上无光？！

培　尔：放心吧！
　　　　万事都会如愿以偿！
　　　　（边嚷边笑）
　　　　妈妈！
　　　　上！
　　　　咱们不驾车啦！
　　　　套车这事儿，

烦得够呛!
(一把将奥斯抱起来)

奥　斯：放我下来!

培　尔：不放!
我要抱着你,
去那举行婚礼的地方!
(蹚进小溪)

奥　斯：救命啊!
上帝赐我平安吉祥!
培尔,
眼看咱们就要溺水身亡!

培　尔：不会的,
我生来就注定,
将来会死得豪壮——

奥　斯：那是当然;
你肯定会豪壮地被
绞索套上[①]!
(揪培尔的头发)
哎呀,

---

① 挪威语里有句谚语叫den drukner ei som henges skal,字面意思是"将要被吊死的人是不会先被淹死的。"

你这个禽兽不如的混账!

培　尔：这儿底下又粘又滑.
　　　　你别乱踹乱晃!

奥　斯：你这笨驴!

培　尔：随你骂去吧!
　　　　挨几句臭骂何妨?
　　　　哦,
　　　　这儿水浅啦!
　　　　河床又开始往上——

奥　斯：你可不要撒手哇!

培　尔：嘿!嘿!
　　　　跳起来!
　　　　咱俩玩玩把戏爽一爽!
　　　　(猛跑)
　　　　你当培尔,
　　　　我当驯鹿让你骑上。

奥　斯：哦,
　　　　我快要发狂!
　　　　搞不清方向!

培　尔：你瞧!

　　　　　咱们已到岸旁。
　　　　　（趟水上岸）
　　　　　来，
　　　　　把驯鹿好好亲亲，
　　　　　谢谢他把你背到了岸上。

奥　斯：（打了培尔一记耳光）
　　　　　这就是我给他的奖赏！

培　尔：哎哟！
　　　　　这笔过河费也太不大方！

奥　斯：把我放下！

培　尔：现在不放！
　　　　　等到了举行婚礼的地方再讲。
　　　　　你的口齿伶俐流畅；你去跟那古板的老头、
　　　　　摆摆道理诉诉衷肠。
　　　　　告诉他马司·莫恩懒惰窝囊。

奥　斯：放下我！

培　尔：接着再把我表扬表扬。
　　　　　说说培尔·金特怎样怎样：

奥　斯：这你放心，
　　　　　你干的那些好事，

　　　　　　我会统统都对他们讲！
　　　　　　你的调皮捣蛋信口雌黄，
　　　　　　我要一五一十全都告诉他们。
　　　　　　不丢一件不漏一桩！

　　培　尔：真的吗？

　　奥　斯：（恼怒地脚乱踹）
　　　　　　我要一直说到那老头、
　　　　　　把狗放出狂吠"汪汪"，
　　　　　　扑到你的身上，
　　　　　　把你看作流氓！

　　培　尔：唔；
　　　　　　那我还是一人去那地方！

　　奥　斯：好啊，
　　　　　　但是我会跟在你后方！

　　培　尔：我的好妈，
　　　　　　你的身子骨儿不行，
　　　　　　可别不自量！

　　奥　斯：不自量？
　　　　　　哼！
　　　　　　我气得能把石头砸成粉。
　　　　　　把火石嚼烂入肚肠！

　　　　　放下我呀，
　　　　　快放，
　　　　　快放！

培　尔：嗯，
　　　　只要你答应我——

奥　斯：你想也不要想！
　　　　亥格镇那个地方，
　　　　我定要跟你去一趟！
　　　　我要他们知道，
　　　　你都干了哪些勾当。

培　尔：不行，
　　　　那你还是等在这个地方，

奥　斯：你休想！
　　　　我要和你一同前往！

培　尔：你也休想！

奥　斯：你能把我怎样？

培　尔：我就把你撂在磨坊顶上。
　　　　（培尔把奥斯放在了磨坊的屋顶上。奥斯尖叫。）

奥　斯：快把我扶下来！

培　尔：除非你听我讲——

奥　斯：我不听你的废话！

培　尔：听我的话吧！
　　　　我的亲娘！

奥　斯：（揭起一块草皮向培尔掷去）
　　　　培尔，
　　　　你马上把我扶下来！
　　　　马上，
　　　　马上！

培　尔：就算我想，
　　　　也不敢啊。（走近奥斯）
　　　　听我讲：
　　　　你可要坐稳了。
　　　　不要乱踢不要乱晃。
　　　　也别拉扯瓦片，——
　　　　否则你就会遭殃；
　　　　一屁股掉到地上！

奥　斯：你这个混账！

培　尔：不要乱晃！

奥　斯：我恨不得你，

像那妖精换上的替身一样，
被风刮走，
飘到很远很远的地方①！

培　尔：我的娘，
这话你怎么能讲？！

奥　斯：呸！
我就讲！

培　尔：你还不如祝福你的儿郎，你是否愿意？
祝我一路顺畅！
怎样？

奥　斯：我要狠狠揍你一顿，
尽管你是那么强壮！

培　尔：呵，
再见！
好妈妈！
耐心点儿，
我不会在那儿待久长。
（正要走，又回转身，朝奥斯竖起一根手指，警
告她：）

---

① 挪威民间传说：妖精把好的婴儿偷走，换上又丑又怪的替身。可以用一种符咒，把替身放到烟囱里随风刮走。

记住!
你可别动别晃!
(离开)

奥　斯：培尔!
上帝帮帮我啊——
他就这么走了,
把我撂在这地方!
你这个骑驯鹿的!专会吹牛扯谎!
嗨,
你给我听着!——
唉——!
他穿过草地走啦!
丢下了我这亲娘——!
(尖声叫喊)
救人呀!
我感到晕头转向!
(两个背着口袋的老妪沿着小路向磨坊走来。)

妪　甲：我的天,
是谁在喊呀?

奥　斯：是我,
我在屋顶上!

妪　乙：是奥斯呀!
你倒是高高在上!

奥　斯：这才不算高高在上，很快我就要升天堂！

妪　甲：上帝保佑你一路顺畅！

奥　斯：替我拿把梯子来，
　　　　我要下来！
　　　　培尔那个魔鬼混账——

妪　乙：您那宝贝儿郎？

奥　斯：现在你们亲眼看到了吧！
　　　　他是怎样对待亲娘。

妪　甲：我们给您做证。

奥　斯：我只要你们帮帮忙；
　　　　我要赶去亥格镇上。

妪　乙：他在那地方？

妪　甲：那可有人要跟你们算账！
　　　　去赴喜宴的也有那个铁匠！

奥　斯：（扭起双手）
　　　　天啊！
　　　　我可怜的孩子！

培尔·金特

他们准会把他打得够呛！
甚至气绝身亡！

妪　甲：　这事我倒是常常听人讲。
　　　　　您要放宽心，——
　　　　　命中注定的事情，
　　　　　也就只能那样。

妪　乙：　这老婆子已经神智全丧。
　　　　　（对着山上叫喊）
　　　　　艾文德，昂内侍！
　　　　　到这儿来帮忙！

一个男人的声音：出什么事啦？

妪　乙：　培尔·金特把他的娘，
　　　　　撂在了磨坊顶上！

第二场

（一处灌木丛生、到处开满石楠花的山坡。后面隔着篱笆是一条大路。）

（培尔·金特沿着小径匆匆走来。他到了篱笆的前面，站在那儿了望远处的景色。）

培　尔：总算看到亥格镇了，
　　　　再走一会儿就到农场。
　　　　（一条腿跨过篱笆，有些踌躇。）
　　　　茵格利德现在怎样？
　　　　会不会独守空房？
　　　　（手搭凉棚，朝远方眺望。）
　　　　不！
　　　　客人们带着美食琼浆[①]，
　　　　正在涌向农场！
　　　　就像一群蚊子那样！——
　　　　唔，
　　　　也许我还是调转头，
　　　　三十六计走为上。
　　　　（把腿收回来）
　　　　免得让人背后讥笑诽谤！
　　　　那些喊喊喳喳的闲话，
　　　　会像火红的烙铁一样，
　　　　把我的心儿烫伤！
　　　　（培尔离开篱笆几步，心不在焉地采树叶。）
　　　　要是现在能有烈酒入肠；
　　　　或是我能偷偷溜进田庄；——
　　　　亦或没人认得
　　　　我的模样。——
　　　　最好还是喝得醉醺醺的，

[①] 当时挪威民间在举行婚礼等宴请时，有个习俗：参加宴会的宾客会带着上等的食物饮料来赴宴，共同分担宴会的花销。

这样任他们怎么嘲笑诽谤，
也都于我无妨。（培尔向周围一望，吓了一跳，赶快钻进灌木丛。一些宾客带着赴宴的食品从培尔身边走过，下坡去庄园参加婚礼。）

一　男：（和别人交谈）
他爹是个醉鬼，
他妈是个懒婆娘。

一　女：怪不得养出这样——
不三不四不争气的儿郎！

（他们走了过去。片刻，培尔钻出来，他羞得红了脸，眼睛盯着那二人的背影。）

培　尔：（轻声说）
他们说的那人是不是我？
（不自然地耸了耸肩）唉，
随他们怎么讲！
听几句闲话、
也不会伤脾断肠。（培尔朝着长满石楠花的山坡倒下去，后脑枕着双手、凝视天空。他在那里躺了许久。）
这云彩多么奇妙！
那是一匹战马，
驰骋天堂。
还有一人骑在马上；——

这儿有马鞍;——
那儿的云
像笼头一样!
马后面骑着一把扫帚的,
是位又老又瘦的婆娘。
(轻声地独自笑起来)
那是我妈!
她在嚷嚷:
"你这畜生!
嘿,
培尔!你这混账!"
(慢慢合上眼)
呵,
现在她害怕了,——
培尔·金特骑在马上,后头跟着侍从一大帮。
培尔·金特的座骑怎样?
银鞍银镫银笼头;
更有四块金马掌!
培尔·金特怎么样?
双手戴着长手套,
带鞘的利剑佩身旁。
长长的战袍丝绸镶。
骑在后面的侍从一大帮,
也都神采奕奕趾高气扬。
但却没有一人比得上
培尔·金特的气盛威扬!
在阳光照耀下的培尔·金特,

谁也没他那么灿烂辉煌！
人们簇拥在篱笆旁，
挥帽对他仰望。女人们向他屈膝请安；
人人都认识培尔·金特国王——
和他的大批扈从浩浩荡荡。他一路抛撒钱币，
金币银币闪闪发光。
就像石头子儿撒满道上；
转眼之间镇上所有的人；
都富得如同贵族一样。
海阔凭其跃；
天高任他翔。
培尔·金特四处漫游；
培尔·金特八方翱翔。
英国的王子海边迎接；
全英的美女伺候其旁。
培尔·金特刚刚露面，
英国的贵族和国王立即暂停盛宴、
欢迎贵宾前来造访。
国王毕恭毕敬地致词，
竟然脱下王冠放在一旁！

铁匠阿斯拉克：（和其他几个人从篱笆后面踱过来。）
看！
那不是培尔·金特吗？
又喝醉了，
简直像猪一样！

培　　尔：(猛然欠起身)
　　　　　国王陛下,
　　　　　圣上——!

铁　　匠：(倚着篱笆,龇着牙笑起来。)
　　　　　平身吧,
　　　　　我的孩子!

培　　尔：见鬼!
　　　　　原来是铁匠!
　　　　　你怎会在这地方?

铁　　匠：(对着其他人)
　　　　　上次他在隆德喝得烂醉,
　　　　　至今好像还没醒来一样!

培　　尔：(跳起来)
　　　　　快走开!

铁　　匠：这你不用多讲。
　　　　　我不会久留此方。
　　　　　小伙子,
　　　　　足有六个星期未曾见面。
　　　　　这段时间你在哪儿游荡?
　　　　　是山妖把你抓走了吗?
　　　　　还是干了什么别的勾当?

培　尔：铁匠！
　　　　我干了非凡的事情几桩！

铁　匠：（向同行的人挤一挤眼）
　　　　说给我们听听！
　　　　究竟是怎样的几桩？

培　尔：这事和你们不相关，
　　　　我不讲！

铁　匠：（过了一会儿）
　　　　你也到亥格镇去走上一趟？

培　尔：不！
　　　　我不去那地方。

铁　匠：据说那个女孩，
　　　　曾经对你很欣赏。

培　尔：你这臭乌鸦，
　　　　从来不把好话讲！

铁　匠：（转身要走）
　　　　喂！
　　　　火气不要这么旺！
　　　　如果茵格利德不要你了，
　　　　还有别的姑娘！

　　　　　你是约翰·金特的儿子，
　　　　　这点可别忘！
　　　　　跟我们一同去那庄园吧！
　　　　　那儿的姑娘像羔羊，
　　　　　还有熟透的寡妇，
　　　　　等着你去品尝！

培　　尔：见鬼去吧！

铁　　匠：总会有个姑娘，
　　　　　愿意和你交往。那就再会啦！
　　　　　我替你带个问候给那新娘！
　　　　　（他们笑着、窃窃私语地走了。）

培　　尔：（瞪着他们的背影，然后不屑一顾地摇摇头，半转过身去。）
　　　　　随她的便吧！
　　　　　茵格利德愿做谁的新娘，
　　　　　都与我无妨！
　　　　　（打量自己的衣裳）
　　　　　我的马裤撕破了，
　　　　　全身的衣服破旧肮脏！
　　　　　我要是穿上一身新衣裳，
　　　　　那该多好多风光！
　　　　　（跺脚）
　　　　　我恨不得像个屠夫那样，
　　　　　一刀捅进他们的胸腔，把他们对我的嘲弄鄙夷，一股脑儿全都挖光!
(忽然向周围张望)
怎么?
是谁在那树丛后方,嗤嗤笑、
低低讲?
唔,
我还真当——
不对,没人呀!
只有风儿在响!
我得回家了,
去找我娘!
(培尔向山坡上走,又停下来。对着庄园的方向竖起耳朵听。)
舞会开始了。
音乐在响!
(他凝视着、倾听着、一步一步向山坡下方踱去。他两眼发光,双手在腿上揉搓。)
这么多姑娘,
熙熙攘攘!
每个男人可以结交、
七八个姑娘!
哎呀,
顾不了那么多了,——
这样的舞会错过了太荒唐!——
可是我妈怎么办呢?
她还在磨坊屋顶上——(他又忍不住向庄园望去,跳跳蹦蹦地笑着。)

他们在跳哈林舞①啦!
跳得真狂!
顾托尔门那小子的提琴、
拉得够棒!
就像瀑布倾泻而下,
琴声悠扬跌宕。还有那些姑娘,
啊!
那些漂亮的姑娘!
顾不了那么多了!——
这样的舞会错过了太荒唐!——
(一下跳过篱笆,朝庄园走去。)

第三场

(亥格镇一座庄园的场院。背后是一排农舍,挤满了宾客。草地上有人在欢快地跳舞。乐手坐在桌子上。司仪站在门口。女厨们在一幢幢房屋间走来走去。上了年纪的宾客一群群地坐着聊天。)

一位妇女:(加入坐在一堆木头上的一群人闲聊。)
　　新娘?
　　哦,
　　少不得她哭上几场!
　　但这种事情很平常。

---

① 哈林舞是挪威哈林代尔的一种土风舞,属于波兰舞的一种。此舞活泼欢快。

司　　仪：　（在另一群宾客中间）
诸位宾客，
请注满酒觞！
开怀畅饮，
展示酒量！
桶里的酒要统统喝光！

一个男人：　多谢了！
酒添得太勤，
我都赶不上趟！

一个男孩：　（挽着一位姑娘的手，从乐手身边飞快跑过，对他说）
顾特门，
拉得棒！
别舍不得琴弦，
别冷场！

那　个　姑　娘：拉得让这琴声飞遍草场！

别的姑娘们：（围着一个正在跳舞的青年）
瞧那个筋斗，
踢得多棒！

一　个　姑　娘：你看他的腿，
多么有劲、多么健壮！

跳舞的青年：（仍在跳着）
　　　　　　　反正上面碰不着屋顶；
　　　　　　　周围碰不着墙！

新　郎：　（半哭丧着脸走近他的父亲，他父亲正和几位宾客寒暄；拉了拉他父亲的袖子。）
　　　　　爹，
　　　　　她不肯；
　　　　　对我不理也不让！

父　亲：　她不肯什么呀？

新　郎：　她不肯见我把门锁上。
　　　　　我想进去没指望！

父　亲：　你得找到钥匙呀！

新　郎：　我不知道，
　　　　　钥匙放在什么地方。

父　亲：　瞧你的傻样！
　　　　　（他向客人们转过身去。新郎随着人群踱到场院对面。）

青　年：　（从农舍后面走过来。）

姑娘们!
好戏上场啦!
培尔·金特就在我们庄上!

铁　　匠：（刚上场）
是谁请他来的？

司　　仪：他不请自来。
（走向农舍）

铁　　匠：（对着姑娘们）
各位姑娘；
如果他来和你们说话，
千万不要受骗上当！

一个姑娘：（对着她的同伴们）
嗯，
我们会装模作样，
就当没看见他一样！

培　　尔：（精神抖擞地上场，在众人面前停下。拍着手。）
这里的姑娘，哪个跳舞最欢畅？

姑娘甲：（当培尔走过来时）
不是我！

姑娘乙：不是我！

姑娘丙：也不是我！

培　尔：（对着姑娘丁）
　　　　那就你来，
　　　　除非有更好的舞伴要上场。

姑娘丁：（扭过身去）
　　　　我没时间。

培　尔：（对着姑娘戊）
　　　　你怎么样？

姑娘戊：（走开）
　　　　我要回家了！

培　尔：这么早就回家，
　　　　你真是没趣又荒唐！

铁　匠：（过了一会儿、低声地）
　　　　培尔，
　　　　她已选好了舞伴，
　　　　就是那个龌龊的老公羊！

培　尔：（急转身对着另一个上年纪的男人）

还没有舞伴的姑娘,
都去了什么地方?

那男人:你去找呀!
看她们藏在什么地方?!(下)

(培尔·金特忽然气馁了。他偷偷地胆怯地朝那些人看了看。那些人也都看着他。但没人吭一声。)
(他又去接近另一帮客人。他走到哪里,哪里就立刻鸦雀无声。他一走开,人们就笑起来,并且用目光追着他。)

培　尔:(喃喃自语)
奪拉的面庞尖刻的话,
轻蔑的笑容傲慢的样。
冷嘲热讽就像锯齿,
锯开胸膛把我心伤!
(培尔·金特沿着篱笆往回退。就在这时,苏尔维格挽着小海尔格的手,跟着她们的父母走进场院。)

男人甲:(对着靠近培尔的一位来宾)
看,那些就是新来的外地人。

男人乙:他们可是来自西面的地方?

男人甲： 从亥达仑来的。

男人乙： 唔，
 是这样！

培　　尔： （走到新来的客人面前，指着苏尔维
 格，问她的父亲。）
 我可以和您的女儿跳舞吗？

苏尔维格的父亲：（安详地）
 当然可以，
 这还用讲！
 不过我们先要进屋一趟，
 去问候主人祝他安康。
 （他们走进农舍）

司　　仪： （向培尔递上一杯酒）
 既然来了，
 就喝上一杯吧。
 你尝尝，
 这有多香！

培　　尔： （紧盯住新来的宾客）
 不！
 我是来跳舞的！
 并不是来把酒尝。

(司仪走开了。培尔望着对面的房子露出笑容。)

她多美呀!
没见过有人比她更漂亮!
她的眼睛总是向下望。
望着鞋子和白色的围裙。
她扯着妈妈的裙褶不放,
祈祷书在手绢里藏。我还得见见她,
再看看她那焕发的容光!

(培尔转身朝屋里走去)

青　年：(和另外几个青年从屋里出来。)
怎么,
这么早你就走啦?!
不再饮几觞?
不再跳几场?

培　尔：不。现在还不走。

青　年：那你走错了方向!
(青年抓住培尔的胳膊,要他转过身去。)

培　尔：让开!

青　年：啊!
你是不是怕那个铁匠?

培　　尔：　我怎会怕他？

青　　年：　难道隆德那事你已淡忘？！

　　　　　　（这几个青年大笑，朝露天舞场走去。）

苏尔维格：（在房门口）
　　　　　　你就是要和我跳舞的那位？

培　　尔：　正是！
　　　　　　你总不会已经把我遗忘！
　　　　　　（拉起她的手）
　　　　　　来！
　　　　　　别辜负了琴声悠扬！

苏尔维格：妈妈讲，
　　　　　　不能走远！

培　　尔：　妈妈讲，
　　　　　　妈妈讲！
　　　　　　难道你是个婴儿，
　　　　　　这么依赖娘？

苏尔维格：你在笑我！

培　　尔：　喏，

难道你已成年?
你还只是小姑娘!

苏尔维格: 我已行过坚信礼。
那是去年春天,在教堂,

培　　尔: 快把名字告诉我!
咱们的谈话就更顺畅!

苏尔维格: 我叫苏尔维格。
把你的姓名也讲一讲!

培　　尔: 我是培尔·金特。

苏尔维格: (缩回手)
哎呀,
我的上帝!

培　　尔: 为啥嚷嚷?

苏尔维格: 我的袜带松了,
得去紧一紧。
(离开培尔)

新　　郎: (拽他妈妈)
娘,
她不让。

母　亲：她不让什么？

新　郎：她不让，娘！

母　亲：什么？

新　郎：她不肯打开反锁的门；
　　　　我想进去她不让！

父　亲：(小声、怨恨地)
　　　　哼！
　　　　这孩子，
　　　　就该拴在圈里当猪养！

母　亲：别骂这可怜的孩子窝囊！
　　　　或许过不了多久，
　　　　他就会如愿以偿！
　　　　(他们走开)

青年甲：(在一帮舞友的簇拥下走近培尔)
　　　　培尔，
　　　　来杯白兰地？
　　　　尝尝它的醇香！

培　尔：谢谢，
　　　　我不想尝！

青年甲：来吧，
　　　　来吧！
　　　　就尝那么一尝！

培　　尔：（用诡秘的眼神看他）
　　　　你有吗？

青年甲：我还真的有。
　　　　（从衣袋里掏出酒瓶，呷了起来。）
　　　　嗯，
　　　　这酒劲头很强！

培　　尔：真的？
　　　　我来尝它一尝！
　　　　（呷酒）

青年乙：我的酒，
　　　　你也来尝一尝。

培　　尔：不啦！
　　　　不想再尝！

青年乙：你向来都是、
　　　　喝得痛快饮得畅。
　　　　今天怎么啦？
　　　　是客气？

还是装模作样?

培　尔：好,
　　　　那我就喝一口尝尝。
　　　　(又呷酒)

一个姑娘：(小声)
　　　　咱们该走啦!

培　尔：怎么,
　　　　你害怕我吗?
　　　　我又不是吃人的魔王!

青年丙：谁不怕你呀?

青年丁：你在隆德那场表演,
　　　　真令我们过目难忘!

培　尔：要是把我惹得火冒三丈,
　　　　我可以干得、
　　　　比那更加厉害更加荒唐!

青年甲：(小声)
　　　　他有点醉了,
　　　　火气上扬!

青年们：(把培尔围起来)

　　　　　　给我们讲一讲！
　　　　　　怎么个荒唐？

培　　尔：明天再给你们讲！

青年们：不！
　　　　现在就讲！

一个姑娘：你会巫术吗？

培　　尔：我能念咒，
　　　　　能把魔鬼招来耍一趟。

一个男人：当我尚未出生时，
　　　　　我的祖母，
　　　　　就能把那魔鬼降！

培　　尔：你扯谎！
　　　　　你扯谎！
　　　　　除了我呀没人会这行！
　　　　　有一趟，
　　　　　我将咒语轻声唱。
　　　　　魔鬼闻声钻虫眼，
　　　　　核桃里面把身藏！

几个青年：（笑）
　　　　　准是这样进去的。

　　　　　　准是这样！

培　　尔：　魔鬼向我求饶，
　　　　　　向我投降！
　　　　　　发誓给我这样，
　　　　　　给我那样！

一个青年：你硬要让它钻进核桃把身藏？

培　　尔：　那是当然。
　　　　　　然后我用钢针，
　　　　　　把那虫眼堵上。
　　　　　　天啦！
　　　　　　它在里面翻来腾去，
　　　　　　忽隆忽隆作响！

一个姑娘：多有意思啊！

培　　尔：　是啊！
　　　　　　嗡嗡的，
　　　　　　就像蜜蜂扇动翅膀！

这姑娘：　它还在核桃里吗？
　　　　　　现在去了什么地方？

培　　尔：　魔鬼溜掉啦！
　　　　　　为了这事那个铁匠，

　　　　　　　　至今还将我忌恨心上。

青　年：　那是怎么回事？

培　尔：　我去找铁匠。
　　　　　请他砸开核桃，
　　　　　给我帮个忙。
　　　　　他说："行啊！"
　　　　　便把核桃放在铁砧上。
　　　　　可他一向笨手笨脚，
　　　　　举起铁锤向下一撞——

一个人的声音：经他这么一撞，
　　　　　魔鬼是否气绝身亡？

培　尔：　铁匠倒是勇猛一撞，
　　　　　但那魔鬼却化作火光，
　　　　　穿墙越顶不知所向！

几个人：　那个铁匠怎样？

培　尔：　他目瞪口呆。
　　　　　手肿得就像、
　　　　　烤熟的牛肉一样！
　　　　　自从那天起，
　　　　　他便跟我断绝了来往！
　　　　　（众人笑）

第一幕

几个人： 这故事编得很像样。

另几个人： 也算是他的杰作一桩。

培　尔： 你们认为，
　　　　　这都是信口雌黄？！

一个男人： 没那个意思。
　　　　　你别紧张！
　　　　　这个故事老掉了牙，
　　　　　我的爷爷也常讲。
　　　　　不是你编的新花样！

培　尔： 确有那么回事！
　　　　　你可别把我冤枉！

这男人： 你每次都是这样讲。

培　尔： （摇头）
　　　　　哼！
　　　　　我能骑马升到天上，
　　　　　飞越彩云霞光！
　　　　　我能做的许多事，
　　　　　你们想也不敢想！
　　　　　（众人又哄笑）

189

众人里的一个声音：培尔，
升天骑马呀！
让咱欣赏欣赏！

众　　声：　　对呀！
亲爱的培尔·金特，
表演表演飞越霞光！

培　　尔：　　收起你们的可怜相！
无需如此向我哀求。
我会像旋风一样，
驾马腾空飞到天上！
那时你们都会跪在地上，
对我仰望！

年长男人甲：　这家伙精神失常！

年长男人乙：　大傻瓜，
一脸傻相！

年长男人丙：　吹牛大王！

年长男人丁：　这家伙撒了弥天大谎！

培　　尔：　　（威胁着）

　　　　　　　你们等着瞧吧！
　　　　　　　我的话、
　　　　　　　不要忘！

一个男人：　（半醉）
　　　　　　　等着瞧，
　　　　　　　我们将弄脏你的马裤骑装！
　　　　　　　我的话，
　　　　　　　你也别忘！

几 个 人：　叫你挨上一顿狠揍，
　　　　　　　吃一顿耳光！
　　　　　　　把你打得眼青鼻肿脸胀！

　　　　　　（众人散去。年长者气冲冲地走开；年轻人嘻嘻哈哈地嘲笑培尔。）

新　　郎：　（走近培尔）
　　　　　　　喂！
　　　　　　　培尔，
　　　　　　　你真的能驾云腾飞到天上？

培　　尔：　（干脆地）
　　　　　　　我都能，
　　　　　　　马司！
　　　　　　　我什么都会，
　　　　　　　就像神仙一样！

新　　郎：那你一定有隐身衣吧？

培　　尔：你是说隐身帽吧？
　　　　　这我倒有一顶，
　　　　　可以将你隐藏！

　　　　　（培尔转身离开新郎。苏尔维格挽着海尔格，
　　　　　走过场院。）

培　　尔：（迎上去，神色欢悦。）
　　　　　苏尔维格，
　　　　　你来了真棒！
　　　　　（抓住她的手腕）
　　　　　我要和你跳舞，
　　　　　摇曳悠扬！

苏尔维格：让我走吧！

培　　尔：为什么？

苏尔维格：你太野蛮荒唐！

培　　尔：我野得就像、
　　　　　春末的驯鹿那样。
　　　　　来吧，
　　　　　别那么固执，

                我的好姑娘!

苏尔维格:（抽回胳膊）
        我不敢。

培　　尔:　为什么?

苏尔维格:你喝醉啦!
        浑身酒气踉踉跄跄。
        （挽着海尔格,走开几步。）

培　　尔:　我真恨不得
        把他们捅个精光!
        让他们把那臭嘴,
        永远闭上!

新　　郎:（用肘轻碰培尔）
        你能不能给我帮个忙?
        帮我进去找新娘?

培　　尔:（心不在焉）
        新娘?
        她在什么地方?

新　　郎:　在阁楼上。

培　　尔:　噢,

原来是这样。

新　　郎：哎，
　　　　　培尔，
　　　　　你去试试看，
　　　　　怎样？！

培　　尔：不！
　　　　　做这事的该是你这新郎！
　　　　　（忽然转念。轻声、意味深长地）
　　　　　茵格利德在阁楼上！
　　　　　（走向苏尔维格）
　　　　　不走了吧！
　　　　　咱们还是跳上一场！
　　　　　（苏尔维格要离开。培尔拦住去路。）
　　　　　你觉得跟我跳舞丢脸。
　　　　　是不是这样？
　　　　　因为我像流浪汉，
　　　　　东闯西荡！

苏尔维格：（急忙地）
　　　　　不！
　　　　　我认为不像！

培　　尔：我确实像！
　　　　　我还喝得有些醉，
　　　　　那是因为，

第一幕

　　　　　　　你让我心伤！
　　　　　　　现在陪我跳跳舞，
　　　　　　　我的好姑娘！

苏尔维格：我就是想跳，
　　　　　　也不敢呀！

培　　尔：你怕谁？
　　　　　　请对我讲！

苏尔维格：最最怕的是我爹。

培　　尔：噢，
　　　　　　道貌岸然的爹，
　　　　　　原来这样！
　　　　　　是吗？
　　　　　　他对你严加管教、
　　　　　　一码不放！

苏尔维格：怎么说呢？
　　　　　　这很难讲！

培　　尔：你爸和你、
　　　　　　还有你娘，
　　　　　　全都参加唱诗班吗？
　　　　　　为什么你不回答？
　　　　　　为什么一声不响？！

苏尔维格：劳驾，
　　　　　让我离开这地方！

培　尔：（低声威胁）
　　　　不让不让！
　　　　我可以变成山妖魍魉！
　　　　半夜里钟敲十二响，
　　　　我会爬上你的床！
　　　　你若听见呼噜呼噜、
　　　　喊喊喳喳地响。
　　　　那不是你的猫，
　　　　那是我变的魍魉！
　　　　我要挤干你的血，
　　　　一杯一杯喝光！
　　　　我要把你的妹妹抓来，
　　　　咯吱咯吱吃光！
　　　　只要天一黑，
　　　　我就变成一只人狼！
　　　　我要啃你两口：
　　　　一口在背上，
　　　　一口在腰旁！
　　　　（突然改变语气，向她哀求。）
　　　　苏尔维格，
　　　　跟我跳舞吧！
　　　　我的好姑娘！

苏尔维格：（困惑地看着培尔）
　　　　　　你太可怕啦！
　　　　　　令人恐慌！
　　　　　　（转身进屋）

新　郎：（又游荡到培尔面前）
　　　　　如果你肯帮我这个忙，
　　　　　我给你一头公牛作为奖赏！

培　尔：来！

　　　　（他们向屋后走去。同时一群宾客从露天舞场回来。大多数人都醉了。场上声音嘈杂。苏尔维格、海尔格和她们的父母一起走出农舍。）

司　仪：（对着站在众人面前的铁匠）
　　　　　别嚷嚷！

铁　匠：（脱去上衣）
　　　　　不成！
　　　　　我要跟他较量较量！
　　　　　看看培尔·金特和我
　　　　　谁的本领高强？！

有些宾客：对，
　　　　　　让他们较量较量！

另一些宾客： 不！
让他们斗斗嘴吧！
何苦打得遍体鳞伤？！

铁　匠： 斗斗嘴？！
见鬼！
咱们要用拳头论个短长！

苏尔维格的父亲： 克制点吧，年轻人！
火气不要这么旺！

海尔格： 他们会打他吗？

青年甲： 为何不拆穿、
他撒的那些谎？

青年乙： 把他一脚踢出去！
叫他哭爹喊娘！

青年丙： 我要啐他一口，
扇他一记耳光！

青年丁： （对着铁匠）
你不动手了吗？
是否有点胆怯慌张？！

铁　匠： （抛掉上衣）

哼！
我非揍死这个混蛋不可！
把他捶成肉酱！

苏尔维格的母亲：（对着苏尔维格）
你看看，
这小子多么不得人心！
简直就像过街老鼠一样！

（奥斯手拿棍子来了。）

奥　斯：　　　我儿子在这儿吗？
他在什么地方？
我非要打他一顿不可！
我的天！
他欺负老娘！

铁　匠：　　　（卷起衬衫袖子）
你那棍子对付不了他。
让我来收拾这个流氓！

一些人：　　　对！
让铁匠收拾这个流氓！

另一些人：　　好好教训这个流氓！

铁　匠：　　　（向手心吐了一口唾沫。向奥斯点头示意。）

我要把他吊起来打,
要他气绝身亡!

奥　　斯：什么?
你要吊起我的培尔?
还要让他气绝身亡?!
你敢!
你要真的这样,
奥斯我这苦老婆子,
就用牙咬你这个铁匠!
用爪子抠你这个铁匠!
叫你遍体鳞伤!
他在哪儿呀?
（对着农场大声叫喊）
培尔!

新　　郎：（跑来）
老天在上!
爹!
娘!
快来!

新郎之父：怎么啦?
这样慌张!

新　　郎：唉!
培尔·金特他——

奥　斯：(尖声叫起来)
　　　　怎么?
　　　　他们把他杀了吗?!
　　　　我可怜的儿郎!

新　郎：没有!
　　　　培尔·金特他——
　　　　看!
　　　　他在那山上!

众　声：还带着那个新娘!

奥　斯：(丢开棍子)
　　　　这个混账!

铁　匠：(惊异地)
　　　　那是很高的悬崖啊!
　　　　天啦!
　　　　他竟然爬得活像山羊!

新　郎：(哭起来)
　　　　培尔把我的新娘,
　　　　像头猪似的背走啦!
　　　　背到了那座山上!

奥　斯：(朝着培尔的方向,威胁地挥起拳头。)

　　　　　　我真巴不得，
　　　　　　你从山上栽下来——！
　　　　　　（焦急地尖声叫起来）
　　　　　　别慌！
　　　　　　那可不是平坦的地方！

新娘之父：他把我的闺女糟蹋了。
　　　　　　我要打死这个混账！

奥　斯：休想！
　　　　　　休想！
　　　　　　要是我让你们动他一根汗毛，
　　　　　　就让上帝惩罚我这个老婆娘！

第二幕

第一场

(山上高处一条狭窄的小径。清晨。培尔·金特沿着小径匆匆走来,神色沮丧。茵格利德身上还穿着被扯得凌乱的婚服。她拼命拉住培尔·金特,不让他走。)

培　　尔：　你走吧!

茵格利德：（哭）
　　　　　事已至此,
　　　　　我能去向何方?

培　　尔：　你喜欢什么地方,
　　　　　就去什么地方!

茵格利德：（扭动双手）
　　　　　你这个骗人的混账!

培　　尔：　废话少讲!
　　　　　我们各去各的地方!

茵格利德：这段罪过、
　　　　　将把你我永远缠上！

培　　尔：一切的过往，
　　　　　都有魔鬼的迹象；
　　　　　所有的女人，
　　　　　都被魔鬼执掌，
　　　　　——除了一个姑娘！

茵格利德：哦！
　　　　　她是哪位姑娘？

培　　尔：不是你。

茵格利德：那是谁？

培　　尔：你走吧！
　　　　　回到你的闺房！
　　　　　快！
　　　　　回去找你爹娘。

茵格利德：我最亲爱的情郎！

培　　尔：别，
　　　　　不要纠缠不放！

茵格利德：你刚才所讲，
　　　　　　不是真心话吧！
　　　　　　只是玩笑一场？！

培　　尔：不！
　　　　　　一字不假，
　　　　　　没有半点虚妄！

茵格利德：你先骗我上当，
　　　　　　现在又要撒手不管把我伤！

培　　尔：那么你有什么嫁妆？

茵格利德：亥格镇的一座农庄。
　　　　　　还有别的嫁妆！

培　　尔：你可有祈祷书在绢中藏？
　　　　　　你可有金黄辫子垂肩上？
　　　　　　你可是眼睛朝下对着围裙望？
　　　　　　你可是扯住妈妈的裙褶不放？
　　　　　　回答我！
　　　　　　老老实实对我讲！

茵格利德：我没有像你所说的那样。
　　　　　　可是……

培　　尔：你行过坚信礼吗？

　　　　　　　在去年春天的教堂?

茵格利德：没有。
　　　　　　可是培尔,
　　　　　　你听我讲——

培　　尔：你可有充满柔情的、
　　　　　　害羞的目光?
　　　　　　我如果邀你跳舞,
　　　　　　你会谢绝、
　　　　　　还是立即搭住我的肩膀?

茵格利德：我的上帝!
　　　　　　这家伙精神失常!

培　　尔：回答我!
　　　　　　上帝是否会让、
　　　　　　见过你的人全都平安吉祥?

茵格利德：不会,
　　　　　　可是——

培　　尔：那还有什么好讲!
　　　　　　(转身要走)

茵格利德：(拦住培尔)
　　　　　　你要是胆敢抛弃我,

他们一定让你把命偿!

培　　尔：　那也无妨!
　　　　　　这个风险值得扛。

茵格利德：你要是娶了我,
　　　　　　就会利来名扬!

培　　尔：　这个我可受不起。
　　　　　　我不愿当你的新郎!

茵格利德：（猛地大哭）
　　　　　　啊,
　　　　　　你诱我上当!

培　　尔：　你是自愿上当!

茵格利德：我走投无路,
　　　　　　不知何往!

培　　尔：　我一时糊涂,
　　　　　　跟你上床!

茵格利德：（威胁地）
　　　　　　你会付出重大代价!

培　　尔：　再重的代价我都能扛!

茵格利德：你真的拿定主意了？

培　　尔：　就像高山不可移动；
　　　　　　就像磐石不能摇晃！

茵格利德：好吧，
　　　　　　那就看看到底谁输谁赢，
　　　　　　最终谁能趾高气扬？
　　　　　　（茵格利德向山下走去。）

培　　尔：（沉默片刻，然后大声尖叫道）
　　　　　　一切的过往，
　　　　　　都有魔鬼的迹象；
　　　　　　所有的女人，
　　　　　　都被魔鬼执掌！

茵格利德：（回过头，嘲弄地）
　　　　　　除了一个姑娘！

培　　尔：　对，
　　　　　　除了一个姑娘。

　　　　　　（两人各走各的路）

第二场

（山湖畔，周围是沼泽。一场暴风雨就要来临。奥斯一边叫嚷，一边四下里张望。她忧心忡忡。走在后面的苏尔维格，几乎跟不上她。更后面，相隔一段路程的、是苏尔维格的父母和海尔格。）

（奥斯乱挥双臂，挠自己的头发。）

奥　斯：邪恶总是跟我作对，
　　　　一切都不顺当！
　　　　这烟雾是魔；
　　　　这涧流是鬼；
　　　　这山是混账！
　　　　下雾是为了蒙他的眼睛、
　　　　叫他迷失方向。
　　　　涧流是为了骗他跌落，
　　　　让他溺水而亡。
　　　　这山要裂开，
　　　　把他吞进去，
　　　　压成肉酱！
　　　　还有、
　　　　这帮人呢，
　　　　都来抓他。
　　　　都想把他、
　　　　打得气绝身亡！

没了他我就活不成！
求求你呀，
上帝！
保佑我的儿郎！
魔鬼偏偏诱惑了他，
真是混账！
（转身对着苏尔维格）
唉！
姑娘，
我简直不能相信，
这是真事一桩！
他成天胡思乱想。
他最大的本领、
就是夸张撒谎。
他从来也没认真干活，
总是草草了事匆匆收场。
对于这个宝贝儿郎，
我有时简直哭笑不得，
既想亲他又想打他一掌！
我们曾经一起发愁，
一同熬过穷苦的时光。
我丈夫的坏名声，
你一定曾经听人讲。
他挥金如土、
到处流浪。
骂骂咧咧、
醉得东倒西晃！

我和培尔待在家里,
粗茶淡饭守着那间破房。
这些事我们只能、
尽量不去想。
我只能埋怨自己软弱,
没敢阻止丈夫的浪荡。
但一想到日后的命运,
真是吓破了胆囊!
为了熄灭烦恼,
有人用酒灌肠。
也有人编造故事,
沉溺于奇思怪想。
我们就是这样,
编了关于王子、山妖,
奇禽异兽的幻想。
也曾编造抢新娘。
可是谁会料到,
他竟然入耳不忘!
把这些编造的故事,
全都刻在心上!
(又害怕起来)
哦!
喊声多大呀,
简直震天响!
这准是山妖,
要么就是魍魉!
培尔,

你在那儿吗?——
藏在山顶上?!
(奔到小丘之巅远眺湖面。苏尔维格的父母跟在其后。)
看不见路,
培尔不知去向!

苏尔维格之父:(安祥地)
那就对他更不利了!

奥　　斯:　　(哭起来)
啊!
我的培尔,
我可怜的迷路羔羊!

苏尔维格之父:(轻轻点头)
你说得对。
他迷了路,
迷失了方向。

奥　　斯:　　不!
你别这样讲!
他多么机灵多么棒。
没人能像他一样!

苏尔维格之父:真是一个糊涂的婆娘!

奥　　斯：　　　是的，
　　　　　　　　我也许糊涂。
　　　　　　　　可我的儿子不一样。
　　　　　　　　他是我的棒儿郎。

苏尔维格之父：（仍然安详、温和地）
　　　　　　　　你的儿子，
　　　　　　　　没心没肝、
　　　　　　　　灵魂尽丧

奥　　斯：　　　（焦急地）
　　　　　　　　不！
　　　　　　　　不！
　　　　　　　　上帝不会那么无情，
　　　　　　　　一定怜悯我的儿郎！

苏尔维格之父：你说他会不会，
　　　　　　　　为自己的罪过懊恼沮丧？

奥　　斯：　　　（热切而不知所措）
　　　　　　　　不会。
　　　　　　　　可是他会骑着雄鹿，
　　　　　　　　腾云驾雾飞向天堂！

苏尔维格之母：上帝呀！
　　　　　　　　你发疯了吧？！
　　　　　　　　简直精神失常！

苏尔维格之父：你刚才说什么？
　　　　　　　什么飞向天堂？！

奥　　斯：　　什么事都难不倒我的儿郎。
　　　　　　　你们等着瞧吧！
　　　　　　　他只要不把命丧——

苏尔维格之父：最好是看到、
　　　　　　　绞索套在他的脖子上！

奥　　斯：　　（叫起来）
　　　　　　　啊呀！
　　　　　　　主耶稣，
　　　　　　　保佑我的儿郎！

苏尔维格之父：等到绞索套在脖子上，
　　　　　　　他那时也许后悔，
　　　　　　　后悔不该做个流氓！

奥　　斯：　　（茫然地）
　　　　　　　天啊，
　　　　　　　你再说下去，
　　　　　　　会把我逼得精神失常！
　　　　　　　非把他找到不可！
　　　　　　　咱们要寻遍山野，
　　　　　　　搜遍水塘！

苏尔维格之父：拯救他的灵魂。

奥　　斯：　　还有他的身体！
　　　　　　　说不定他已浑身是伤！
　　　　　　　他要是跌落沼泽，
　　　　　　　得把他拖到岸上。
　　　　　　　如果山妖把他捉住，
　　　　　　　咱们得把大钟敲响！

苏尔维格之父：瞧！
　　　　　　　这儿有点痕迹，
　　　　　　　似乎有些希望！

奥　　斯：　　如果你们帮我找到了他，
　　　　　　　上帝会给你们奖赏！

苏尔维格之父：这是基督徒的本分，
　　　　　　　无需什么奖赏！

奥　　斯：　　其他人都是异教徒，
　　　　　　　谁也不肯帮我找儿郎！

苏尔维格之父：他们对他了如指掌、
　　　　　　　不寄希望！

奥　　斯：　　他比他们高尚！

　　　　　　　　（扭动双手）
　　　　　　　　简直不敢想——
　　　　　　　　不知培尔生死存亡！

苏尔维格之父：这儿有脚印。

奥　　斯：　　那他就在附近的地方！

苏尔维格之父：我们分头去找他，
　　　　　　　　就在附近的地方。
　　　　　　　　（他和他的妻子走在前面。）

苏尔维格：　　（对奥斯）
　　　　　　　　请您再讲一些情况。

奥　　斯：　　（擦干眼泪）
　　　　　　　　关于我儿的情况？

苏尔维格：　　对！
　　　　　　　　全都和我讲一讲。

奥　　斯：　　（微笑着扬起头）
　　　　　　　　全部都讲？
　　　　　　　　我能叫你听得发腻，
　　　　　　　　朝着我嚷嚷：
　　　　　　　　别再讲！
　　　　　　　　别再讲！

苏尔维格：我倒是不会听腻，
　　　　　只怕您说腻了，
　　　　　不愿再讲！

第三场

（峻岭之下光秃的小山丘。远处的山顶积雪。黄昏时地上的影子越拉越长。）

培　尔：（急速跑上来，在山坡处停下。）
　　　　整个教区的人都在追我！
　　　　他们带着棍棒和枪！
　　　　亥格镇的那个老头，
　　　　跑在前头几乎发狂！
　　　　我可以听到，
　　　　他在大骂他在嚷嚷！
　　　　到处都在讲：
　　　　培尔·金特逃跑了，
　　　　逃到了山上。
　　　　这可不是跟那铁匠打架，
　　　　这次可是有关生死存亡！
　　　　好在我的力气赛过熊，
　　　　看他们能够把我怎样？！
　　　　（他挥动两臂，跳到半空中。）

我能跳入激流游泳戏水。
我能拔起杉树当作棍棒!
这有关生死存亡!
它使你振奋坚强!
见鬼去吧!
我那无足轻重的撒谎!

三个牧女:(从小山丘的另一面跑过来,一路唱着、嚷着。)
瓦尔山的
巴得、卡尔、特朗,
赶快来到我们身旁!
山妖们,
你们想不想、
睡在我们的床上?

培　尔:　你们在喊谁呀?

三个牧女:请全体山妖来到我们身旁!

牧女甲:　特朗,
你要温存!

牧女乙:　巴得,
你要粗犷!

牧女丙:　牧场的床都空着,
到处都是可睡的地方!

牧女甲： 粗犷就是温存!

牧女乙： 温存就是粗犷!

牧女丙： 没有情郎,
我们就抱着山妖到天亮!

培　尔： 那么情郎在何方?!

三个牧女：(粗鲁地大笑)
他们来不了这地方!

牧女甲： 我那情郎也曾叫我"宝贝",
如今,
他娶了个中年寡妇当新娘!

牧女乙： 我那情郎,
在北方的山上,
遇到了一个吉普赛姑娘。
如今他们居无定所、
一道流浪。

牧女丙： 我那情郎杀了我们的私生子,
如今他的头悬在木桩上!

三个牧女：瓦尔山的

巴得、卡尔、特朗,
赶快来到我们身旁!
山妖们,
你们想不想、
睡在我们的床上?

培　　尔：（跳到牧女中间）
我是三个脑袋的山妖大王。
也是三个姑娘的情郎!

三个牧女：你有那么强壮?!

培　　尔：一会儿你们就能领教,
我究竟有多强壮!

牧女甲：那让我们去牧房!
去牧房!

牧女乙：我们的蜜酒又甜又香。

培　　尔：那就打开斟上!

牧女丙：今晚的卧房里、
不能有一张空床。

牧女乙：（吻培尔）
他像烧烫的烙铁一样,

浑身闪闪发光。

牧女丙：（也吻培尔）
就像婴儿的眼睛。
在黝黑的湖里闪光。

培　尔：（和她们跳舞）
心头沉重，
念头狂。
笑在眼里；
泪入肠！

三个牧女：（对着山峰做鬼脸，尖声高唱。）
瓦尔山的
巴得、卡尔、特朗，
赶快来到我们身旁！
山妖们，
你们是否睡在我们的床上？

（培尔夹在她们中间，跳着舞越过小山丘，消失。）

第四场

(容德山中。日暮。四周山顶的积雪熠熠生辉。)

培　尔：(心神恍惚地走来)
　　　　看!
　　　　一座座城堡拔地而起；
　　　　那大门闪闪发光!
　　　　停下来!
　　　　你停下来!
　　　　怎么越飘越远?
　　　　到了什么地方?!

　　　　伫立在风向标上的雄鸡,
　　　　抬起翅膀像要飞翔。
　　　　它溶到蓝色的雾里；
　　　　雾也遮蔽了山岗。

　　　　是什么树木和那树根,
　　　　在岩缝里面生长?
　　　　就像长了苍鹭脚的巨人一样!
　　　　如今他们也飘向远方

　　　　大气色彩斑斓,
　　　　就像虹霓一样。
　　　　使我眼花缭乱；

令我神迷心荡!
远处传来的钟声悠扬。
我感到两眼沉重,
重得像铅像铁一样!

哎呀!
我的脑门痛了!
像是紧紧地箍着
烧红的铁圈一样!
是谁把它箍到我的头上?!
(颓然坐下)

飞过岩㵲山梁。
真是想入非非!
撒了弥天大谎!
带着新娘,
喝醉到天亮。

老鹰、鹞鹰把我追赶,
鬼怪山妖逼我逃亡;
还曾胡乱厮混一气,
陪伴那些发疯的婆娘!
想入非非呀!
弥天大谎!
(仰望良久)

瞧!

一对棕鹰正在翱翔。
大雁集队飞向南方。
可如今我却在这
没膝的污泥之中彷徨。
忽深忽浅地不知所向!
(猛然站起)

我要和它们一起飞翔!
让劲风涤去我的罪状;
我要向高处飞翔,
然后朝下深深扎进圣池,
那洗礼的圣池闪闪发光。

我要飞过草原;
心灵纯洁高昂;
我要飞越重洋,
飞过英国王子的头上。

仕女们!
你们尽管呆呆巴望,
我不会飞到你们身旁!
你们无需傻傻地等待——!
哦!
我或许也会急转下降,
跟你们玩上一场。

咦,

那两只棕鹰呢?
飞到了什么地方?
见鬼去吧,
与我无妨!

那不是山墙尖顶吗?
拔地而起、
在废墟之上。
看!
大门已经敞开!
哈哈,
我认出来啦!
这是我爷爷的新农庄!

窗上的破布无影无踪,
破旧的篱笆全被拆光;
每间房里灯火辉煌。
大厅里面宾客聚一堂。
我听到牧师的刀背、
敲着杯子叮当响。
船长抛掉手中的酒瓶,
砸向镜子、
玻璃碎裂落地咣啷当。

让他们尽情挥霍吧!
妈妈,
不要多想,

这与我们无妨!
阔佬约翰·金特宴请宾客,
少不了丰盛的酒菜盛大的排场!
这是金特家族的荣光!

突然一阵大叫大嚷,
怎么回事?
原来是船长唤我进入厅堂。
哦,
牧师要举杯祝我健康。

进去吧,
培尔·金特,
去接受审判;
听他为你歌唱叫嚷:
"培尔·金特,
你生来不凡。
很快就要出人头地,
显赫一方!"
(培尔向前冲去,鼻子撞在了岩石上,立即晕倒。)

第五场

(大树参天的山坡上,星光在树叶的缝隙里闪耀。鸟儿在树上歌唱。)

(一位身穿绿衣的女人路过山坡。培尔·金特跟在她后面,向她做着各种求爱的表示。)

绿衣女:(停下来,调转身。)
你的话真的绝无半句谎?

培 尔:(手指在喉前横划了一下)
就像我是培尔·金特、
你是漂亮女人一样,
千真万确、
绝无半句撒谎!
你愿和我相好吗?
你将发现我是你的理想!
你可以抛开缝缝补补。
再不用上机把线纺。
饭吃饱、酒尽量,
山珍海味让你享。
而且我永远永远,
都不会拽你的头发恶语相向!

绿衣女:你也不会打我?

培　尔：当然不会拳脚相向！
　　　　我们这些王子，
　　　　从不对女人挥棍舞棒！

女　人：你是王子？

培　尔：对。

绿衣女：我父乃是垛伏勒王。

培　尔：真的吗？
　　　　巧极啦！
　　　　这可是门当户对龙凤呈祥！

绿衣女：你可晓得、
　　　　我爸的宫殿容德山里深藏。

培　尔：我相信我妈的宫殿、
　　　　更加宏伟辉煌！

绿衣女：你认识我的父亲吗？
　　　　他叫白罗斯王。

培　尔：你晓得我的母亲吗？
　　　　她叫做奥斯女王。

绿衣女：只要我爸一生气，
　　　　就会山崩地晃！

培　　尔：只要我妈一咒骂，
　　　　群山就会发狂！

绿衣女：我爸抬脚踢高能超城墙！

培　　尔：我妈能淌过最湍的江！

绿衣女：你这么一身破烂，
　　　　难道没有考究的衣裳？！

培　　尔：那只需看看——
　　　　做礼拜时我穿的衣裳！

绿衣女：平日里我就穿着绫罗绸缎，
　　　　我的衣裳闪耀金光！

培　　尔：我看更像是一件——
　　　　麻布草绳做的衣裳。

绿衣女：啊，
　　　　有件事你要牢记心上：
　　　　在容德这个地方，
　　　　我们看待事物、
　　　　是用另外一种眼光！

无论什么事物,
好像都有双重的形状。
当你走到父王的宫殿一望,
也许你会错误地认为:
那是破顶残墙朽门烂窗!

培　　尔：说来真是奇怪,
我们那里也是这样。
你所看到的一堆渣滓,
实乃黄金百两!
而一堆玻璃的闪亮,
你却看成臭袜的肮脏!

绿衣女：黑色看成洁白;
丑恶看成善良!

培　　尔：高大变成渺小;
肮脏变成清爽!

绿衣女：(搂住培尔的脖子)
培尔,
咱们是天生的一对,
地成的一双!

培　　尔：就像裤子是为了双腿,
梳子是为了头发那样!

绿衣女：（朝山那面高喊）
　　　　给我一匹上好的喜马！
　　　　来，
　　　　咱们骑上！

　　　　（这时，一头大猪奔过来。一根细索当作缰绳，一条旧布袋当作"马鞍"。培尔一跃到猪背上，拉着绿衣女人坐在他前面。）

培　尔：咳——嗬！
　　　　我们直奔容德大门，
　　　　去山上！
　　　　驾！驾！
　　　　快跑！
　　　　我高贵的骏马真棒！

绿衣女：（亲昵地）
　　　　最近我总感到忧愁悲伤。
　　　　可是未来不可测，
　　　　你把我的忧伤一扫而光！

培　尔：（赶着猪，以小跑前进）
　　　　只要看看大人物的座骑，
　　　　就能知道他的排场。

第六场

（在垛伏勒山妖大王的官殿里，一大批各种妖臣和地精聚集在一起。山妖大王坐于宝座，头戴王冠手持节杖。王子王孙王亲国戚簇拥两旁。培尔·金特面对山妖大王。殿上一阵骚动。）

众妖臣： 杀死他！
　　　　 这个基督教徒，
　　　　 竟敢如此猖狂！
　　　　 诱惑垛伏勒王的掌上明珠，
　　　　 就是欺侮我们的大王！

小　妖： 要不要我来切掉他的手指？

另一小妖：要不要我来把他的头发拔光！

年轻女妖：让我从他的屁股上，
　　　　 咬下一大块来尝一尝！

巫婆甲： （手持长勺）
　　　　 是把他放到什锦锅里，
　　　　 还是把他熬成肉汤？

巫婆乙： （手持切刀）

　　　　　　是把他的肉放在铁丝络上，
　　　　　　就着火稍稍翻烤几趟，
　　　　　　还是该把他的肉，
　　　　　　放入煎锅烤到焦黄？

山妖大王：冷静些！
　　　　　（向众妖臣示意）
　　　　　不要瞎嚷嚷！
　　　　　近来我们的处境不太理想。
　　　　　目前咱们存亡难料，
　　　　　不该拒绝任何的相助相帮！
　　　　　何况这位青年几乎无可挑剔，
　　　　　而且我看他身体强壮。
　　　　　虽说他只有一个脑袋。
　　　　　但我的女儿也是这样。
　　　　　如今三头的山妖已很稀罕，
　　　　　就连两头的出现也不经常。
　　　　　而且那些头也不怎么样。
　　　　　（对着培尔·金特）
　　　　　那么，
　　　　　你在追求我的女儿喽？
　　　　　想作她的新郎？

培　尔：对，
　　　　　我要你的女儿，
　　　　　还要你的王国作嫁妆。

山妖大王：我活着的时候给你一半，
　　　　　归天之后全部由你独享。

培　　尔：这样安排十分恰当。

山妖大王：等一等，
　　　　　年轻人，
　　　　　不要急急忙忙！
　　　　　先得遵守约法几章！
　　　　　你若违背任何一条，
　　　　　那就不能再作新郎！
　　　　　你也休想活着逃亡！
　　　　　你要对天发誓：
　　　　　把容德山外的世界、
　　　　　从你心底抹光！
　　　　　永远躲避白昼。
　　　　　永远拒绝阳光。

培　　尔：这些都可以做到，
　　　　　只要我当上国王！

山妖大王：第二、
　　　　　下面就要看看、
　　　　　你的智力是否很强？
　　　　　（站起来）

最老妖臣：（对着培尔）

现在看你的智齿怎样?
能否咬破大王的谜壳,
让那谜底亮相?!

山妖大王: 人妖之间有何差别?
有啥不一样?!

培　　尔: 我看毫无差别完全一样!
大妖想要烤我的肉。
还想喝我的骨头汤!
小妖想要扒我的皮,
拿去做件皮衣裳!
我们人类也能做得出,
只要放开胆量!

山妖大王: 你说的一点不假,
人妖是有许多相似的地方!
可是早晨就是早晨,
晚上就是晚上!
人妖的差别还是一目了然,
只要你的眼睛雪亮!
他们的差别何在?
听我对你讲!
那边,
在蓝天之下,
人间有句俗话这样讲:
"人,

　　　　　　应该真诚而不伪装。"
　　　　　　这边，
　　　　　　在深山里面，
　　　　　　我们的信念是这样：
　　　　　　"山妖，
　　　　　　只需为己私利至上！"

妖　　臣：（对着培尔）
　　　　　　现在你该明白了吧！
　　　　　　两者毕竟不一样！

培　　尔：我似乎有点迷惘。

山妖大王：孩子，
　　　　　　"只需为己"，
　　　　　　字字铿锵，
　　　　　　你得把它绣入你家的徽章！

培　　尔：（抓耳挠腮）
　　　　　　可是……

山妖大王：要想在此当国王，
　　　　　　你就必须这样！

培　　尔：如果必须这样，
　　　　　　那就悉听尊便；
　　　　　　反正都一样！

山妖大王：其次，
你得适应我们这个地方，
以及我们的日常。
（他向妖臣示意。两个长着猪头戴着白睡帽的山妖，送上食品和饮料。）
我们的母牛产点心。
公牛来把蜜酒酿。
你可别问味道怎样？
关键在于记住：
点心是家里烤，
蜜酒是家里酿！

培　尔：（把食品推开）
让你们这些家酿的饮料见鬼去吧！
我永远不会适应这个地方。

山妖大王：你若喝下这杯蜜酒，
我就赐你酒杯作为奖赏。
这酒杯是用金子做成，
拥有它，
就可以作我女儿的新郎！

培　尔：（深思熟虑）
哦，
圣经里面这样讲：
人要学会克制自己；

　　　　　　这酒喝多了，
　　　　　　也不觉得那么酸味难当。

　　　　　　好，
　　　　　　干！
　　　　　　（举杯喝下）

山妖大王：你刚才所讲，
　　　　　　很有道理我很欣赏！
　　　　　　哦，
　　　　　　你想吐吗？
　　　　　　味道怎样？

培　　尔：这只是克制旧习适应新况。
　　　　　　若不随俗岂能入乡？！

山妖大王：你还得脱掉那套、
　　　　　　基督教徒的服装。
　　　　　　我可以自豪地对你讲：
　　　　　　在垛伏勒的山里，
　　　　　　样样出自我们的作坊。
　　　　　　除了我们尾巴上的丝穗，
　　　　　　来自山谷里的一个地方。

培　　尔：（生气地）
　　　　　　我没有尾巴。

山妖大王：我可以给你一根安上！
　　　　　内侍大臣，
　　　　　把我节日的尾巴给他，
　　　　　让他风光风光！

培　　尔：你敢！
　　　　　这是拿我开心，
　　　　　绝对不能那样！

山妖大王：可你总不能、
　　　　　背后秃秃光光，
　　　　　就向我的女儿求婚，
　　　　　要作她的新郎！

培　　尔：你要把人变成野兽的模样！

山妖大王：孩子，
　　　　　你别把我冤枉！
　　　　　是你要做我女儿的新郎，
　　　　　我只是帮你成全梦想。
　　　　　你的尾巴，
　　　　　有金红色的丝穗在尖儿上，
　　　　　在我们这儿可是至上荣光！

培　　尔：（深思）
　　　　　嗯，
　　　　　人们常常这样讲：

>人是空中的尘埃，
>难免要随风飘荡。
>好，
>那就把尾巴安上！

山妖大王：年轻人，
　　　　　你真识相。

妖　臣：试试吧，
　　　　这尾巴甩来甩去多漂亮！

培　尔：（不悦）
　　　　哼？
　　　　你还要让我做什么？
　　　　要不要我放弃基督教的信仰？

山妖大王：你尽管保留你的信仰！
　　　　　在这儿信仰自由。
　　　　　不抽税也不入账！
　　　　　山妖显示身份、
　　　　　靠的是打扮着装。
　　　　　只要服装习俗风尚，
　　　　　你和我们一模一样，
　　　　　那就尽管保留你那、
　　　　　使山妖毛骨悚然的信仰。

培　尔：尽管给我规定了、

　　　　　　这么多的条条杠杠。
　　　　　　你们对我的温和、
　　　　　　还是超出了我的想象!

山妖大王：唉!
　　　　　　孩子,
　　　　　　山妖往往被人诽谤。
　　　　　　我们的实情好过名声。
　　　　　　这也是人妖之间的不一样。
　　　　　　该办的事情全都办完。
　　　　　　现在可以观舞听唱。
　　　　　　竖琴师呀,
　　　　　　把那琴弦轻轻拨响;
　　　　　　舞女们来呀,
　　　　　　让那山舞翩翩登场!
　　　　　　唱吧跳吧!
　　　　　　在垛伏勒的山里;
　　　　　　在这大厅的地板上!
　　　　　　(音乐和舞蹈)

妖　　臣：你欣赏这种生活吗?

培　　尔：呃哼,
　　　　　　欣赏?

山妖大王：不要怕,
　　　　　　照实讲!

培　　尔： 看到了丑陋不堪；
　　　　　看到了奇形怪状。
　　　　　一头脖子带铃的母牛，
　　　　　用蹄弹琴不成乐章；
　　　　　一头穿了短袜的母猪，
　　　　　四蹄乱舞不合音响。

众妖臣： 把他吃掉！

山妖大王：不要忘！
　　　　　他在使用人类的标准衡量。

众女妖： 扯下他的耳朵，
　　　　 挖出他的眼睛！

绿衣女： （哭泣）
　　　　 呜——！
　　　　 我和妹妹跳舞歌唱，
　　　　 却要受到他的侮辱诽谤！

培　　尔： 哎呀！
　　　　　原来是你和你的妹妹，
　　　　　在此跳舞弹琴歌唱。
　　　　　亲爱的，
　　　　　这只是玩笑一场，
　　　　　我怎会恶意将你诽谤！

绿衣女： 你能发誓吗？
　　　　 只是玩笑一场！

培　尔： 刚才的音乐舞蹈，
　　　　 真的令我神往！
　　　　 我若撒谎，
　　　　 就让猫来挠我痒痒[①]！

山妖大王：人类的天性真奇怪，
　　　　 令我山妖难想象！
　　　　 它就像是一层皮，
　　　　 紧紧贴在人身上。
　　　　 如果斗殴伤了皮，
　　　　 皮上就会开个窗。
　　　　 但是很快就结疤。
　　　　 疤落新皮来封窗！
　　　　 瞧！
　　　　 我这驸马很随和，
　　　　 脱掉马裤穿妖装。
　　　　 咱酿的蜜酒欣然饮。
　　　　 咱做的尾巴拴臀上。
　　　　 叫他干啥就干啥，
　　　　 真是一副奴才相！
　　　　 好像人性已泯灭，

[①] "猫"在这里暗指魔鬼撒旦。因为是基督教用语，所以在山妖面前改成了"猫"。

　　　　　　　简直和咱一个样！
　　　　　　　但是本性难移！
　　　　　　　眨眼的功夫起变化，
　　　　　　　人性复苏见真相！
　　　　　　　所以，
　　　　　　　孩子，
　　　　　　　我得想个好办法，
　　　　　　　把你的人性消灭光！

培　　尔：怎样可以消灭光？

山妖大王：我将轻揉你的左眼。
　　　　　　　这样你就会以歪曲的目光，
　　　　　　　看待一切事物。
　　　　　　　于是他们全都变了样！
　　　　　　　一切都变得美丽又善良。
　　　　　　　然后还要挖掉你右边的、
　　　　　　　那扇明亮多情的窗！

培　　尔：你喝醉了吗？
　　　　　　　我的大王！

山妖大王：（把几件锐利的工具放到桌上）
　　　　　　　这是玻璃匠们的工具。
　　　　　　　要把一双闪光的眼睛给你装上。
　　　　　　　就像狂暴的公牛那样！
　　　　　　　那时你去看看你的新娘，

啊呀,
真是非常非常地漂亮!
你的眼睛也不会再介意,
母猪跳舞和母牛弹琴的模样!

培　　尔：　简直是发疯,
精神失常!

最年长的妖臣：这是大王的圣裁!
大王无比英明,
你才是精神失常!

山妖大王：　想一想,
在未来的日子里,
这会为你省却多少惆怅。
千万不要遗忘:
悲酸愤怒的泪水,
都是从你的双眼往外淌!

培　　尔：　这话不是扯谎。
布道书里这样讲:
"假如你的右眼使你烦恼,
把它挖掉扔到地上!"
告诉我,
我的视力、
何时方可变回人的视力、
恢复正常?

山妖大王：朋友，
　　　　　再也不能恢复正常！

培　　尔：要是这样，
　　　　　我只好谢绝了。
　　　　　我的大王！

山妖大王：那你打算怎样？

培　　尔：马上离开这地方！

山妖大王：那可不行！
　　　　　这里是个、
　　　　　准进不准出的地方！

培　　尔：莫非你要把我强留不放？

山妖大王：听着，
　　　　　培尔亲王，
　　　　　你还是不要草率匆忙！
　　　　　你的气派非凡，
　　　　　仪表堂堂。
　　　　　处处表现出，
　　　　　你够资格加入山妖一帮！
　　　　　你是山妖的好材料，
　　　　　你也想把山妖当！

对不？
我的亲王！

培　　尔：当然啦！
娶到新娘还能当上国王，
做点牺牲理所应当。
然而凡事都有限度。
我确实安上了尾巴摇晃。
可我要想解开它，
也并非无望。
我曾抛掉我的马裤，
可我要想再次把它穿上，
谁又能阻挡？！
想要摆脱山妖的生活方式，
也并非难事一桩。
只要你高兴，
我可以发誓：
把母牛说成姑娘！
因为口说无凭的誓言，
可以赖掉不必认账！
但是如果你讲：
培尔再也不能获得自由；
不能死得像个正派人物那样；
培尔此生只能当个山妖、
永远不能回家返乡！
这一点你反复强调，
害怕我会遗忘。

> 但恰恰就是此事一桩,
> 我万万不能答应大王。

山妖大王: 现在,
> 我真要生气啦!
> 你别想捉弄本王。
> 你这个脸色惨白的流氓,
> 你知道我是谁吗?
> 我是山妖大王!
> 你先是骗我的女儿上当——

培　尔: 没有那回事!
> 我真冤枉!

山妖大王: 你必须要娶她作新娘。

培　尔: 你竟这样将我诽谤——?

山妖大王: 你曾对她垂涎三尺,
> 你敢不认账?!

培　尔: (不屑地吹气)
> 就这小事一桩?
> 谁会把它放在心上?

山妖大王: 人类都是一个样。
> 精神上的一套,

　　　　　　你们总是挂在嘴上，
　　　　　　而心里真正在乎的，
　　　　　　却是实惠能否握于手掌。
　　　　　　你以为欲望不算罪过一桩？
　　　　　　哼！
　　　　　　等会儿你就会看见，
　　　　　　纵欲将你引向何方！

培　　尔：你不要想用谎言骗我上当！

绿衣女：我的培尔，
　　　　年底之前，
　　　　你就要把爹当。

培　　尔：让我离开这个鬼地方！

山妖大王：我们把你的娃娃，
　　　　　用羊皮裹好给你送上。

培　　尔：（擦汗）
　　　　　我要能清醒过来就好了！
　　　　　我怎么来到了这个鬼地方？！

山妖大王：我们把你的娃娃，
　　　　　送到你的宫里，
　　　　　还是什么别的地方？

培　　尔：　把他送到教区收养!

山妖大王：　我的驸马，
　　　　　　这事由你决定。
　　　　　　反正都是一样。
　　　　　　但是生米已经煮成熟饭，
　　　　　　休想反悔赖账!
　　　　　　你的娃娃很快就会长大，
　　　　　　杂交的娃娃长得飞快、
　　　　　　异乎寻常。

培　　尔：　老头子，
　　　　　　你别倔得和牛一样!
　　　　　　姑娘，
　　　　　　冷静一些听我讲。
　　　　　　我要开诚布公说出真相：
　　　　　　我不是什么王子，
　　　　　　也没有什么家当。
　　　　　　不管你对我如何估量，
　　　　　　我都不会给你片彩点光!

　　　　　　（绿衣女感到阵痛，被众妖女抬下。）

山妖大王：（用鄙视的目光看着培尔，然后说）
　　　　　　小妖们，
　　　　　　把他扔向山壁!
　　　　　　叫他骨碎命丧!

众小妖: 父王,
是否可以先跟他玩玩老鹰斗狼、
或是猫捉老鼠的勾当。

山妖大王: 可以!
不过要快些!
我又气又困,
要回洞里躺一躺。
(走开)

培 尔: (被众小妖追逐)
滚开!
你们这些小魔鬼,
小豺狼!
(想爬上烟囱)

众小妖: 精灵们,
从后面把他咬上!

培 尔: 哎呀!
(想从活板门跳入地窖)

众小妖: 把出口全部堵上!

众妖臣: 小的们玩得真痛快!

培尔: （和一个咬着他耳朵不放的小妖搏斗）
放开！
你这混账！

妖臣: （打培尔的手指）
轻点儿，
那可是王室成员，
你休得如此骄狂！

培尔: 啊，
耗子洞！
（向洞口奔去）

众小妖: 精灵们，
快把洞口堵上！

培尔: 那个老妖是混账！
这些小妖更猖狂！

众小妖: 把他撕得稀巴烂！

培尔: 唉！
我要像老鼠那么小，
该有多棒！
（兜圈子跑着）

众小妖: （朝培尔围过来）

　　　　　缩小包围圈！
　　　　　把他围上！

培　尔：（哭着）
　　　　唉，
　　　　真想变成和虱子一样！
　　　　（倒下）

众小妖：对着他的眼睛！

培　尔：（压在众小妖下面）
　　　　我要死了！
　　　　救命啊——！
　　　　娘！
　　　　（这时传来远处的教堂钟声）

众小妖：山里的钟声在响！
　　　　黑袍母牛①来到了山上！
　　　　（众妖逃去。一阵喧哗尖叫，山妖大王的宫殿倒塌。一切突然消失。）

---

① 那时的牧师穿的是黑色袍子。

第七场

(一片漆黑。只听到培尔·金特在用一条大树枝劈打着什么。)

培　尔：　　告诉我，
　　　　　　你是谁?

黑暗中的声音：我是我自己。

培　尔：　　靠边站!
　　　　　　别将我阻挡!

声　音：　　培尔,
　　　　　　你要绕道而行。
　　　　　　山里总有你可栖身的地方。

(培尔换了个方向走,可依然撞上"它"。)

培　尔：　　你到底是谁?

声　音：　　我就是我自己。
　　　　　　你是否也能这样讲?

培　尔：　　我高兴怎讲就怎讲!
　　　　　　当心你的脑袋!

　　　　　嚯，哈！
　　　　　我的剑不讲情面锋利异常！
　　　　　扫罗①杀了几百，
　　　　　在那古战场。
　　　　　我培尔·金特杀掉了几千，
　　　　　看谁还敢把我阻挡！
　　　　　（劈打声）
　　　　　你是谁？

声　音：我是我自己。

培　尔：回答得这么愚蠢，
　　　　　把这答案留给自己去欣赏！
　　　　　你究竟是谁？
　　　　　不要对我耍花腔！

声　音：我是伟大的勃格。

培　尔：这下清楚些了。
　　　　　这谜语原本漆黑深藏；
　　　　　现在可算是黑色散去、
　　　　　灰色登场。
　　　　　勃格，
　　　　　不要挡在我的路上！

---

① 扫罗（Kong Saul）是以色列的第一位国王。生活在公元前11世纪。

声　　音：培尔，
　　　　　你要绕道而行，
　　　　　不能笔直走向前方！

培　　尔：我就是要穿过你，
　　　　　奔向前方！
　　　　　（用树枝胡乱劈打）
　　　　　他倒下了！
　　　　　（想乘机前进，但又撞上"它"。）
　　　　　啊呀！
　　　　　不止一个勃格啦！
　　　　　怎么到了这个鬼地方？！

声　　音：培尔·金特，
　　　　　勃格只有一个。
　　　　　没伤的勃格活蹦乱跳。
　　　　　受伤的勃格痛苦难当。
　　　　　死了的勃格悄无声息。
　　　　　活着的勃格吵吵嚷嚷！

培　　尔：（扔掉树枝）
　　　　　剑被山妖做了法，
　　　　　可我还有狠拳壮膀！
　　　　　（一拳打过去）

声　　音：哈哈，

> 培尔·金特，
> 靠你的拳头狠，
> 靠你的臂膀壮，
> 难道你就可以登峰造极？
> 你就可以称霸称王？！

培　尔：（折回来）
> 往后朝前远近相同。
> 里途外道宽狭一样。
> 它在这儿也在那儿，
> 它在四面和那八方！
> 我好像看得清楚了些，
> 似乎辨出了方向。
> 啊！
> 一道魔圈将我围上！
> 你是什么？
> 现出原形来！
> 把你的名字报上！

声　音：我是勃格。

培　尔：（盲目地摸索）
> 你不死不活，
> 无影无踪无形像。
> 糊涂涂，
> 朦胧胧，
> 隐蔽蔽，

躲藏藏。
这就像和一群半睡半醒、
嗥叫的黑熊打仗。
(尖声叫喊)
你出手呀!

声　　音:勃格没有发狂。

培　　尔:你打吧!

声　　音:勃格不打。

培　　尔:打吧!你打呀!

声　　音:伟大的勃格不用打,
　　　　就能叫你投降!

培　　尔:叫个精灵来呀,
　　　　掐我的腿、
　　　　拧我的膀!
　　　　哪怕找个一岁的幼妖也好,
　　　　和我交手玩一场!
　　　　我只想和人打一仗,
　　　　但这里却空空荡荡。——
　　　　啊,
　　　　勃格打呼噜了。
　　　　喂!

　　　　　　　醒一醒！
　　　　　　　好好听我讲！

声　音：　哦？

培　尔：　动手跟我打一场！

声　音：　伟大的勃格不动刀枪、
　　　　　　　用温存战胜鲁莽。

培　尔：　（咬自己的胳膊和手。）
　　　　　　　我要利齿和锐爪——
　　　　　　　来抠咬我的皮肉，
　　　　　　　我要感到自己的鲜血流淌！
　　　　　　　尝一尝自己的血浆！

　　　　　　　（空中传来一群大鸟振翅的响声。）

鸟的尖叫声：勃格，
　　　　　　　他是否来到了这个地方？

声　音：　他正在一步一步地接近，
　　　　　　　马上就要到达这个地方。

鸟的尖叫声：远方的姐妹们呀！
　　　　　　　飞来此处聚集一堂！

培　　尔：　姑娘，
　　　　　　你们要是有心救我，
　　　　　　现在就来把我解放！
　　　　　　别羞答答地愣在那里，
　　　　　　眼睛直直地朝下望！
　　　　　　用你的祈祷书，
　　　　　　砸向勃格的面庞！

鸟的尖叫声：培尔晕晕乎乎，
　　　　　　已经摇摇晃晃。

声　　音：　咱们逮住他啦！

鸟的尖叫声：姐妹们，
　　　　　　赶快上！

培　　尔：　为了保命，
　　　　　　竟受了一个钟头的折磨。
　　　　　　代价太高昂！
　　　　　　（颓然倒下）

鸟的尖叫声：勃格，
　　　　　　培尔倒下了。
　　　　　　快上！
　　　　　　快上！

（远处传来教堂的钟声和唱赞美诗的声音。）

勃　格：（声音渐消，气喘吁吁）
　　　　一群女人是他的后盾。
　　　　他实在太强。

第八场

（天色黎明。山坡上，奥斯的茅屋外。门紧闭。一片荒凉寂静。培尔·金特躺在屋外墙根边睡着了。）

培　尔：（醒过来，用迟钝的眼睛瞧瞧周围。接着啐了一口。）
　　　　现在要是来上一条腌青鱼，
　　　　那该多棒！
　　　　（又啐了一口。此刻他看到海尔格挎着一篮子食物走近了。）
　　　　嗨！
　　　　你到这儿干啥？
　　　　小姑娘！

海尔格：苏尔维格——

培　尔：（猛然站起）
　　　　她在啥地方？

海尔格：她在茅屋后面藏。

苏尔维格:(隐藏着)
你若是过来我就跑掉,
快得叫你追不上!

培　尔:(停下来)
你大概是害怕,
我会将你搂向胸膛?

苏尔维格:你真不要脸,
怎能这样讲?!

培　尔:你知道吗?
昨晚我去了什么地方?
垛伏勒王的女儿追着我不放!
就像苍蝇盯着牛羊。

苏尔维格:那么我们做对了!
我们去了教堂。
把那大钟敲响!

培　尔:我不是那么容易被人逮住。
也不是那么容易上当!
你说是不是这样?

海尔格:(哭起来)
哎呀,
姐姐跑啦!

(追过去)
等等我！

培　尔：(抓住海尔格的胳膊)
瞧，
什么在我的口袋里装？
是个银钮扣，小姑娘！
我愿将它送给你，
只要你替我把好话讲！

海尔格：放开我！

培　尔：拿好了！

海尔格：放开我！
那篮子吃的给你独享。

培　尔：你要是不肯答应帮忙，
我可要……

海尔格：哎呀，
你把我吓得够呛！

培　尔：(放开海尔格，安详地)
哦，
我只要你替我求她，
不要把我遗忘！
(海尔格跑掉了。)

第三幕

第一场

(松林深处。灰暗的秋天。飘着雪花。培尔·金特穿着衬衣在砍树。)

培　尔：(他在砍一棵又高又粗、枝丫弯曲的杉树。)
哦,
老古董,
你真壮!
可是你再壮也没用,
眼看你就要倒在地上!
(接着又砍下去)
你好像穿了铠甲一样。
但我照样可以把你砍伤!
好吧,好吧,
你在摇摆你弯曲的臂膀,
你生气发狂也理所应当;
可是我会让你最终屈服,
躺在地上!
(突然住手)

我又在信口雌黄!
眼前哪有披甲戴盔的英雄?
只是一棵老树在我身旁!
一棵浑身裂皮的杉树,
已经遍体鳞伤!
伐木可真吃力,
累得我大汗直淌!
但若同时白日做梦,
那就更把元气伤!
我不能再做白日梦了!
赶快离开云雾里的梦乡!
别忘记自己是个逃犯。
在这森林里面逃亡。
(又急忙砍了一会儿)
对,
一个亡命之徒在流浪!
没有妈妈给你端菜盛汤!
你要是想吃,
就得自己动手忙。
或是举枪猎爬行,
或是编网制杆赴溪塘。
还得生火煮饭御寒凉,
猎鹿剥皮做衣裳。
如果你要盖房,
就得自己凿石砌墙。
锯下栎树做房梁。
你得自己动手锯,

你得凭着宽大的肩膀，
自己往回扛！
（撂下斧头向前凝视）
我要为我盖幢精美的房。
风标安在尖楼上。
一条美人鱼，
雕在山墙。
肚脐的下方，
就和鱼一样。
风标和门锁，
要用黄铜包上。
还得有着几扇玻璃窗，
屋里可以亮堂堂。
过路的行人就会瞠目而视，
惊异远处山上它的辉煌！
（不自在地大笑）
老毛病又犯啦！
又在胡思乱想！
别忘了你是逃犯，
还得时刻提防！
（又卖力地再干起来）
用树皮做顶的茅屋，
就不怕风雨狂，
也不怕雪掩房！
（望着那棵树）
它已经轻轻摇晃。
瞧，只消踢一下！

它就倒在我的脚旁!
周围茂密的小树,
在颤抖摇晃!
(开始砍树枝。忽然停下来,举着斧头倾听。)
有人来抓我!
亥格镇的老头,
你真是狡诈,
要骗我上当。
(蹲在树后,小心翼翼地偷看。)
咦,
只有一个小伙子!
他好像很恐慌。
看他那鬼鬼祟祟的模样!
他上衣里面把什么藏?
一把镰刀?
他停住四下张望。
将手搭在围栏上。
他要干什么?
为什么斜靠像这样?
哎哟妈呀!
他砍下自己的一个手指,
整个手指就掉在地上!
他像一头受伤的公牛,
鲜血直淌!
他用一块破布、
裹着伤口跑掉了,
不知去向何方。

（起身）
他准是森林里的魍魉!
不可或缺的手指,
就这样砍落地上,
也没人逼他这样!
啊!
我想起来啦!
只有这样,
你才不用效劳国王。
准是这样。
他们要征他当兵,
但他不愿去战场。
可是真的砍掉——?
再也不能装上——?
好吧,
有这想法、
有这愿望,
这些我可以设想。
但真的把它砍下来!
这点我不能想像!
（摇摇头,继续砍树。）

第二场

(奥斯家的一个房间。凌乱不堪。箱子是开着的。衣服到处乱丢。床上卧着一只猫。奥斯和佃农的老婆卡莉在吃力地收拾房间。)

奥　斯：(急忙奔到房间的一端)
　　　　卡莉,
　　　　快来!

卡　莉：怎么啦?

奥　斯：(从房间另一头)
　　　　快来!
　　　　在什么地方?
　　　　告诉我,
　　　　在什么地方?
　　　　哦!
　　　　我在找什么?
　　　　我要疯啦!
　　　　怎么这样健忘!
　　　　开箱子的那把钥匙,
　　　　在什么地方?

卡　莉：在锁孔里,

就在箱子上!

奥　斯：这辘辘辘辘的,
　　　　是什么在响?

卡　莉：这是车轮在响。
　　　　车上装着运往亥格镇的、
　　　　最后一批家当。

奥　斯：(哭泣)
　　　　最好把我装进棺材,
　　　　拉到亥格镇上!
　　　　凡人要受多少罪?
　　　　要遭多少殃?
　　　　上帝呀!
　　　　你就可怜可怜我吧!
　　　　我的一点家产全被抄光!
　　　　亥格镇那些强盗丢下的,
　　　　又被法警哄抢!
　　　　就连我身上的几件破衣烂裳,
　　　　也被他们抢光!
　　　　真是可恶呀!
　　　　人居然可以狠成这样!
　　　　(坐到床边)
　　　　没收了我的田地。
　　　　没收了我的农庄。
　　　　真是太狠了,

　　　　亥格镇的那个老混账！
　　　　可是法律更狠呀，
　　　　宰起人来没商量！
　　　　没人表示同情，
　　　　没人给我帮忙！
　　　　如今，
　　　　培尔走了。
　　　　没人给我出主意，
　　　　满腹苦水对谁讲？

卡　莉：毕竟给你留下这座房，
　　　　让你住到死亡。

奥　斯：这是对我和我的小猫开恩，
　　　　感谢上帝宽宏大量！

卡　莉：愿上帝保佑你。
　　　　还不都是培尔让你遭殃？！

奥　斯：培尔？
　　　　恐怕你糊涂啦！
　　　　请你好好想一想：
　　　　茵格利德平安回家，
　　　　一根毫发也未伤！
　　　　他们应该怪魔鬼，
　　　　并无他人作同党！
　　　　是他诱惑了我那可怜的儿郎！

卡　莉：我看还是要把牧师请来，
　　　　你的病重于自己所想！

奥　斯：请牧师来？
　　　　也许吧。
　　　　（站起来）
　　　　啊！
　　　　上帝，
　　　　可我不能这样！
　　　　我得帮他，
　　　　责无旁贷、
　　　　我是培尔的亲娘！
　　　　他们全都抛弃了他，
　　　　没人相帮！
　　　　那我能干哪桩就干哪桩！
　　　　他们给他留下了这件上装，
　　　　那么我就替他缝缝补补，
　　　　洗洗浆浆。
　　　　可惜我没敢把毛毯抢回来！
　　　　长袜子呢？
　　　　藏在了什么地方？

卡　莉：在那堆破烂里。

奥　斯：（在破烂堆里翻检）
　　　　这是什么？

哦,
一把铸勺令我回想;
培尔曾用它熔化钮扣,
然后铸成自己喜欢的模样。
有一次宴请宾客,
培尔大步走进厅堂。
向他爸爸讨要一块锡。
他爹讲:
"没有锡,
我给你硬币也一样!
一块克里斯蒂昂王朝的银币,
送给约翰·金特的好儿郎!"
上帝开恩呐,
那时他已醉得够呛,
就连锡和金银,
他都分不清爽!
哦,
满是窟窿的长袜,
就在这个地方!
卡莉,
咱要把它补得像样!

卡　莉：真该补啦!

奥　斯：补完了,
　　　　我就躺上床。
　　　　我觉得很不舒服,

　　　　　　　累得够呛！
　　　　　　　（欣喜地）
　　　　　　　瞧，
　　　　　　　卡莉！
　　　　　　　还有两件羊毛衣裳！
　　　　　　　他们忘记拿走啦！
　　　　　　　丢在了这个地方！

卡　莉：真的！

奥　斯：合适得很。
　　　　　你把一件放边上。
　　　　　不！
　　　　　还是两件都拿着；
　　　　　他身上的那件已是百孔千疮！

卡　莉：可是天啦！
　　　　　奥斯，
　　　　　这可是罪过一桩！

奥　斯：知道！
　　　　　但是你别忘，
　　　　　牧师会给我们赦免，
　　　　　这一桩罪和其他各桩！

第三场

（在森林里，一座新建好的茅屋前，门楣上挂着驯鹿的犄角。周围积雪成堆。天色黄昏。）

（培尔·金特站在茅屋门外，在装一根大的门栓。）

培　尔：（不时地停下来大笑）
　　　　一定要把门栓安上！
　　　　有了它，
　　　　能把坏男恶女阻挡。
　　　　有了它，
　　　　山妖鬼怪不能进门乱闯！
　　　　天一黑它们就来啦！
　　　　敲门拍板咚咚响！
　　　　"开门吧！
　　　　培尔·金特，
　　　　我们偷偷摸摸，
　　　　就像思想一样，
　　　　我们在床下嬉闹，
　　　　到炉灰里面摇晃，
　　　　我们能像火龙一样，
　　　　从烟囱里扑腾下降。
　　　　哈哈！
　　　　你以为铁钉木板就能阻挡、
　　　　阻挡精灵的鬼怪念想？

（苏尔维格穿着雪鞋上。她是穿过沼泽地走来的。她披着头巾，提着一包东西。）

苏尔维格：上帝保佑你，
　　　　　快些盖你的房！
　　　　　你托人捎话让我来，
　　　　　那你就必须接纳我，
　　　　　陪在你身旁。

培　　尔：苏尔维格！
　　　　　不可能吧？
　　　　　你怎会来到这个地方？
　　　　　嗯，
　　　　　真的是你！
　　　　　你不怕来到我身旁！

苏尔维格：海尔格带来你的口信，
　　　　　让我不要把你忘；
　　　　　风和沉默也送来，
　　　　　关于你的情况。
　　　　　还有你的母亲——
　　　　　对我聊过的家常，
　　　　　以及梦中滋生的念想。
　　　　　漫长的夜晚寂寥的白昼，
　　　　　冥想之中现出你的面庞。
　　　　　如今我来到你的身旁！

　　　　　　我若不来找你，
　　　　　　那我就没乐趣。
　　　　　　生命就会枯黄！
　　　　　　我已不会欢笑。
　　　　　　甚至无泪可淌！
　　　　　　我不知你会怎么想；
　　　　　　我只晓得：
　　　　　　我应该——
　　　　　　也一定要来到你身旁。

培　　尔：可是你的父亲……？

苏尔维格：面对人世茫茫，
　　　　　　我已没人可以称作爹娘！
　　　　　　我已永远离开了他们；
　　　　　　抛弃了我的家乡。

培　　尔：我的宝贝！
　　　　　　你做的一切都是为了、
　　　　　　来到我身旁？

苏尔维格：对！
　　　　　　只为伴在你身旁。
　　　　　　你要做我的一切，
　　　　　　我的朋友、
　　　　　　我的希望！
　　　　　　（哭起来）

离开小妹令我心酸。
和爹分手使我更悲伤。
离开生我养我的母亲，
更使我裂肝断肠！
上帝呀！
饶恕我！
我抛开了他们所有的人，
这事最让我悲伤！

培　　尔： 你知道给我判了多重的刑？
连我继承的家产也被抄光！

苏尔维格： 你难道以为，
我是为你的家产抛亲离乡？

培　　尔： 你知道吗？
我命悬线上！
只要我跨出这座森林一步，
任何人皆可将我捆绑！

苏尔维格： 我穿着雪鞋，
一路问到了这个地方。
每逢问我：
"你去什么地方？"
我就回答：
"我去家的方向。"

培　尔：　倘若你敢和我同住，
　　　　　我这茅屋便是圣洁的地方！
　　　　　那就无需门栓、木板、铁钉，
　　　　　把那精灵、鬼念阻挡。
　　　　　让我看看你的模样。
　　　　　不！
　　　　　别靠得这么近！
　　　　　我只想把你仔细端详：
　　　　　啊！
　　　　　你多么纯洁可爱；
　　　　　多么美丽芬芳！
　　　　　让我把你抱起来！
　　　　　你是多么苗条轻盈的姑娘！
　　　　　即使从早抱到晚，
　　　　　我也不会臂酸腿晃！
　　　　　我不会玷污你，
　　　　　我要把手臂伸得很长，
　　　　　把你抱得离我远远的，
　　　　　我可爱温柔的姑娘！
　　　　　谁能料到，
　　　　　我会让你爱上？
　　　　　啊，
　　　　　我也日夜把你念想！
　　　　　看呀！
　　　　　这是我盖的茅房。
　　　　　木料都是我伐我劈，
　　　　　茅草也是我割我扛。

　　　　　　　如今我要把它拆了，
　　　　　　　因为太小太丑不像样！

苏尔维格：大些我也喜欢。
　　　　　小些我也喜欢。
　　　　　这是我甘愿住的房！
　　　　　这里空气新鲜，
　　　　　呼吸顺畅！
　　　　　而那山谷，
　　　　　闷死人啦！
　　　　　感觉快要窒息死亡；
　　　　　这儿我能听到松涛：
　　　　　有时轻哼，
　　　　　有时欢唱。
　　　　　这儿，
　　　　　是我的家，
　　　　　是我心所属的地方。

培　　尔：你拿定主意了吗？
　　　　　是否不再彷徨？

苏尔维格：我走的这条路，
　　　　　不能回头。
　　　　　绝不犹豫彷徨！

培　　尔：那么你是我的人了！
　　　　　进来吧！

在屋里让我瞧瞧你的模样!
进去吧!
我去弄点木柴把火烧旺。
很快就会暖和明亮。
永远让你惬意舒爽,
绝不感到冰冻寒凉!
(培尔一边说,一边把门打开。苏尔维格走进屋。培尔静静地站立片刻,忽然放声大笑,欢快得跳起来。)
我的公主!
我终于找到了她,
赢得她到我身旁!
喏,
这儿应该建起一座宫殿,
建起一幢华丽的楼房!

(他抓起斧头向树林深处走去。一个上了年纪,身穿破烂绿衣的女人从松林那边走过来。手持长颈酒瓶的一个丑男孩一瘸一拐地跟在后面,抓住她的裙裾。)

女　人：晚安,
快腿培尔!

培　尔：你们是谁?
有什么事?

女　人：培尔·金特,
　　　　老朋友了,
　　　　咱们是邻居呀,
　　　　就住在离此不远的地方。

培　尔：真的吗?
　　　　这可是新鲜事儿一桩!

女　人：你的茅屋建造时,
　　　　我的也落成在这地方。

培　尔：(想走开)
　　　　我没工夫和你多讲……

女　人：你总是那么碌碌忙忙。
　　　　我就在你后面逛。
　　　　你要逃出我的视野吗?
　　　　休想!

培　尔：你看错人啦!

女　人：啊,
　　　　先前确实看错过一趟。
　　　　就是你曾向我许下,
　　　　一大堆动听誓言的那趟。

培　尔：动听誓言的那趟?

你在胡说乱讲!

女　　人：就是你和我爹，
　　　　　喝酒的那个晚上。
　　　　　难道你都通通遗忘？

培　　尔：我从未知晓的事情，
　　　　　当然都遗忘。
　　　　　你在信口雌黄！
　　　　　我跟你上次见面，
　　　　　是在什么地方？

女　　人：上一次，
　　　　　也就是咱们初次见面的那趟。
　　　　　（对着男孩）
　　　　　你爹渴了，
　　　　　给他喝点儿润润腔。

培　　尔：什么爹？
　　　　　你喝醉了吗？
　　　　　你是想讲……

女　　人：你总不能认不出他！
　　　　　难道你眼大无光！
　　　　　看不出他的小腿弯弯，
　　　　　就像你弯曲的心灵一样！

培　尔：难道你是想，
　　　　让我以为——？

女　人：难道你是想，
　　　　脱身解围——
　　　　不认自己的儿郎？

培　尔：这个长腿的小家伙……！

女　人：他长得好快，
　　　　就像雨后春笋一样！

培　尔：你这老巫婆，
　　　　你敢说这是……

女　人：培尔·金特，
　　　　你听我讲！
　　　　你简直粗鲁得、
　　　　像头公牛一样！
　　　　（哭泣）
　　　　我已没有，
　　　　你在山上勾引我时，
　　　　那么美丽漂亮！
　　　　这能怪我吗？
　　　　去年秋天分娩的时光，
　　　　只有魔鬼在我身旁。
　　　　于是不难想像，

　　　　　我的美貌尽丧。
　　　　　你要想看到我的容貌如前,
　　　　　只需把那姑娘赶出茅房!
　　　　　让她彻底消失:
　　　　　从你的眼里;
　　　　　从你的心上!
　　　　　亲爱的情郎,
　　　　　你必须这样,
　　　　　那我的容貌,
　　　　　就和从前一样。

培　　尔:滚开!
　　　　　你这老巫婆,
　　　　　休得猖狂!

女　　人:我就不走!
　　　　　看你怎样?!

培　　尔:我要把你的脑袋劈开砸碎,
　　　　　叫你永远消亡!

女　　人:如果你敢这样,
　　　　　试一下那也无妨!
　　　　　我的脑袋无比坚强!
　　　　　我每天都要来此造访。
　　　　　我会打开你的门窗,
　　　　　监视你和那姑娘!

当你坐在火旺的壁炉旁,
想把她搂到怀里亲吻的时光,
我也坐在你的身旁。
占据我应有的位置,
搂着你和她共享!
我和她轮流同你上床!
再见!
亲爱的培尔。
你明天就能步入婚礼的殿堂!

培　尔:你这地狱里的恶魔!

女　人:哎呀!
我差点儿遗忘:
你这儿子,
得归你抚养!
小鬼,
去到你爹身旁!

孩子:
(向着培尔啐了一口)
要是有把斧头在手上,
我非把你劈死不可!
等着瞧吧,
你这混账!

女　人:(吻孩子)

　　　　　　瞧，
　　　　　　怎样的脑袋长在他的肩上！
　　　　　　孩子，
　　　　　　等你长大了，
　　　　　　也会跟你爸爸一模一样！

培　　尔：(顿足)
　　　　　　我恨不得你们离我远远的……

女　　人：而不是像现在这样，
　　　　　　就在你身旁？

培　　尔：(紧握拳头)
　　　　　　这都是……

女　　人：引来这些麻烦的，
　　　　　　都是你的欲望！
　　　　　　培尔，
　　　　　　你的日子不好过呀！
　　　　　　不能惬意舒爽！

培　　尔：更倒楣的是另一个人！
　　　　　　真的时运不畅。
　　　　　　苏尔维格，
　　　　　　我最亲爱、
　　　　　　最纯洁的宝藏！

女　人：哦，
　　　　是啊，
　　　　无辜的总要倒楣。
　　　　正像魔鬼说的那样：
　　　　他被他妈痛打一顿，
　　　　实在太冤枉！
　　　　只因他爹烂醉如泥，
　　　　回家倒在床上！
　　　　（她带着孩子走进树丛。这时，孩子把酒瓶向培尔的头部摔去！）

培　　尔：（沉寂许久之后）
　　　　勃格讲：
　　　　"要绕道而行。"
　　　　看来我就得这样！
　　　　我的王宫坍塌了，
　　　　倒了柱、
　　　　崩了墙！
　　　　她和我已经亲如鸳鸯，
　　　　而如今我们之间，
　　　　却竖起一道墙！
　　　　顷刻之间，
　　　　俊美和欢乐，
　　　　抛开我飞向远方！
　　　　一切变得丑恶肮脏！
　　　　绕道而行！
　　　　从我这里不能直达她身旁！

嗯……
直达她身旁？
应该还是有办法。
《圣经》里面好像、
有关于悔改的篇章。
可它说些什么？
我已忘光！
书又没带在身上。
森林这里没人指点，
没人给我悔改的药方。
悔改？
得要好多好多年，
方能直达她身旁。
生活将会空空荡荡！
纯洁美丽顿然消亡！
我能否把那美好的碎片，
重新拼成原样？
坏了的提琴或可修复，
但打碎的钟却难复原样。
倘若爱惜田野的青翠，
你就不可践踏其上。
那个巫婆所讲全是胡话。
那些个丑陋与肮脏，
都已走出我的视野，
滚到了遥远的地方。
但是没有走出我的头脑，
狡猾的念头悄悄跟着我不放！

茵格利德!
还有那三个牧女,
舞蹈在那高原之上!
她们都会跑来找我吗?
凶恶地抖出那些风流旧账?!
还要我像——
对她一样,
也将她们搂进怀里?
甚至要我伸长了臂膀,
温柔地把她们抱起?
绕道而行吧!
只能这样!
即使我的双臂,
能和杉树的根一样、
或像松树的主干那么长,
当我抱起苏尔维格的时候,
她还是离我太近令我心慌!
我怕当我将她放下的时候,
她不再是一副纯美的模样。
我得绕道而行,
想方设法也要那样。
不是为了得失,
而要挣脱肮脏的思想!
把它们永远遗忘。
(朝茅舍走了几步,又停下来。)
在发生了这些事情之后,
我怎能走进这座房?

　　　　　　我这么丑恶，
　　　　　　这么肮脏！
　　　　　　是否还有一群山妖，
　　　　　　在我屁股后面隐藏？
　　　　　　难道我要，
　　　　　　有话不能讲，
　　　　　　有罪还需藏？
　　　　　　（丢下斧头）
　　　　　　这是个圣洁的夜晚。
　　　　　　像现在这样到她身旁，
　　　　　　只是对神的亵渎，
　　　　　　让她的身心受到创伤！

苏尔维格：（站在门口）
　　　　　　你进来吗？

培　尔：　（一半自言自语）
　　　　　　绕道而行。

苏尔维格：你说什么？

培　尔：　你要等待我。
　　　　　　这儿阴暗无光；
　　　　　　我有个沉重的担子要扛。

苏尔维格：等一等，
　　　　　　我们一起扛。

培　　尔：不要来，
　　　　　你别动！
　　　　　这个担子我得自己扛。

苏尔维格：你可要快点儿，
　　　　　不要时间太长！

培　　尔：亲爱的，
　　　　　你得耐心等待我，
　　　　　不论时间多长！

苏尔维格：(对他点头)
　　　　　我等。
　　　　　不论时间多长！

　　　　　(培尔走进树林深处。苏尔维格仍然站在茅屋半掩着的门口。)

第四场

(奥斯的房间。黄昏时分。壁炉里燃着木柴，照亮了房间。床尾的椅子上趴着一只猫。)

(奥斯躺在床上，不安地抓弄着被单。)

奥　　斯：上帝啊，

难道我的儿子，
不再回到这个地方？
夜晚漫长，
令人厌倦惆怅！
甚至找不到人给他捎信，
我有那么多话想对他讲！
时间跑得真快呀！
我活着的时间已不长。
早知这样，
我就连一句狠话，
也不会对他讲！

（培尔·金特走进来。）

培　尔：晚上好！

奥　斯：感谢上帝！
我日思夜想，
终于盼回亲爱的儿郎！
你冒了多大的风险啊，
不顾生命安危回到家乡！

培　尔：生命安危又何妨？
我非得回来看你不可，
否则我神思不宁茶饭不香！

奥　斯：卡莉先前还说，

　　　　　　你不会回来看娘。
　　　　　　现在我可以安心地走了，
　　　　　　我的好儿郎！

培　　尔：走？
　　　　　　你怎么这样讲？
　　　　　　你想去什么地方？

奥　　斯：啊，
　　　　　　培尔，
　　　　　　我快咽气啦！
　　　　　　我活不了多长！

培　　尔：（转身走到房间的另一端）
　　　　　　唉！
　　　　　　我本以为正在摆脱苦恼，
　　　　　　来这儿可以获得解放。
　　　　　　你的手脚是否感到冰凉？

奥　　斯：是的，
　　　　　　培尔，
　　　　　　我感到手脚冰凉。
　　　　　　可是一会儿就都过去啦！
　　　　　　人世间还是一切如常！
　　　　　　一看到我的眼睛没了神，
　　　　　　你就轻轻把我的眼皮合上。
　　　　　　然后你得置办我的棺材，

　　　　　一定要好的，
　　　　　我的儿郎。
　　　　　噢，
　　　　　对了——

培　　尔：安静点儿，
　　　　　娘！
　　　　　这些都不急，
　　　　　现在不用多讲！

奥　　斯：好，好。
　　　　　（心神不定地环顾）
　　　　　看他们给咱留下什么？
　　　　　他们真像土匪一样！

培　　尔：（猛然转身）
　　　　　又来啦！
　　　　　（怨恨地）
　　　　　我知道，
　　　　　这些灾祸都是培尔所闯！
　　　　　你何苦总是提醒我，
　　　　　为我把心伤？

奥　　斯：你？
　　　　　不！
　　　　　都是那可恨的祸根酒，
　　　　　让你把祸闯！

我亲爱的儿郎！
你那天喝醉了，
昏沉沉地东闯西荡！
何况你还刚骑过驯鹿，
所以你神志不清，
行为反常！

培　　尔：好啦！
好啦！
让咱把那讨厌的事，
通通忘光！
把咱所有的烦恼，
留到以后的时光！
（坐在床边）
咱们找点快活的话儿聊聊，
忘记烦恼，
忘记悲伤！
瞧！
咱那可爱的老猫，
它还活着，
活得这么久长！

奥　　斯：它晚上总是很烦躁，
你知道那意味着什么，
我的儿郎！

培　　尔：（换了一个话题）

近来这里有啥传闻？

奥　斯：（微笑）
人说这儿有个姑娘，
她想去山上……

培　尔：（赶忙插话）
马司·莫恩，
他安顿好了吗？
目前他在什么地方？

奥　斯：有人说，
她的爹娘哭着、
祈祷着劝那姑娘。
可她就是不听，
还是要去山上！
你该去看看他们，
兴许你能帮上忙。

培　尔：还有那个阿斯拉克铁匠，
说说他的近况！

奥　斯：别提那个讨厌的铁匠！
还是让我说说那个姑娘。
她的名字叫作……
你知道的……
那个姑娘——

培　尔：还是聊点闲话吧！
　　　　不要聊那烦恼悲伤！
　　　　你渴吗？
　　　　我去倒水。
　　　　好像太小了，
　　　　这张床！
　　　　你的腿能伸直吗？
　　　　哦！
　　　　难道是我小时候睡过的床？
　　　　每天晚上，
　　　　你总是坐在我的床边，
　　　　替我掖被对我歌唱。

奥　斯：记得，
　　　　记得，
　　　　我怎会遗忘！
　　　　你爸出远门的时候，
　　　　咱们就玩雪橇游戏装模作样。
　　　　地板当作冰封的峡湾；
　　　　滑雪围裙就用毛毯来假装，

培　尔：想一想，
　　　　你记得最最有趣的是啥？
　　　　就是那些骏马，
　　　　那么矫健那么强壮！

奥　斯：我永远不会遗忘！
　　　　　它是咱向卡莉借来的猫，
　　　　　咱们让它高高坐在板凳上——

培　尔：然后骑着它奔向、
　　　　　月亮的西边太阳的东方。
　　　　　骑到苏利·莫里亚城堡①。
　　　　　一会儿到谷底，
　　　　　一会儿到山上。
　　　　　咱们的马鞭就是，
　　　　　你从食橱找到的一根棍棒。

奥　斯：我神气地坐在前头，
　　　　　你坐在我的后方。

培　尔：对，
　　　　　你还常常松开马缰，
　　　　　回头问我"冷吗"？
　　　　　上帝赐福给你呀！
　　　　　我这又老又丑的亲娘！
　　　　　你的灵魂美丽善良！
　　　　　你那里不舒服呀？
　　　　　娘！

奥　斯：我的后背疼了，

---

① 这是挪威童话故事中的一个著名城堡。

这床板硬得够呛。

培　尔：那就坐起来吧，
　　　　靠在我身上。
　　　　这样软些了吧，
　　　　就这样。

奥　斯：（不安地）
　　　　培尔，
　　　　我想走了！

培　尔：走了？

奥　斯：我希望早点走。
　　　　是的，
　　　　我希望。

培　尔：胡说！
　　　　你把被裹好。
　　　　我坐在床边上。
　　　　让咱们把那歌儿唱，
　　　　快快地度过今天晚上。

奥　斯：还是把祈祷书递给我！
　　　　我心里有点惶惶。

培　尔：在苏利·莫里亚城堡，

　　　　　　王子和国王正把美酒尝。
　　　　　　宾客如云灯火辉煌。
　　　　　　我要赶着马车送你赴宴,
　　　　　　你靠着枕头向后躺躺。

奥　斯：可是,
　　　　我的好乖乖,
　　　　他们真的请我去那地方?

培　尔：真的请了,
　　　　咱俩都去,
　　　　去把美酒品尝!
　　　　(他用绳子套在猫坐的那把椅子上,手里拿着一根棍,然后坐在床尾。)
　　　　驾!
　　　　快奔向前方,
　　　　黑驹儿!
　　　　你不冷吧?
　　　　娘!
　　　　咱们上路了,
　　　　好马戈兰妮①,
　　　　撒开大步向前方。

奥　斯：培尔乖乖,
　　　　是什么声音在响?

---

① 戈兰妮(Grane)是挪威神话故事中的一匹马。

培　尔：亲爱的娘，
　　　　是雪橇上的铃铛，
　　　　还在闪着光！

奥　斯：什么声音如此阴森吓人？

培　尔：咱们正在过峡湾，
　　　　是那风入峡谷呼呼响。

奥　斯：培尔，
　　　　我害怕，
　　　　我心慌！
　　　　哪来的叹气声？
　　　　和那令人惊悚的沙沙响？

培　尔：你只管坐好了，
　　　　娘！
　　　　这是风过松林沙沙响。

奥　斯：远处闪闪发光。
　　　　这光来自何方？

培　尔：是从城堡射过来的，
　　　　你看那些明亮的窗。
　　　　听见他们跳舞吗？
　　　　伴奏的音乐多悠扬！

奥　斯：听得见。

培　尔：城堡外面有人站岗。
　　　　那是圣彼得！
　　　　他请咱们进去直达厅堂！

奥　斯：他向我打了招呼吗？

培　尔：打了！
　　　　还立正敬礼有模有样！
　　　　他还请你把那甜酒尝。

奥　斯：有下酒的点心吗？

培　尔：他说："有哇！
　　　　大盘满满装！"
　　　　并且他还讲，
　　　　咱村的牧师太太，
　　　　在给你准备咖啡和蜜糖。

奥　斯：天哪！
　　　　我们俩都被请上堂？

培　尔：只要你想，
　　　　亲爱的娘！

奥　斯：培尔,
　　　　你可把你可怜的老娘,
　　　　带往一个快乐的盛会啦!
　　　　你真是我的好儿郎!

培　尔：(敲响他的棍鞭)
　　　　驾!
　　　　我的黑马,
　　　　用劲跑呀,
　　　　向前方!

奥　斯：你有把握没走错吗?

培　尔：(又敲响棍鞭)
　　　　这条大路很宽广。

奥　斯：一路奔跑,
　　　　让我累得心慌!

培　尔：城堡就在眼前,
　　　　咱们已到门旁。

奥　斯：我要闭上眼,
　　　　舒舒服服地向后躺。
　　　　一切都交给你啦!
　　　　我的乖儿郎!

培　　尔：戈兰妮!
　　　　　　快些跑呀,
　　　　　　直奔广场!
　　　　　　一大群人聚在广场上。
　　　　　　他们挤在门口吵吵嚷嚷。
　　　　　　培尔·金特和他娘,
　　　　　　已经来到大门旁!
　　　　　　圣彼得,
　　　　　　你怎么这样讲?!
　　　　　　不许我妈进去?!
　　　　　　你以前的话,
　　　　　　难道都是扯谎?!
　　　　　　听我讲!
　　　　　　你就是寻到天涯海角,
　　　　　　磨破鞋袜无数双,
　　　　　　也不能发现像她这样的人——
　　　　　　如此诚实如此善良!
　　　　　　至于我,
　　　　　　那就算啦!
　　　　　　我可以原路返乡!
　　　　　　假如你问我的愿望,
　　　　　　我当然愿意留在这个地方!
　　　　　　倘若不能,
　　　　　　我也心甘不会在此吵嚷!
　　　　　　我曾撒过许多大谎。
　　　　　　即使谎言之父,
　　　　　　我也比得上!

但今天我没撒谎!
我曾把我的妈妈叫做老母鸡,
因为她的声音有些像:
喜欢咯咯咯地笑;
喜欢咯咯咯地嚷!
可你们必须尊敬她,
把她当作贵宾接入厅堂。
让她开心让她快乐,
让她把那烦恼全都忘光!
这一带地方,
没人比她更好更善良!
如若不信,
你去寻访寻访!
哦,
天父驾到!
圣彼得,
看你拿出什么主张?!
(用低沉的声调)
"不要如此傲慢!
欢迎奥斯妈妈,
来到这个地方。"
(放声大笑,转身对着他娘)
看!
我不是对你说了吗?
圣彼得看在上帝的份上,
也要放下架子欢迎娘!
(焦急地)

说呀,
　　你糊涂了吗?
　　怎么啦?
　　娘!(走到床头)
　　别这样瞪着我!
　　娘!
　　我是你的儿子培尔,
　　说话呀!
　　娘!
　　(轻抚奥斯的额头和手。然后把套在椅子上的绳
　　子丢掉。把声音放低。)
　　戈兰妮,
　　你也该歇息了。
　　旅程结束,
　　到此收场。
　　(替奥斯合上眼皮,俯身望着她。)
　　妈妈,
　　感激你给我的一切:
　　你的亲吻和表扬。
　　你的打骂和叫嚷!
　　如今,
　　你也得感谢我这儿郎。
　　(把面颊贴在她嘴上)
　　这就算是你为了乘坐雪橇,
　　付给我的雪花银两。

卡　莉:(走进来)

哎呀！
培尔，
这下你可解除了，
她的痛苦和悲伤！
上帝呀！
瞧她睡得多香！
怎么？……
她……
怎样？

培　尔：嘘，
嘘，
她已死亡！
（卡莉在床边哭了起来。培尔在房间里踱了好久，最终在床边停了下来。）
拜托了！
你一定把她体面地埋葬！
我马上就要离开这个地方！

卡　莉：你走得很远吗？

培　尔：对！
我要出海远航！

卡　莉：那么远？

培　尔：对，
而且还要到那更远的地方。

第四幕

第一场

(摩洛哥西南海岸。棕榈树林中。凉棚下放着一张摆好了晚宴的餐桌。地上铺着草席,后面挂着几张帆布吊床。离海岸不远,泊着一艘汽艇,挂着挪威和美国的国旗。海岸上停放着一条划桨小艇。日落前。)

(英俊的中年培尔·金特身穿一套考究的旅行服,一付金丝眼镜挂在胸前。他坐在餐桌主位上。考顿先生、巴隆先生、冯·艾贝科夫先生、特隆佩特斯特劳勒先生坐在席间。晚宴快要结束了。)

培　尔：先生们,
　　　　喝吧,
　　　　人们生来就为享乐而活,
　　　　那就请把美酒品尝!
　　　　书里说得好:
　　　　以往已成以往,
　　　　过去的事不必再想!
　　　　诸位喝点什么?
　　　　这里有的是美酒佳酿!

特　隆：再没有比你更加好客的主人，
　　　　我亲爱的培尔兄长！

培　尔：这也多亏我的财富，
　　　　以及厨师艺高、管家有方。

考　顿：Very well,
　　　　请举起酒觞，
　　　　干杯！
　　　　祝愿我们大家健康！

巴　隆：Monsieur①,
　　　　单身汉en garçon②,
　　　　很少有人像您这样。
　　　　居然还能保有高尚的品味，
　　　　实在出乎我的想像！
　　　　这里有着一种，
　　　　我也说不出来的名堂……

艾贝科夫：是他挥手示意的优美姿态，
　　　　是他堪比明镜的思想解放。
　　　　是他深刻的沉思冥想。
　　　　作为世界的公民，

---

① Monsieur 是法语里"先生"的意思。
② en garcon 是法语里"单身汉"的意思。

　　　　　　他有洞察一切的眼光。
　　　　　　他有高雅的批判能力。
　　　　　　他有毫无偏见的宽阔胸膛!
　　　　　　哦,
　　　　　　当然还有对于生活的经验、
　　　　　　和一种原始的自然力量!
　　　　　　这两个卓越的元素,
　　　　　　竟然集于一个人的身上①!
　　　　　　先生,
　　　　　　这些是否是你原本所讲?

巴　　隆：对!
　　　　　　大致就是这样!
　　　　　　虽然用我们的法语来讲,
　　　　　　就没这么巧舌如簧。

艾贝科夫：啊,was②!
　　　　　　这正说明贵国语言的局限,
　　　　　　不能充分表达思想。
　　　　　　产生培尔现象的原因何在?
　　　　　　让我们一同探索寻访。

培　　尔：已经找到了。
　　　　　　先生们,

---

① 这里指的可能是黑格尔的辩证法中"正-反-合"的三元素。"原始的自然力量"或指"正","生活的经验"或指"反"。集于一身即为"合"。
② was 是德语中"什么"的意思。

311

培尔·金特

　　　　　　听我讲!
　　　　　　原因很简单:
　　　　　　我是单身汉,
　　　　　　无牵无挂、无依无傍。
　　　　　　一个男人应该怎么样?
　　　　　　简短地讲:
　　　　　　是他自己。
　　　　　　要把心思用在自己身上!
　　　　　　要把全部精力用在、
　　　　　　与自己有关的事情上。
　　　　　　如果像只骆驼一样,
　　　　　　担负别人的喜怒哀乐,
　　　　　　就别想做到我说的那样!

艾贝科夫:　"一切为了自己,
　　　　　　个人利益至上!"
　　　　　　为了捍卫这种哲学,
　　　　　　你一定进行了顽强的抵抗。

培　　尔:　我曾不断为它战斗,
　　　　　　最后总是冠冕堂皇收场。
　　　　　　但我也曾差点失足、
　　　　　　受骗上当。
　　　　　　那时我是一个快乐的小鬼,
　　　　　　语言虚妄行为荒唐。
　　　　　　我喜欢上的那位小姐是皇族,
　　　　　　家谱里面有个国王!

巴　隆：皇族？

培　尔：（漫不经心地）
　　　　你一定见过这种人，
　　　　就是出身那种家庭的女郎。

特　隆：（捶一下桌子）
　　　　那些有贵族血统的混账！

培　尔：（耸耸肩）
　　　　他们凭着古老的家谱，
　　　　炫耀门第辉煌。
　　　　守护刻着家徽的盾牌，
　　　　不让平民将其玷污弄脏。

考　顿：吹了吗？
　　　　后来怎样？

巴　隆：她家里反对吗？

培　尔：正好相反！
　　　　巴不得我们出对入双！

巴　隆：啊！

培　尔：（平缓地）

我跟您讲,
有些情况,——
让她的家长,——
要我们马上结婚拜堂!
可是说句老实话,
跟她结婚,
我没这种欲望!
我生性喜欢挑剔。
喜欢靠我自己立足四方。
她的父亲向我暗示条件:
改名换姓成为他的儿郎;
还有陈规旧习一大箩筐。
这些条件违背了我的愿望,
因此我便退出了这件婚事,
放弃了我那年轻的新娘。
(在桌上轻敲几下,作出一付虔诚的表情。)
是呀,
吉人自有天相!
人类完全可以相信,
命运的凶吉阻畅。
如果这样看待事物,
心胸自然坦荡。

巴　隆:事情就此结束了吗?

培　尔:没有,
　　　　事情并未就此收场。

　　　　　　有人好管闲事，
　　　　　　提出强烈抗议，
　　　　　　一时搞得沸沸扬扬！
　　　　　　那个家族里的一些人，
　　　　　　年轻力壮血性方刚。
　　　　　　竟要和我刀剑相向！
　　　　　　我同其中七人进行了决斗，
　　　　　　至死难忘那些剑影刀光！
　　　　　　当然最后是我获胜，
　　　　　　一切做得冠冕堂皇！
　　　　　　这段经历体现了我的英明，
　　　　　　虽然险象环生流血受伤！
　　　　　　同时如前所指，
　　　　　　证明了吉人自有天相！

艾贝科夫：阁下的人生理念，
　　　　　　使您位列思想大家的金榜。
　　　　　　芸芸众生只能窥视枝节，
　　　　　　不能通览生命的全部表象。
　　　　　　而您的视野广阔无垠，
　　　　　　您的胸怀包容万象！
　　　　　　您对待生活的哲理，
　　　　　　犹如太阳的万道金光，
　　　　　　把万物照亮！
　　　　　　而且您还
　　　　　　未曾上过高等学堂？

培　尔：如我刚才所讲：
　　　　我是自学成才，
　　　　并无名师培养。
　　　　我做学问并不循法求方。
　　　　但各门学科我都有所涉猎，
　　　　思来想去弄出个名堂。
　　　　我起步较晚，
　　　　所以，
　　　　一页一页地阅读文章，
　　　　弄懂每门学问，
　　　　都得苦战一场！
　　　　我学历史只能零敲碎打，
　　　　没有整段时间可以用上。
　　　　此外，
　　　　生活艰难的时候，
　　　　人总需要心有依傍；
　　　　于是我断断续续
　　　　研究了宗教信仰。
　　　　这样一来，
　　　　生活的困苦，
　　　　就不再那么难当。
　　　　我认为读书不求海量。
　　　　拣那用得着的书和文章，
　　　　仔细研读，
　　　　足可派上用场。

考　顿：对，

这很实用。

培　尔：（点上雪茄）
　　　　朋友们，
　　　　你们想一想，
　　　　我这一生如何闯荡：
　　　　当我初到西方，
　　　　两手空空一片迷茫。
　　　　每天去干苦力，
　　　　为了填饱肚肠。
　　　　然而，
　　　　活着的滋味毕竟甜蜜，
　　　　再苦再累也比死了的强！
　　　　好在命运之神对我青睐，
　　　　让我万事顺利如愿以偿。
　　　　我逆来顺受苦而不抗！
　　　　于是我的事业一直顺当，
　　　　而且蒸蒸日上！
　　　　仅仅十年，
　　　　在那查尔斯顿港[①]，
　　　　我就富冠群商。
　　　　俨如他们的克罗萨斯国王[②]！
　　　　我的名字传遍各大港口，
　　　　船上的生意越做越旺。

[①] 查尔斯顿是美国东部卡罗莱纳州的港口。
[②] 克罗萨斯是古代小亚细亚吕底亚国非常富有的国王。

培尔·金特

考　顿：你做什么生意？

培　尔：我把黑奴运出非洲，
　　　　运到卡罗莱纳的市场。
　　　　然后再把一批偶像，
　　　　运到中国的海港。

巴　隆：Fi donc！[①]

特　隆：金特叔叔在开玩笑吧？！
　　　　你竟干这个行当！

培　尔：你们肯定这样想：
　　　　这种生意在钻法律的空档。
　　　　我的看法也是这样。
　　　　说实话，
　　　　这种生意叫人恶心，
　　　　就像犯罪一样！
　　　　可是一旦做了这种生意，
　　　　你就很难脱手改行！
　　　　这生意规模庞大，
　　　　牵涉的人员极多极广。
　　　　一旦脱手不干，
　　　　后果不堪设想！

---

① Fi donc 是法语里的一句粗话。意思可以理解为"可耻！"

所以我一直不敢改行!
但是,
我一向重视后果。
每当不得不干犯法的勾当,
总是满心忧虑不敢张狂!
我已年近半百,
鬓发逐渐染霜。
虽然还算健康,
可总是忧心惶惶:
谁知我何时归天,
何时宣判我是哪种羊?
是一头绵羊还是山羊[①]?!
我将如何是好?
今后干啥行当?
停下中国的生意?
这事无法设想!
而是增加贸易的品种,
不再局限偶像。
每年春天,
仍把一批偶像,
运往中国的海港。
而到了秋天,
我就送去一批传教士,
还把他们的用品装满船舱。
既有圣经也有长袜,

[①] "绵羊"指好人,"山羊"指坏人。见《新约全书 马太福音》第25章第31节。

还有酒类和那途中的米粮。

考　顿：利润也不少吧！

培　尔：当然是这样！
　　　　并且这种办法真棒！
　　　　传教士们可卖力啦。
　　　　每次卖掉一个偶像，
　　　　便有一个苦力受洗，
　　　　将我基督信仰！
　　　　这样一来，
　　　　罪恶便被善行抵消而光。
　　　　为了迅速推销，
　　　　我所运去的偶像，
　　　　传教士们拼命传教，
　　　　辛苦又繁忙。

考　顿：那么你的非洲生意呢？

培　尔：也和前面说的一样。
　　　　我的善心洁念，
　　　　最终战胜邪恶肮脏！
　　　　我知道，
　　　　上了年纪的人，
　　　　不能再干这种勾当！
　　　　你不可能知道哪天会死！
　　　　谁都害怕地狱想升天堂！

而且,
那些废奴慈善家们,
设下了陷阱等着我们上当!
运送黑奴的船只,
随时可能被扣停航。
即使不落陷阱,
也得冒着狂风巨浪,
九死一生横渡大洋!
想到这些情况,
我做出了决定:
培尔,
不要再干这种勾当!
改邪归正吧,
卷起风帆洗净船舱!
于是我在美国南方,
买了土地开办农场。
我把最后一批黑奴——
他们个个身强力壮,
留在我的农场。
他们过得好极了。
个个发胖更加健壮!
这对他们和我都很光彩。
我就像是他们的父亲;
这样说不是为了夸张,
我也获得了厚利的补偿。
为了提高他们的道德水平,
我给他们开办学堂。

还订下了严格的规章。
我最后彻底洗手不干,
卖掉了牲口和那农庄!
临别之际,
我请男女老少,
畅饮掺水的烈酒,
个个沉入醉乡。
还把鼻烟发给寡妇分享。
诚如经文所讲:
"没做什么坏事,
就是做了好事。"
此话如日煌煌!
非恶便是善良!
我的罪愆已经赎清,
善行抵消了丑恶的旧账!

艾贝科夫:(和培尔碰杯)
您不理会红尘的喧嚣,
不受糊涂观念的影响。
您将哲理付诸行动,
如同醍醐灌顶,
令我心明眼亮!

培　尔:　(培尔·金特刚才讲话时,一直不停地饮酒。)
我们北欧人,
做起事来像模像样:
只要开头必定到底,

　　　　　绝不半途而废敲鼓退堂。
　　　　　人生的秘诀其实很简单：
　　　　　把耳朵严严实实堵上，
　　　　　不让毒蛇的口涎进入耳腔！

考　顿：亲爱的朋友，
　　　　怎样的毒蛇？
　　　　什么模样？

培　尔：是会诱惑人的小蛇，
　　　　让你做那不能回头的勾当。
　　　　（又饮酒）
　　　　人要想心中毫不紧张，
　　　　放胆实现自己的梦想，
　　　　那就不要落入生命里的，
　　　　各种甜蜜陷阱罗网。
　　　　并且知道当前的战斗，
　　　　不是非生即死的决战一场。
　　　　这样的人总在身后留下，
　　　　退往安全地区的桥梁。
　　　　这是我多年的修身良方。
　　　　我的一举一动，
　　　　全都闪现它的光芒！
　　　　这个祖传良方，
　　　　我在儿时就已学会，
　　　　凡事运用屡试不爽！

培尔·金特

巴　隆：你是挪威人吧？

培　尔：对。
　　　　挪威是生我长我的地方。
　　　　但论气质，
　　　　我是世界公民，
　　　　能适应任何地方。
　　　　我得感谢美国，
　　　　让我享受了富有的荣光。
　　　　感谢德国时髦的学者，
　　　　给我提供如此丰富的书藏。
　　　　我从法国学到了
　　　　考究的衣着式样，
　　　　以及谈吐机智仪表堂堂。
　　　　英国人培养，
　　　　我对个人利益的敏感，
　　　　以及我的勤奋有常。
　　　　犹太人给我，
　　　　树立善于忍耐的榜样。
　　　　而在意大利，
　　　　我小住了一段时光。
　　　　舒舒服服什么也不干，
　　　　那样的生活真是dolce far niente[①]，
　　　　甜如蜜糖！
　　　　我曾一度陷入困境。

[①] dolce far niente 在意大利语中意思为"无所事事的甜蜜"。

　　　　　　而救我一命的，
　　　　　　是瑞典的铁和钢！

特　　隆：（举杯）
　　　　　　是的，
　　　　　　瑞典的铁和钢！

艾贝科夫：咱们首先要将、
　　　　　　如此成功地舞剑耍枪，
　　　　　　永不失败的英雄颂扬！
　　　　　　（大家碰杯喝酒。培尔·金特开始有些醉意。）

考　　顿：刚才您的发言都很精彩。
　　　　　　现在我很想知道，
　　　　　　您打算把您的金钱银两，
　　　　　　用在什么地方？

培　　尔：（微笑）
　　　　　　你说什么？
　　　　　　用钱？

众　　人：（向他靠拢）
　　　　　　对，
　　　　　　请讲一讲！

培　　尔：首先要去周游四方。
　　　　　　正因如此，

我在直布罗陀，
把你们请到游艇上。
我需要一群朋友，
在我的金牛①祭坛旁、
舞蹈诵唱。

艾贝科夫：说得真有趣。

考　顿：但是没人仅仅为了游玩，
而乘游艇远航。
想必另有用意，
可否对我一讲？

培　尔：要当皇上。

众　人：什么？

培　尔：（点头）
皇上。

众　人：当哪国的皇上？

培　尔：全世界的皇上。

巴　隆：可是我的朋友，

---

① "金牛"指金钱。见《旧约全书·出埃及记》第32章。

您怎样去当?

培　　尔：　靠金钱的力量!
　　　　　　这个想法一点都不新奇,
　　　　　　我一生都受它的启发影响。
　　　　　　童年我就经常做梦,
　　　　　　梦见自己驾云过海越洋。
　　　　　　我穿着镶金的绸袍,
　　　　　　迎着艳阳翱翔。
　　　　　　然后摔在地上。
　　　　　　摔了个狗啃泥浆。
　　　　　　但是朋友们,
　　　　　　我的宗旨坚定顽强,
　　　　　　不记得是谁,
　　　　　　曾在何处讲:
　　　　　　倘若你把世界的一切,
　　　　　　握在自己的手掌,
　　　　　　惟独丢了"自我",
　　　　　　把"自我"遗忘。
　　　　　　那就等于将那皇冠,
　　　　　　戴在碎裂的骷髅上!
　　　　　　他的原话大致如此。
　　　　　　我认为此人所讲,
　　　　　　绝非信口雌黄!

艾贝科夫：你这金特式的"自我",
　　　　　　到底是什么?

请您讲一讲。

培　　尔：它包含我那心里的世界图像。
　　　　　那个世界使我与众不同,
　　　　　正像上帝和魔鬼,
　　　　　不会混淆一样。

特　　隆：您的人生旨趣何在?
　　　　　现在我已看得清爽!

巴　　隆：啊!
　　　　　卓绝的思想!

艾贝科夫：和诗人一样高尚!

培　　尔：(越发动情)
　　　　　这个金特式的"自我",
　　　　　代表一连串的思想:
　　　　　彼此相关的意愿、憧憬、欲望。
　　　　　金特式的"自我",
　　　　　是那灵感的大海汪洋。
　　　　　包含无数的希望和向往。
　　　　　这些希望和向往,
　　　　　在我胸中澎湃,
　　　　　使我照我的想法,
　　　　　活在这个世上。
　　　　　正如上帝需要大地,

　　　　　　方能成为大地之王，
　　　　　　我，
　　　　　　培尔·金特，
　　　　　　需要黄金，
　　　　　　方能使我成为皇上。

巴　　隆：但您已经拥有黄金！

培　　尔：不够。
　　　　　　也许在利珀那个地方①，
　　　　　　还够凑合着去当、
　　　　　　一天两天的国王。
　　　　　　但我要 en bloc②，
　　　　　　一统天下，
　　　　　　彻底实现自己的理想！
　　　　　　我要做个全球的金特，
　　　　　　全世界的皇上！
　　　　　　我是培尔·金特爵士，
　　　　　　从头到脚仪表堂堂！

巴　　隆：（神魂颠倒地）
　　　　　　并且拥有，
　　　　　　世上最最美丽的女郎！

---

① Lippe（利珀）是当时德国境内的一个很小的公国。
② En bloc 在法语里的意思是"统统""一下子"。

艾贝科夫：还有莱茵河畔、
约翰尼斯柏的百年陈酿①。

特　隆：拥有卡尔十二世、
所曾拥有的全部兵器戎装②。

考　顿：首先还是拥有机会。
拥有赚取厚利的妙算良方。

培　尔：咱们的游轮在此停泊时，
赚钱的机会已到身旁。
今天晚上，
咱们启锚北航！
我得到了重要消息，
就从刚刚送来的报纸上。
（起立举杯）
看来自信开朗的人，
总在命运之神那里沾光！

众　人：什么消息？
请对我们讲！

培　尔：希腊发生了骚乱③。

---

① 德国莱茵河畔约翰尼斯柏城堡出产的上等白葡萄酒。
② 卡尔十二世（Karl 12.）（1682-1718）是瑞典国王。他在位时几乎战事不断。
③ 希腊独立战争始于1821年，在1830年，希腊成为独立的王国，从奥斯曼帝国脱离了出来。

众　　人：（猛然站起）
　　　　　什么？
　　　　　难道希腊人——？

培　　尔：他们要自己当家称王。

众　　人：太好啦！

培　　尔：土耳其人一片混乱，
　　　　　晕头转向。
　　　　　（把杯中的酒喝光）

巴　　隆：到希腊去！
　　　　　光荣之门大敞。
　　　　　我要用法国的刀剑，
　　　　　帮助他们实现理想！

艾贝科夫：我来喊口号！
　　　　　——在远远的地方！

考　　顿：我来接订单！
　　　　　我也来帮忙！

特　　隆：前进！
　　　　　我要找到卡尔十二国王，
　　　　　那著名的踢马刺。

就在奔德尔①,
那个有名的地方!

巴　　隆：（搂着培尔的脖颈）
我的朋友,
请你原谅!
我曾误会了你的动机和思想。

艾贝科夫：（攥紧培尔的手）
我还以为你是恶棍,
我真傻得荒唐!

考　　顿：恶棍说得太严重了,
我以为你只是、
反应迟钝思路不畅。

特　　隆：（想去吻培尔）
金特叔叔,
我竟把你看作最坏的美国佬。
请您原谅!

艾贝科夫：我们全错啦!

---

① 奔德尔是奥斯曼帝国的一个小镇,如今在摩尔多瓦境内。1709年,瑞典国王卡尔十二世在波而塔瓦会战失败后逃亡到这里。1713年,土耳其人袭击卡尔王所在阵营。据说卡尔王在逃出瑞典军队镇守的房子时被自己的马刺绊倒,就此被俘。

培　　尔：你们在说什么？

艾贝科夫：如今我们方能仰视、
　　　　　金特式的意愿憧憬欲望。
　　　　　惊讶它的璀璨明亮！

巴　　隆：（仰慕地）
　　　　　金特先生，
　　　　　这就是你，
　　　　　之所以作为金特的、
　　　　　不同凡响！

艾贝科夫：（也仰慕地）
　　　　　这就是令人尊敬的金特，
　　　　　伟大而高尚！

培　　尔：可是请问……

巴　　隆：难道你还不明白，
　　　　　我们为何这样讲？

培　　尔：我若明白那才怪呢，
　　　　　不知你们究竟怎样想！

巴　　隆：我们想：
　　　　　你会用金钱和你的船队，
　　　　　支援希腊实现独立的理想。

培 尔： （不屑地吹口哨）
不！
我喜欢给强者帮忙，
我要把钱借给土耳其人，
让他们的军队更强！

巴 隆： 这不可能！

艾贝科夫： 真有趣。
他这个玩笑开得真棒！

培 尔： （沉默片刻。然后靠在椅背上，摆出傲慢的姿态。）
先生们，
听我讲！
咱们的缘分快尽。
还是就此分手，
不再交往！
一无所有的光棍，
可以迷恋赌场。
如果你只拥有立锥之地，
就只能作为炮灰上战场！
可是像我这样的大贾富商，
倘若去冒风险，
便是置身狂风巨浪！
你们要去希腊，
那好！

　　　　　我免费运送你们去那地方。
　　　　　我还奉送足够的枪炮子弹，
　　　　　欢送你们奔赴战场！
　　　　　我很乐意你们煽动战火，
　　　　　战火越旺，
　　　　　我的生意也就越旺。
　　　　　为了自由为了正义，
　　　　　为了实现独立的理想！
　　　　　勇猛地战斗！
　　　　　把地狱般的折磨，
　　　　　让那些土耳其人尝尝。
　　　　　然后你们光荣就义，
　　　　　自己的头颅被人挑在刺刀上。
　　　　　但是，
　　　　　恕我不能同往！
　　　　　（拍拍口袋）
　　　　　我袋里的金钱叮当响！
　　　　　我是培尔·金特爵士，
　　　　　堂堂的巨贾富商！
　　　　　（培尔张开阳伞，走进挂着帆布吊床的棕榈树林。）

特　　隆：简直是头猪！

巴　　隆：荣誉感跑到哪里去了？
　　　　　这个混账！

考　　顿：什么荣誉感？

让它见鬼去吧!
你们想一想,
如果希腊打了胜仗,
咱们这些有功之臣,
必将实现发财的梦想!

巴　　隆：我将登上征服者的宝座,
拥着漂亮的希腊婆娘!

特　　隆：我这个瑞典人,
要握着那双踢马刺,
显示我的英勇荣光!

艾贝科夫：我祖国的文化风尚,
将逐渐弥漫陆地和海洋。
传播到四面八方。

考　　顿：最大的损失,
是在物质利益上。
God damn! 该死的培尔!
让我气得快要眼泪汪汪!
我设想,
自己将会拥有,
奥利匹斯山的宝藏。
若传言不是说谎,
山里藏着铜矿。

　　　　　　还有那条卡斯台尔河①，
　　　　　　人们谈得沸沸扬扬。
　　　　　　那里一条接一条的瀑布，
　　　　　　威力至少有、
　　　　　　一千马力那么强②。

特　　隆：反正我要奔赴战场。
　　　　　　我的瑞典刀剑的价值，
　　　　　　远胜美国人的黄金万两！

考　　顿：也许是那样。
　　　　　　可是咱要与那士兵为伍，
　　　　　　便是埋于大批群氓。
　　　　　　还有什么油水可捞？
　　　　　　无名无利战死沙场！

巴　　隆：真该死！
　　　　　　眼看就要成功，
　　　　　　今又大失所望！

考　　顿：（朝着游艇挥拳）
　　　　　　这个阔佬的游艇，
　　　　　　就和一座黑色的棺材一样；
　　　　　　染上了黑奴血泪的黄金，

---

① Kastalia 是希腊的一条河流。与神话中的缪思和阿波罗有关，被视作诗人灵感的源泉。与奥林匹斯山无关。
② 这条河流没有瀑布，也没有可用的水力。

就在游艇里面储藏。

艾贝科夫：嘿！
　　　　　这个想法真棒！
　　　　　快！
　　　　　走！
　　　　　他的帝国眼看就要灭亡！

巴　　隆：您说什么？

艾贝科夫：夺权！
　　　　　咱们贿赂船员，
　　　　　要他们给咱帮忙。
　　　　　快上！
　　　　　夺取他的游艇打开船舱！

考　　顿：您要——什么——？

艾贝科夫：咱们把他的财产劫个精光！
　　　　　（走向单人艇）

考　　顿：要是真能这样，
　　　　　那么"私利至上"！
　　　　　我也要捞它一把，
　　　　　跟着你们一块儿去抢！
　　　　　（跟在艾贝科夫后面）

特　隆：真是个骗子！

巴　隆：真是些流氓！
　　　　但是，enfin[①]！
　　　　不管了，
　　　　横下心来去闯！
　　　　（跟着其余的人）

特　隆：好吧，
　　　　我就跟他们一起去船上，
　　　　可是我要向，
　　　　全世界提出抗议！
　　　　我做这事太勉强！
　　　　（跟着下去）

第二场

（海岸的另一个角落。明月在浮云中时隐时现。游艇此时已远远地游弋在海面上，全速前进。）

（培尔·金特正沿着海滩奔跑。一会儿掐掐自己的手臂，一会儿向海上的远处眺望。）

培　尔：一场噩梦！
　　　　一片幻像！

---

① enfin 是法语。在这里可理解为"好吧""事已至此"。

我快醒了！
游艇早已远离海岸，
正在全速奔向远方。
我在做梦！
这只是幻像！
我竟然醉倒了，
沉入噩梦之乡！
（双手紧握）
这不可能！
我不会死在这个地方！
（抓头发）
这是一场梦，
我肯定这是噩梦一场！
真可怕！
哎呀！
这是真的！
并非噩梦一场！
那群狐朋狗友，
真是丧心病狂！
主啊，
请听我讲：
您是正义的青天；
明智的阳光。
恳求您明断，
惩罚这帮人间的豺狼！
（向天空伸出双臂）
这是我——

培尔·金特。
主啊,
请您俯下身来听我讲:
帮助我!
否则我将死亡!
请您责令他们,
把船开回这个地方!
叫他们放下救生筏,
让我登上!
或者愚弄那帮劫匪,
让他们出点事故自取灭亡!
请您暂且不管别的事,
专心听我讲!
世界可以自理片刻,
不用您凡事到场。
不!
上帝没在听我讲!
他的耳朵又聋了,
就和平时一样!
这可绝了!
竟有这样的上帝,
他不能给人帮忙!

(指着天空)

喂!
我放弃了黑奴农庄。
派遣传教的牧师,
前往亚洲的许多地方。

行善总该得到回报吧!
哦,
帮我去到游艇上!
(游艇冒出一道火光直冲云霄,随后喷出一段浓烟。紧接着一声巨响。培尔·金特惊叫一声,随即倒在沙滩上。烟雾渐渐消散,游艇消失。)

培　尔:(面色苍白,说话的声音低沉。)
上帝啊,
这是您对他们的惩罚:
让他们自取灭亡。
转眼之间整个游艇,
连人带鼠全部沉到海床!
唉,
我竟如此幸运,
避开大祸一场!
(感情激动地)
不对,
这绝非什么幸运。
他们死亡;
我却逃避大难一场!
感谢你啊,上帝!
你不记罪过,
还是爱我给我帮忙!
(深深吸了一口气。)
得知自己受到特殊照顾,
真是让人感到、

无比的安全舒畅。
可是怎样解决吃喝呢?
在这荒蛮的沙滩上!
嗯,
不必惊慌。
他会保佑我的,
一切都会顺顺当当!
(大声奉承)
我就像一只可怜的小麻雀,
他绝不忍心让我就此灭亡!
只要我满心虔诚,
耐心等待主的定夺,
不要气馁失望。
(忽然惊恐地站起)
好像灌木丛中狮子在叫,
(上下牙齿不停地打颤)
不,不是狮子叫。
(努力振作起来)
不对,就是狮子!
这些畜生,
应该知道要识相;
走得远远的,
不能把高于它们的动物咬伤!
它们出于本能,
见到大象就会避让。
尽管如此,
我还得爬到树上!

那边有棕榈还有槐树,
要是爬到大树顶上,
那我就安全不用惊慌。
如果我再背诵几段圣诗,
当能吓退猛兽巨蟒!
(爬上去)
"早晨是早晨,
晚上是晚上。"
我常琢磨这段话,
自己也常这样讲。
(舒适地安顿下来。)
感到灵魂升入崇高的境界,
真令我神怡心旷!
高尚的思想,
远比金钱的力量更强!
相信上帝,
唯有他知道,
我能喝下多少苦水辣汤。
我坚信上帝对我就像慈父,
每每让我遇难呈祥!
(朝海面方向远眺,叹息。)
谁也不能怨他吝啬,
不!他总是慷慨赐赏!

第三场

（晚上。沙漠边缘一座摩洛哥式的帐篷。士兵们在篝火旁休息。）

一个奴隶：（抓扯着自己的头发跑来）
　　　　　皇帝的白马不见了！

另一奴隶：（撕扯着自己的衣裳跑进来。）
　　　　　皇帝的御袍被偷了！

长　官：　（进入）
　　　　　谁不能让盗贼落网，
　　　　　谁就在脚心打一百掌！

　　　　　（士兵们上马朝四面八方奔去。）

第四场

（黎明时分。棕榈和槐树林。培尔·金特在树上，手里抓着一根断了的树枝左右扑打，不让一群猴子靠近他。）

培　尔：　这一夜简直不是人过的。
　　　　　真够呛！

(向四面乱抽一气)
又来了吗?
真该死!
这帮混账!
瞧,
它们在扔水果。
不!
与水果不一样!
猴子真讨厌!
贪婪狡诈喜偷爱抢。
圣经里这样讲:
"睁大眼睛打仗。"
可我太累啦,
不能打仗!
(猴子又向他进攻。他实在不耐烦了。)
我必须彻底制服它们,
不跟它们捉迷藏!
我要吊死一只大猴子,
扒下毛皮裹在我身上!
让猴子把我当成同类,
服从我这猴王!
人是什么?
还不是像那鹅毛随风飘扬!
要随时适应变化的境况。
又来了一批猴子。
怎么到处都是这些混账?!
张牙舞爪粗鲁莽撞。

我要拴个尾巴多好,
那能使我像只野兽一样!
哟,
头上怎么刷刷响?
(抬头向上看)
原来是个老猴子,
抓了两把泥土在手上。
(培尔·金特忐忑不安地把身体蜷起来,一动也不动。老猴子做了一个威胁的动作。培尔·金特开始用好听的话哄它,把它当成爱犬和它讲话。)
哦,
你来啦!
我的老搭档!
他是个好猴子,
又懂道理又识相!
我相信,
他不会朝我扔泥巴,
不会那么莽撞。
是我呀,
好乖乖,
咱俩是好朋友,
好搭档!
嗷,
嗷,
嗷!
听见了吗?
你们的语言我也会讲!

培尔·金特

老猴子和我，
咱俩和亲戚一样。
明天我请你来吃糖。
呀！
这畜生，
它把一握泥巴，
全都丢在了我的头上！
真恶心！
兴许这泥可以吃，
滋味不寻常。
可是各人的口味不一样。
记不得哪位哲人曾讲：
"若不随俗岂能入乡？"[1]
啊！
又来了一帮小混账！
（做出各种手势扑打）
糟糕透顶！
我们人类，
——万物的创造者，
竟然沦落到这样！
救命呀！
这些猴子太猖狂！
那个老的是混账！
这些小的更猖狂！

---

[1] 这个哲人就是培尔·金特。他在第二幕时，在山妖大王面前吃牛粪喝牛尿时说过这句话。

第五场

(清晨。满眼裸露的岩石。此处可以远望沙漠。在一边,有着岩石的节理裂缝和一个岩洞。)

(一个盗贼和一个窝赃者带着皇帝的御袍和白马藏身于裂缝。身上披挂着华丽鞍辔的白马被拴在一块大石头上。向远望去可以见到骑兵。)

贼: 看呀!
　　　长矛的锋刃闪闪发光!

窝赃者:哎哟!
　　　我感觉脑袋已经落地,
　　　在沙子里滚动摇晃!

贼: (在胸前抱起胳膊)
　　　我爹当过贼,
　　　所以我也干这行。

窝赃者:我爸窝过赃,
　　　所以我也要窝赃。

贼: 是命就该认;
　　　要做自己而不伪装!

窝赃者：（听）
丛林里，
脚步声越来越响！
快跑，快跑！
可是跑向何方？

贼： 洞穴深不可测，
先知伟大高尚！
（他们把赃物丢下，逃走了。骑兵们越奔越远，终于消失。）

培　尔：（走来。手里削着芦笛。）
哦，
多么美好的晨光！
从壳里伸出头的蜗牛，
戏沙打滚的屎壳郎。
一日之计在于晨。
大自然赋予白昼，
一种神奇的力量。
这种力量使你感到安全；
感到勇气成倍增长，
敢于去同野牛开仗！
啊！
多么宁静的乡野，
多么绮丽的风光。
说来奇怪，
这些美仑美奂，

我竟从来未曾欣赏。
真难以设想:
人竟把自己关在
大城市里圈养!
受到同类的烦扰侵害,
勾心斗角祸福无常!
啊,
你看!
爬来爬去的壁虎多么自在,
无忧无虑晒着太阳!
动物多么天真无邪呀!
它们都在执行上帝的主张。
无论玩耍还是吵嚷,
都保留自己的本性,
体现上帝的主张!
(戴上眼镜)
咦,
一只蛤蟆,
在一堆沙石之中隐藏。
忽然伸出头来偷望。
瞧它就像拉开一扇小窗,
胆怯地把这世界端详。
它只须为己便已足够,
私利至上!
(沉思地)
足够?
私利至上?

我在哪里读过这段话?
好像是年少时光,
看到一本又大又厚的
书里面这样讲。
要么是在祈祷书里,
还是《箴言》里的某一章?
真奇怪!
随着岁月的流淌,
我对时间空间的记忆,
越来越不清爽。
(在阴凉处坐下。)
我就在此歇歇脚、
伸伸腿,
这里倒很凉爽。
瞧,
这里有些植物的根,
让我来尝尝。
(尝了一口)
这根是给牲口吃的。
可是书里这样讲:
"要克服你对某物的反感,
将它们习以为常。"
另一句是:
"骄傲的人必将跌伤!"
还有一句是这样:
"谦恭的人则节节向上!"
(不安起来)

节节向上?
对,
我就要高升,
节节向上!
命运即将领我,
离开这个地方。
让我再度腾踏如飞黄①!
我在经受考验一场。
我必定得救,
只要上帝让我保持健康!
(他尽量不去思考,点燃一支雪茄,伸展四肢,凝望沙漠。)
这是多么辽阔,
无边无际的蛮荒!
远处一只鸵鸟在彷徨。
上帝的意图究竟怎样?
为何创造这片蛮荒?
这片沙漠缺乏,
生命所需的任何营养。
这片干枯无用的荒地,
全是贫瘠的土壤。
简直就像僵尸一样!
自从它被创造以来,
对上帝连声"感谢"也没讲!
为何创造它呢?

---

① 飞黄乃是传说中的神马。

哦!
大自然真是不讲实际太铺张!
东面的那片是海吗?
不可能!
那准是幻像。
海在西边,
它在我的后方。
那座山就像堤坝,
将海水阻挡!
(心里忽然闪现一个念头)
堤坝!
嗯,
也许可以这样……
山不算厚。
只需一条裂缝,
就像运河一样,
海水涌来宛如生命激荡!
原先这片炽热的地狱,
就会变成充满生机的海洋!
岛屿般的绿洲随之出现。
阿特拉斯山脉峰翠岭苍[①]!
轮船将沿往日的商队之路,
像归巢的鸟儿朝南速航。
凉风吹起、
温度下降。

---

①阿特拉斯山脉(Atlas)在非洲西北部。

雨随风，
露凝香。
周围将有崛起的城市，
兴旺的海港。
在迎风摇曳的棕榈树下，
青草翠，
鲜花香。
撒哈拉以南的土地，
会变成兴旺发达的沿海之邦。
将有蒸汽机来装备，
亭巴克图的工厂。
很快将有移民到达波尔乐，
在那里破土耘壤。
探险队可乘特别快车，
一路欣赏沿途风光。
安全经过埃塞俄比亚，
到尼罗河的上游探访。
我要在这属于我的海洋，
选择一片肥沃的绿洲，
繁衍挪威民族，
让它于此兴旺。
挪威山谷里来的人，
祖先几乎都是国王！
若和阿拉伯人杂交，
后代必定至美至强！
我要把京都——培尔城，
建在海角的斜坡上。

过去的世界已经过去。
现在轮到我这新兴之邦——
"金特之国"威震四方!
(猛然站起)
这些我都可以做到,
只要大量的金钱归我掌!
我要一把金钥匙,
用它打开海门通往海洋!
我要一队十字军,
用它对抗死亡!
贪心吝啬的守财奴,
会打开他死守着的宝囊。
世界到处都在呐喊:
"要自由!
要解放!"
我要像诺亚方舟的那头驴,
向全世界大声宣讲;
为那美丽而禁锢的海岸,
进行洗礼、争取解放!
前进的号角已经吹响!
我要去筹措金钱,
为此将跑遍东方西方。
用我的王国,
不!
用我半个王国的陆地海洋,
来换取一匹宝马!
驮着我云游四方!

(马在岩石的裂隙里嘶鸣。)
一匹马!
还有礼服和剑!
还有宝石闪光!
(走近)
这是假的吧!
是幻像!
不!
是真的,
不是幻像!
我在哪儿读过:
移山倒海,
可以仅凭信仰!
要想移动一匹马,
是否也是这样?
可是事实总是事实:
马就在近旁!
真是"只要存在,
就有可能。"
绝对不是幻像。
(穿上御袍,上下打量自己。)
彼得爵士仪表堂堂!
从头到脚,
一付土耳其人的模样!
哎,
人的命运真是无法预想。
戈兰妮!——

我信赖的好马,
打起精神把蹄扬!
(跨上马鞍)
金质的马镫一路闪光!
只要看看大人物的座骑,
就能知道他的排场!
(骑着马向沙漠奔去。)

第六场

(绿洲中央,阿拉伯酋长的帐篷。)

(培尔·金特穿着东方式的衣裳,靠着软垫。他喝着咖啡,吸着长杆烟。安昵特拉和别的一群姑娘,为培尔唱歌跳舞。)

歌舞队: 先知来了。
主宰世界的先知,
跨过沙漠蛮荒,
来到我们这方。
永远正确的先知来了。
把笛吹起把鼓敲响。
欢迎先知赏光!

安昵特拉: 他的马白得就像,
天堂里的牛奶河,

闪着银光流淌。
我们屈膝低头鞠躬,
将他迎入殿堂。
他那可爱的眼睛,
就像双星辉耀天堂。
谁敢正视它那灿烂的光芒?
他从沙漠奔来,
胸前的金饰珠宝一路闪光。
他的前程永远明亮;
在他身后,
夜幕立即遮住阳光!
干热的狂风悲鸣哀响!
他穿着凡人的衣裳,
跨过沙漠来到这方。
欢迎先知光临,
卡巴天房空空荡荡[①]!
无所不知的主宰来了,
启齿宣讲。

歌舞队:先知已经到了,
把笛吹起把鼓敲响!
(随着软绵绵的音乐,众女起舞。)

培 尔:我见过一本书上这样讲:

[①] 卡巴天房(Kaaba)位于伊斯兰教圣城麦加的禁寺内。它是伊斯兰教最神圣的圣地。它也是全球穆斯林每日朝拜的方向。

"没人能在本国成为先知。"
我相信这话不是扯谎!
现在的这种生活,
胜过我在查尔斯顿经商。
商人的生活总是有点空虚,
和我的本性很不一样!
商人的生活有些腐化,
我很难将它习以为常!
我在商界做了什么?
在经商的泥潭瞎混乱闯!
我怎么反复思考,
也不能知晓其详!
事情就这么发生了,
就是这样。
若只靠堆起一袋一袋的黄金,
而飞黄腾达青云直上,
那就像把房屋建在沙滩上!
你如果炫耀钻戒或是名表,
再穿上一套华丽的衣裳,
你的同类就会匍匐脚前,
舔你的脚趾连声颂扬!
他们会对宝石胸针致敬,
但是戒指胸针,
毕竟和人不一样。
先知的角色更明确:
倘若人们把我赞扬,
赞扬的是我本人,

而非我的万贯银两!
我们就是我们本人,
没什么花哨的道理可讲。
不要指望偶然的幸运,
勿将那些"许可证"来依傍。
先知,
这是我最好的职业,
它来得这么突然这么顺当!
骑马跨过沙漠本属寻常。
只因宝马和这御装,
大自然一群天真的孩子,
便让我享受盛大的排场!
先知来啦!
他们一呼百应不究其详!
我不企图欺骗他们,
预言和说谎不一样;
反正随时都可辞职,
我的手脚并没被捆绑。
这完全是我的私事。
可以像我来时那样,
随时跨上宝马奔向远方!
总之,
整个局势稳握我掌!

安昵特拉:(从帐篷门口趋近培尔)
先知万福,
主子吉祥!

培　　尔：　我的奴仆，
　　　　　　你有何愿望？

安昵特拉：沙漠的子孙都在外面恭候，
　　　　　　求您准许他们瞻仰。

培　　尔：　住口！
　　　　　　你叫他们保持距离，
　　　　　　我只能远远地让人瞻仰。
　　　　　　你还要对他们讲：
　　　　　　男人不能进入我的篷帐。
　　　　　　亲爱的孩子，
　　　　　　男人都是十恶俱全，
　　　　　　都像猪猡一样肮脏！
　　　　　　安昵特拉，
　　　　　　男人都是骗子流氓——
　　　　　　唔，
　　　　　　我是说，
　　　　　　他们都是有罪之人，
　　　　　　我的好姑娘。
　　　　　　好了，不说了！
　　　　　　给我跳个舞吧！
　　　　　　先知想把苦恼遗忘！

歌舞队：　（跳舞）
　　　　　　先知好，

先知愁。
愁的是凡人的丑恶肮脏。
先知仁慈善良。
他为罪人打开天堂之门,
愿他的仁慈受到赞扬!

培　尔:（安昵特拉跳舞时,培尔的视线一直没离开她。）
她的腿飞快地甩来甩去,
就像一双打鼓棒。
这个淫妇,
真是一条可口的香肠!
常人心中的美女不是这样,
因为她的风格有点夸张。
但什么是美?
只不过是一种共识,
就像钱币一样!
只能适合某一时间空间,
不能进入所有的市场!
如若吃惯粗茶淡饭,
面对盛宴难免口水直淌!
明媒正娶的老婆,
不能让你醉生梦死:
不是太瘦就是太胖。
不是年龄太小,
就是半老的徐娘!
年龄适中的那种,
却又让人没有欲望。

她的脚，
显然不清不爽；
她的臂膀，
至少一只也是这样！
可是谁会在乎这些？
我倒是把这看作她的长项。
安昵特拉，
听好了！

安昵特拉：（趋向前）
您的奴才听候您讲。

培　　尔：姑娘，
你的魅力不同寻常！
先知的心海为你动荡！
你若怀疑先知所讲，
我就拿出证明，
让你欣喜若狂！
我要将你封为女神，
去把守天堂！

安昵特拉：我的主，
这不可能！

培　　尔：什么？
难道你说我在胡讲？
我的话千真万确，

正像我在活着一样!

安昵特拉:但我没有灵魂呀!

培　尔:没有灵魂可以安装!

安昵特拉:可是我的主,
怎么安装?

培　尔:你就甭管啦!
把你教育好,
我将当仁不让!
没有灵魂让你有些愚蠢,
我也为此痛苦难当!
但你总能容下一个灵魂,
我一定设法给你安装。
亲爱的,
过来!
让我给你量一量。
哦,
容得下,
容得下,
我早就看出会是这样。
大的灵魂是装不下了,
你肯定不会前程无量!
但这也无妨,
这个灵魂足以使你胸挺头昂!

安昵特拉：先知仁慈，
　　　　　先知吉祥……

培　尔：　犹豫什么？
　　　　　有话就讲！

安昵特拉：可我宁愿要……

培　尔：　姑娘，
　　　　　爽快一些！
　　　　　讲！

安昵特拉：灵魂嘛，
　　　　　我倒不痴心妄想。
　　　　　我宁愿要……

培　尔：　要什么？

安昵特拉：（指着培尔缠在头上的头巾）
　　　　　那美丽的蛋白宝石，
　　　　　乃是我的所爱所想！

培　尔：　（喜形于色，把宝石摘下来递给她。）
　　　　　安昵特拉，
　　　　　你真是夏娃生下的姑娘！
　　　　　你像磁石吸引我，

燃起我的欲望!
因为我是血性男子,
你是充满魅力的女郎!
正如一位著名作家所讲:
das ewig weibliche ziehet uns an!
"永恒的女性,
吸引我们向前方!"①

第七场

(安昵特拉的帐篷外。旁边有几棵棕榈。明月当空。)
(培尔·金特抱着一只阿拉伯琵琶坐在树下。他的头发和胡须都修剪过了,看上去年轻多了。)

培　尔:(一边唱一边用琵琶伴奏。)
锁上天堂去远航。
北风呼啸到船旁。
深情娇妇哭相拥,
隔水呼亲泪两行。②

风推艇快到南方。
棕榈晃枝美且长。

---

① 这是德国诗人歌德所著《浮士德》末尾的一句话。原文是 Das Ewig-Weibliche / Ziehet uns hinan! 意思是"永恒的女性,引导我们上升。"培尔·金特错引了这句话,于是意思变成"永恒的女性,吸引着我们。"
② 以上这首诗乃是"七言绝句"。

明媚一湾丰裕地，
焚船驻岸乐柔乡。①

骑上骆驼奔远方。
四蹄生翅掠沙翔。
鸿飞万里应如我，
落树啁啾诱美娘。②

安昵特拉，
安昵特拉！
你像棕榈的乳汁一样。
现在我将尝你一尝。
安哥拉品种的山羊，
它的奶酪誉满四方。
但是怎能及你一半？
哪有你这样爽？！
哪有你这样香③？！
（培尔·金特把琵琶背上肩，走近帐篷。）
别响！
她在听吗？
我美丽的女郎！
她是否听到，
我为她歌唱？！
她是否撩起帷幕窥探？

---

① 以上这首诗乃是"七言绝句"。
② 以上这首诗乃是"七言绝句"。
③ 以上这首诗乃是"抑扬长短句"。

把面纱抛在一旁?
嘘!
一声响!
像是猛然拔出瓶口的木塞。
又是一声响!
莫非是爱的哼唱!
又像月下的情歌。
不!
分明是鼾声朗朗!
神奇的音乐呀!
安昵特拉已入梦乡。
夜莺的歌儿已经唱完。
若你再敢低声鸣唱,
大难就会降汝身上!
不过,
书里讲:
"随它去吧!"
那就继续唱!
夜莺生来注定要唱!
连我也是这样!
它,
和我一样,
能把歌唱到
那温馨娇嫩的小心房!
音乐是咱共同的爱好。
唱歌宜趁夜晚的凉爽。
是什么让咱得以保持本性?

是歌唱!
是歌唱!
倾听安昵特拉的鼾声,
是我爱情的极乐令我神荡!
这就像把酒举到嘴上,
却又一滴不入口腔。
啊,
她来了。
来了也好,
我心爱的女郎!

安昵特拉:(从帐篷门口)
主子吉祥!
您在夜里叫喊过吗?

培 尔: 对,
我亲爱的姑娘!
先知确曾大叫大嚷。
因为猫在打架,
声音凄厉高亢。
毁掉了我的梦乡!

安昵特拉: 不要以为它们打架,
这比打架还要疯狂!

培 尔: 那是什么呢?

安昵特拉：饶了我吧！

培　　尔：讲呀，讲！

安昵特拉：我可要脸红啦！

培　　尔：（靠近安昵特拉）
　　　　　也许就是给你宝石的时候，
　　　　　我浑身的感觉和那欲望？

安昵特拉：（听了非常吃惊）
　　　　　赖皮猫怎能和你相比？
　　　　　堂堂的先知呀，
　　　　　全世界的宝藏！

培　　尔：安昵特拉，
　　　　　我的宝贝姑娘！
　　　　　从情爱的角度来讲，
　　　　　先知和那雄猫十分相像！

安昵特拉：啊！
　　　　　我的主子，
　　　　　笑话从你口中出来，
　　　　　就像蜜汁流淌！

培　　尔：亲爱的小友，
　　　　　你像其他的姑娘一样。

都从表面评判伟人的形像。
其实,
尤其咱俩独处时,
我内心的活力十分兴旺。
由于地位,
我一定得把庄重严肃的面具,
戴在脸上!
我要日理万机,
许多大事要我拿主张!
许多复杂的问题,
要由我来剖解其详。
我作为先知,
不能多说多讲。
因此我不够随和,
总是摆起架子装腔!
但那只是表面现象。
你看到的只是"假我"一个,
不是"真我"的模样!
每当咱俩独处时,
我就是培尔,
一个男儿郎。
嘿!
走开!
现在我们抛开先知不讲;
在你面前的就是我本人,
你的培尔情郎!
(培尔坐到树下,把安昵特拉拽到他身旁。)
来吧!

安昵特拉,
　　咱俩在这棕榈树下,
　　躺一躺!
　　我在你的耳边悄悄讲,
　　你就嘻嘻傻笑前合后仰!
　　接着咱俩调换:
　　你的小嘴在我耳边低声响,
　　吐出情丝织成网。
　　我也嘻嘻傻笑,
　　笑得前合后仰!

安昵特拉:（躺在培尔脚前）
　　你说的每句话,
　　都像优美的歌声飘荡。
　　尽管它们玄妙异常,
　　我难以理解其详。
　　先知,
　　请您讲一讲,
　　您的女儿仅凭听您宣讲,
　　是否便可取得灵魂入天堂?

培　尔:　啊!
　　你很快就能拥有灵魂——
　　和那知识的光芒、
　　生命的力量!
　　当朝阳用那金红之笔,
　　在东方的天空写上:
　　"已是日出时光",

　　　　　　　我的姑娘，
　　　　　　　那时我就开始讲课；
　　　　　　　让你变得很有素养。
　　　　　　　倘若在寂静的深夜，
　　　　　　　我还扮成导师的模样；
　　　　　　　宣讲我那一点可怜的知识，
　　　　　　　那真是愚蠢荒唐！
　　　　　　　什么是咱首先该想？
　　　　　　　绝非灵魂怎样怎样。
　　　　　　　最关紧要的是心，
　　　　　　　要考虑心里怎样怎样！

安昵特拉：我的主子，
　　　　　请您接着讲。
　　　　　您说话的时候，
　　　　　我就能看到蛋白石的光芒！

培　　尔：智慧过头就是愚妄；
　　　　　懦夫兴许变成残暴的君王；
　　　　　真理如果走到极端，
　　　　　就要将那智慧反抗！
　　　　　相信我的话！
　　　　　姑娘！
　　　　　有些人一头扎进灵魂里，
　　　　　却缺少洞察事物的力量！
　　　　　我认识一个人，
　　　　　他真是鹤立鸡群，

不同凡响。
但聪明反被聪明误，
喧嚣使他迷失了方向。
你看环绕这块绿洲的沙漠，
我能将它变成一片汪洋；
只要我拿下头巾轻轻一晃。
但我干嘛颠倒沧桑？
那是十分愚蠢的勾当！
孩子，
你知道人生是什么？
我可以给你讲一讲。

安昵特拉：请您讲。

培　　尔：　人生，
　　　　　　就是在时间的长河里，
　　　　　　自己始终悬在水面上方。
　　　　　　完全保持自己本来的模样。
　　　　　　在青年壮年时期的自我，
　　　　　　才能保有自己本来的性状。
　　　　　　年迈的大鹰，
　　　　　　徒有光秃的翅膀！
　　　　　　老翁走路跌跌撞撞；
　　　　　　老妪满口的牙齿落光！
　　　　　　翁妪虽然都有灵魂，
　　　　　　却只能伸出枯手一双。
　　　　　　青年时代多美呀！

我以酋长的身份统治一方。
不是那棕榈树下,
"金特王国的圣上",
而是一位少女的初恋情郎。
情思纯碧清新就像甘泉,
在我心中欢快流淌!
因此,
安昵特拉,
我亲爱的姑娘!
你当能明白,
我何以对你情深意长。
何以在你的心田,
建立神圣的辖区一方?
我要了解你的每个愿望,
你的爱情归我独享!
你只能属于我。
只能作为我的囚奴,
被我收藏!
就像宝石嵌在金项链上!
咱们一旦分手,
人生就此灭亡!
至少对你来讲,
就是这样!
啊!
不管你是否愿意,
你身体的每一丝、每一寸,
全都属我执掌!

你比子夜还黑的头发,
和你所有
说得出的漂亮地方,
会像那
巴比伦的空中花园一样,
把你的酋长,
引来幽会,
享受爱情的芬芳。
总之,
遇上你这个脑袋空空的傻瓜,
也算是好事一桩。
那些有灵魂的人,
总会把精力用在内省上。
说到这里,
我想,
把这只金镯送给你,
让它套在你的脚踝上。
我来当你的灵魂,
其余的部分嘛,
你就保持原状!
这样,
你我都会惬意舒畅!
(安昵特拉打鼾。)
什么?
她睡着了!
难道我的这番美言,
就像风吹过她的耳旁?

不!
这说明她已承认我的权威,
没有丝毫的游移彷徨!
我的情话就像涓涓细流,
把她轻轻推入梦乡。
(培尔站起来,往安昵特拉的膝盖上放了一些宝石。)
给你这些宝石。
还有,
还有。
睡吧,
我亲爱的姑娘!
让培尔进入你的梦乡。
你已为你的皇帝加了冕。
就在你的梦乡。
今天晚上,
培尔·金特,
完全凭借自己的威望,
赢得了最最伟大的胜利。
胜利的旗帜高高飘扬!

第八场

（这是商队经常走的一条路。可以望到远处的绿洲。培尔·金特骑着他的白马，正在沙漠上奔驰。安昵特拉坐在他前面的鞍头上。）

安昵特拉：放开我！
　　　　　我要咬你了！

培　尔：　你这个刁蛮的婆娘！

安昵特拉：你想干啥？

培　尔：　干啥？
　　　　　我要和你玩一玩
　　　　　老鹰抓鸽子的勾当。
　　　　　把你拐到远方，
　　　　　尽情地颠狂颠狂！

安昵特拉：你这老先知，
　　　　　原来是个无耻的混账！

培　尔：　不要胡扯！
　　　　　先知不算老，
　　　　　你这傻婆娘！

　　　　　　　你看我，
　　　　　　　哪个老头子能像我这样？

安昵特拉：放开我！
　　　　　我要回家！

培　　尔：　你这小傻瓜，
　　　　　　风骚淫荡。
　　　　　　你想回家？
　　　　　　去找你爹娘？
　　　　　　这算什么好主张！
　　　　　　鸟儿一旦飞出笼，
　　　　　　就不敢再回牢房！
　　　　　　何况，
　　　　　　无论什么地方，
　　　　　　都不能滞留久长。
　　　　　　否则那会损伤你的威望！
　　　　　　我作为先知光临一方。
　　　　　　崇高的威望，
　　　　　　不容一丝一毫的损伤！
　　　　　　我要稍纵即逝，
　　　　　　就像动人的诗歌一样。
　　　　　　沙漠的子孙们，
　　　　　　总是喜怒无常。
　　　　　　近来不常祷告，
　　　　　　更未天天烧香！
　　　　　　我该走啦！

必须离开那个地方!

安昵特拉: 可你不是先知吗?

培　尔: 我是你的皇上!
(想去吻安昵特拉。)
看!
那只啄木鸟,
多么得意自鸣自唱。

安昵特拉: 你把手上的戒指给我怎样?

培　尔: 给,
亲爱的姑娘。
这些废物,
全都归你收藏!

安昵特拉: 你说话就像歌唱,
就像甜美的音乐在响。

培　尔: 你如此深深地爱我,
我是多么幸福多么欢畅!
我要下去,
给你牵马,
就像你的奴仆那样!
(培尔下了马,把马鞭交给安昵特拉。)
你是我的玫瑰花。

我娇艳的花儿美且香。
我要傍着你,
在这沙漠的征途上。
直到烈日使我中暑,
倒在你的脚旁。
安昵特拉,
记住!
我还年轻,
我的胡闹,
你不要太放心上。
年轻的标志,
乃是胡闹颠狂!
我可爱的夹竹桃,
如果你不那么愚夯,
那你早就能够看出,
你的情郎胡闹颠狂。
这也就意味着——
他必定年轻,
身强力壮!

安昵特拉:对!
你确实年轻、
身强力壮。
你还有戒指吗?
再给我一只怎样?

培　尔:　我当然年轻。

　　　　我真的身强力壮!
　　　　你来抓我呀!
　　　　我能像一只公鹿那样,
　　　　蹦蹦跳跳快跑如翔!
　　　　若是这儿有葡萄藤,
　　　　我能扎个花环戴上①。
　　　　是的,
　　　　我年轻,
　　　　我身强力壮!
　　　　我可以为你跳舞,
　　　　可以为你歌唱!
　　　　(培尔载歌载舞。)
　　　　我是雄鸡唱曙光。
　　　　小小雌鸡啄我膀。
　　　　喔喔方毕旋又舞。
　　　　我是雄鸡唱曙光。

安昵特拉:　啊,
　　　　我的先知,
　　　　你冒汗了。
　　　　我怕热坏我的情郎,
　　　　快把你腰上沉沉的袋子。
　　　　交到我手上。

━━━━━━━━━
① 希腊神话中的迪奥尼索斯(Dionysus)常被描述为头戴葡萄藤做的花环。他是美丽和快乐的象征。

培　　尔：　你对我真是体贴有加。
　　　　　　给你我的钱囊；
　　　　　　拥有爱情的心，
　　　　　　无需金钱银两！
　　　　　　（培尔又边唱边跳。）
　　　　　　小子培尔太荒唐。
　　　　　　不能自持因汝狂。
　　　　　　哼哼呸呸随它去。
　　　　　　小子培尔太荒唐！

安昵特拉：看！
　　　　　　先知的舞姿真美，
　　　　　　美到天下无双！

培　　尔：　让它见鬼去吧！——
　　　　　　先知的这种勾当。
　　　　　　赶快，
　　　　　　赶快！
　　　　　　咱们快换衣裳！

安昵特拉：你的袜子太紧。
　　　　　　腰带太松往下荡。
　　　　　　带有头巾的袍子也太长。

培　　尔：　Eh bien!①

---

① Eh bien 在法语里的意思是"是的、好吧"。

嗯，
的确这样。
（培尔跪下）
你就折磨我吧！
给些痛苦让我尝！
天下最美的事情，
莫过于
痴恋的心灵受磨受创。
安昵特拉，
等咱们回到我的家乡，
一到我的城堡——

安昵特拉：——去到你的天堂。
是否路还很长？

培　尔：嗯，
大概两万里……

安昵特拉：那么长？！

培　尔：到了那个地方，
我将把我许诺你的灵魂，
给你安上。

安昵特拉：不用费心啦！
没有灵魂也无妨。
不过，

刚才你说想把痛苦尝——

培　　尔：（站起来）
　　　　　是的，
　　　　　你没忘！
　　　　　两三天的就可以，
　　　　　——激烈而短暂的创伤！

安昵特拉：安昵特拉遵从先知之令，
　　　　　给些痛苦让你尝尝！
　　　　　再见！
　　　　　（她一边说，一边用鞭子抽打培尔的手指。然后骑着马，回头在沙漠里驰骋。）

培　　尔：（惊愕，站了许久）
　　　　　啊，
　　　　　怎么就这样……！

第九场

（地点与前一场相同。一小时之后。）

（培尔·金特一边沉思，一边脱去土耳其服装。然后从衣袋里掏出旅行帽戴上，又是一身欧式打扮站在那里。）

培　　尔：（他把阿拉伯头巾，尽量用力扔远。）
　　　　　那个土耳其佬倒在了沙漠上。

第四幕

我仍旧是我,
没有变样!
异教徒的习俗没有好处,
幸而它已成为卸下的衣裳。
不像纹身那样,
刺在肉里难以擦光。
是什么将我引入歧途?
我还是应该把我的基督信仰。
丢掉华丽的孔雀毛,
奉公守法道德高尚;
我要恢复自己真正的面目,
确保死后牧师主葬;
让我的遗体,
享受鲜花的芬芳!
(向前走几步)
那个小妇风骚淫荡,
搞得我晕头转向。
幸亏我脱险逃亡。
除非我是山妖,
方能搞个清楚明亮:
究竟什么附在我的身上?
让我迷糊颠狂!
总算脱离噩梦一场!
这个玩笑如果继续下去,
我就会显得十分荒唐!
我曾走上歧途,
确实这样!

387

不过,
那是因为环境所迫,
无法抵抗。
走上歧途的不是我,
是那个先知那个颠狂!
我作为先知,
缺乏活力激荡。
只能以可怜的作秀安慰自己,
欺骗信众获取赞扬。
荣耀的先知并不好当,
必须避人远立深居华帐。
云雾缭绕不露真相。
如果露出俗欲的一线微光,
那就一败涂地威颜尽丧!
我应算是尽职尽责,
尤其是向那头呆鹅,
献出了我的宝藏。
但她却……
(一阵大笑)
哈哈哈哈……
回想起来真觉荒唐!
想用叹息搂抱跳舞歌唱,
来阻止时间流淌。
但是我的结局怎样?
就像一只可怜的公鸡,
全身的羽毛都被拔光!
这样的行为,

真算得上是先知式的浪荡。
是呀,
"先知"被人拔毛了,
幸好还剩一些"储备粮"!
口袋里有一点,
在美国还有一些储藏。
尚未到山穷水尽的时光。
这种中间的位置对我最合适。
我不必操心出行的排场。
我也没有大皮箱,
不必操心社交场合的服装。
局面依然握在我掌。
条条道路仍旧通畅。
我选哪条?
聪明人能辨劣优短长。
我作为实业家,
已暂时卸牌收场。
我和安昵特拉的恋爱,
也像肮脏的衣裳,
扔进了垃圾箱!
我不爱回顾以往,
不唠叨过去的惨淡辉煌。
什么圣书好像这样讲:
"往后朝前远近相同,
里途外道宽狭一样。"
我要选择高尚的新事业,
值得耗费金钱精力的行当。

是否毫无隐瞒地书写自传?
给不通世故的人们导航。
不!
等一等无妨。
现在我有充裕的时光。
何不作个学术旅行?
研究考证人类的过往。
对,
就这样!
年轻时我曾浏览古代的文献,
我对历史的兴趣一直很强。
我要研究人类的历史,
像一根鹅毛沿着时流漂淌。
重新体验人类的过往,
像在梦中游历一样。
让神思飘入古代的战场,
远观戟林箭雨号鸣鼓响。
看奋战的英雄献身壮丽的理想!
还将看到,
不屈的智者惨遭酷刑。
殉道的烈士热血流淌。
看到王朝衰败,
帝国灭亡。
看到微小的星火,
导致漫天遍地的火光!
我得弄到一本历史名著——

贝克尔写作的史学篇章[①]。
按照年代的先后,
规划旅程置办行装。
我的基础不够扎实,
而"历史"这门学问既深且广。
但是据讲:
出发点越是荒唐,
得出的结论常常更显"原创"。
最令人振奋的,
是先为自己设定一个方向,
然后咬紧牙关绷紧神经,
全力以赴最终如愿以偿!
(很激动,但尽量克制。)
为了捍卫终极真理,
挣脱束缚自我的锁障,
要把全体亲朋抛在一旁!
把钱财身外之物全都散尽。
避开或明或暗的所有情网!
(擦掉眼里流出的一滴泪)
这就是科学家们所走的路。
他们是我光辉的榜样!
对,
我已解开此生使命的谜,
真是无比高兴舒畅!
我将不惧任何艰险,

[①] 贝克尔,是Karl Friedrich Becker(1777–1806)。德国历史学家。

哪怕蹈火赴汤！
去追求真理实现理想！
如果我因此自豪，
我想，
应该可以原谅！
我已认识了自己——
培尔·金特，
人类的皇上！
以往岁月的钥匙，
将会在我的手掌。
现时一切事物的价值，
连一条鞋带都不相当！
我要远离现代生活，
现代人既无信念，
也没有脊梁！
他们的行为轻浮没有分量。
他们的灵魂不能闪光！
（耸耸肩）
至于女人嘛——
她们脆弱、没担当！
（培尔下）

第十场

（夏日的一天。挪威北部，大森林里的一座茅屋。门开着，门上有一道粗木栓。门上方还挂着驯鹿的犄角。茅屋墙边有一群山羊。）

（一位肤白发金、面容秀丽的中年妇人坐在阳光下纺线。）

妇　人：（凝视着一条小路，唱了起来。）
　　　　春夏秋冬来又往。
　　　　我知你必返身旁。
　　　　因曾允诺休违约，
　　　　无论待时多漫长[①]！
　　　（呼唤一群山羊。然后再开始纺织，并且又唱了起来。）
　　　　情郎无论在何方，
　　　　我主垂恩守尔旁。
　　　　日念夜思惟盼汝，
　　　　若亡待我聚天堂[②]！

[①] 这首诗为"七言绝句"。
[②] 这首诗也是"七言绝句"。

第十一场

(埃及。黎明时分。沙漠中央有一座门农①雕像。)

(培尔·金特走来,四处张望。)

培　尔：这里真是好地方!
　　　　我开始旅行的号角,
　　　　就在这里吹响!
　　　　就做埃及人吧,
　　　　这趟我要变个样!
　　　　但仍在金特"自我"的基础上!
　　　　然后去亚述②流浪。
　　　　从世界的源头开始远征,
　　　　只会让我陷入窘况!
　　　　我要绕过所有
　　　　圣经里写到的地方。
　　　　我相信一定有所发现,
　　　　可以填补史学的空档。
　　　　我不作深入探讨,
　　　　那不是我的计划
　　　　也不是我的长项。
　　　　(坐到岩石上。)
　　　　我先坐在这里歇一下,
　　　　耐心等待雕像,

---

①门农是希腊神话中的埃塞俄比亚王。
②亚述是古代中东的一个国家。

第四幕

把它的晨曲歌唱。
早餐后,
我要登上金字塔,
俯视周围的风光。
如果时间来得及,
我就仔细调查塔内所藏。
然后将从陆上,
绕道红海北岸的地方。
在那里也许能够找到,
波提法王①的坟场。
这之后再去亚细亚,
探寻远古巴比伦的辉煌!
到那空中花园吊古悼妃,
为那两河流域的文明歌唱!
再后,
我一跃去到特洛伊的城墙。
接着跨海到达希腊,
将古代雅典的壮丽瞻仰。
就在那个地方,
研究列昂尼达斯②,
在那山口如何设防?
我要阅读哲学高人的大著,
寻找苏格拉底殉难的牢房。
可是,

---

① 波提法王是埃及法老的护卫队长。
② 列昂尼达斯,公元前五世纪的斯巴达的国王。曾在一处山口,率三百名士兵抵抗波斯大军,最终阵亡。

395

等一等,
现在那里马乱兵荒。
只好先把希腊文化的寻访,
往旁边放一放。
(看表)
真倒楣!
老半天了,
怎么不见升起的太阳?
我没有可以浪费的时光!
对,
特洛伊,
从特洛伊城接下去讲。
(站起来倾听。)
这嗡嗡的,
是什么奇怪的声音在响?
(太阳升起。)

门农雕像:(唱起来)
半神人已成灰烬,
烬跃鸣禽灵性长!
全智全能宙斯帝,
以灰造鸟争又唱!
智慧的猫头鹰,
我的鸟儿何方入梦乡?
请解此谜明答案:
不然叫汝把命丧!

培　　尔：我真的感到，
　　　　　雕像发出了声响。
　　　　　那是以往的音乐，
　　　　　那是石头歌唱！
　　　　　我听到石头的声频，
　　　　　时升时降。
　　　　　我要将此记录，
　　　　　供专家去想。
　　　　　（在笔记本上记下。）
　　　　　"虽然不懂雕像唱啥，
　　　　　但我清楚地听到它唱。
　　　　　当然，
　　　　　这肯定是幻觉一场！
　　　　　至于其它重要的事情，
　　　　　今天没有看到任何一桩！
　　　　　（培尔继续走。）

第十二场

（吉萨村附近。巨大的狮身人面石像。远望可以看到开罗的某个礼拜堂以及伊斯兰教的尖塔。培尔·金特走来。他仔细地观察狮身人面像。一会儿戴上眼镜对它凝视；一会儿从攥起来的手的洞里看。）

培　　尔：啊，
　　　　　我好像见过它！

但我忘了,
是在什么地方?!
我肯定见过它,
这个可厌的形像!
不在北方,
就在南方。
它是个人吗?
它是谁呢?
我突然想起,
那座门农雕像,
很像垛伏勒的山妖大王!
他就是那么正襟危坐,
屁股稳稳地坐在石座上。
可这个半人半兽的家伙,
一付畸形怪状!
狮和女人杂交出来的它,
究竟是童话里的形像?
还是我真实的印象?
是童话里的形像吗?
啊,
我有印象!
他是勃格。
我曾打碎它的脑壳,
——至少在我的梦乡。
那时我神志昏迷,
发着高烧卧床。
(走近了一些。)

　　　　勃格和这雕像,
　　　　嘴和眼睛都很像。
　　　　只是勃格没有这么懒散,
　　　　却更加狡猾更能扯谎。
　　　　除此以外,
　　　　他俩基本一样。
　　　　对了,
　　　　就是勃格!
　　　　如果是在白天,
　　　　从后边看去,
　　　　说你像头狮子不夸张!
　　　　你还说谜语吗?
　　　　试试看,
　　　　看你的答案是否仍旧一样!
　　　　(对着狮身人面像大声说。)
　　　　喂——!
　　　　勃格?
　　　　你是谁?

声　音:(从狮身人面像后面发出来)
　　　　Ach, Sfinx, Wer bist du? ①

培　尔:什么?
　　　　真没听过。
　　　　回答的声音竟是德语朗朗!

---

① 这句是德语。意思为"喂,我是斯芬克斯,你是谁?"

399

声　音：Wer bist du？①

培　尔：而且还说得挺像样！
　　　　这是一个新发现，
　　　　应该记在我的笔记簿上！
　　　　（在本子里作笔记）
　　　　这是柏林口音，
　　　　回答是用德语在讲。
　　　　（贝格瑞芬菲尔特（以下简称"贝格"）从狮身人面像的后面走出来。）

贝　格：一个人！

培　尔：我猜想，
　　　　刚才就是这个人，
　　　　在用德语讲！
　　　　（又记了一些笔记）
　　　　"后来得出了另外的结论，
　　　　一些新的观点和思想。"

贝　格：（很激动）
　　　　先生，
　　　　对不起！
　　　　En Lebensfrage——！②

---

① 德语。意思为"你是谁？"
② 德语。意思为"一个人生的重要问题"。

　　　　　请你讲一讲。
　　　　　是什么驱使你，
　　　　　今天来到了这个地方？

培　　尔：这里有位少年时代的老友，
　　　　　我要拜访。

贝　　格：那个狮身人面像？

培　　尔：对，
　　　　　我以前和他很熟，
　　　　　一同度过了难忘的时光。

贝　　格：太好啦！
　　　　　在如此烦人的一夜之后，
　　　　　见到你令我心生希望。
　　　　　我的头都要裂开了。
　　　　　先生，
　　　　　你认识他？
　　　　　他是谁？
　　　　　请您对我讲！

培　　尔：他是谁？
　　　　　这个问题容易回答。
　　　　　现在我就对你讲：
　　　　　他是他自己。

贝　格：(跳起来)
　　　　生命的谜底揭开了,
　　　　就像闪电在我眼前发亮。
　　　　你确定,
　　　　他是他自己?

培　尔：反正是他自己所讲!

贝　格：他自己!
　　　　令我茅塞顿开,
　　　　豁然开朗!
　　　　(脱帽)
　　　　请问尊姓为何?
　　　　大名怎讲?

培　尔：我受洗时的名字是,
　　　　培尔·金特。

贝　格：(无限仰慕)
　　　　培尔·金特!
　　　　就像寓言一样!
　　　　培尔·金特,
　　　　正如我所想!
　　　　换句话说,
　　　　这就更加明朗:
　　　　培尔·金特,
　　　　是世人不知的伟人,

才智非凡仪表堂堂!
我早就知道这位救世主,
会降临这个地方!

培　尔：你该不是专门为了会见他,
特地来到这个地方?

贝　格：培尔·金特!
深刻,
神秘,
震人心房,
热情奔放!
你语重心长,
每句话里都埋藏着宝贵的思想!
你是干什么的?
请对我讲!

培　尔：(谦逊地)
我总想保持自己的本色,
不会对你装模作样。
喏,
这是我的护照一张。

贝　格：又是那个巨大的谜,
其中奥秘深藏!
(抓住培尔的手腕。)
到开罗去!
我找到了,

《启示录》①里的皇上!

培　尔:皇上?

贝　格:来吧!
　　　　我的皇上!

培　尔:人们真的认识我吗?
　　　　——在这个地方?

贝　格:(拽着培尔)
　　　　您是皇上。
　　　　《启示录》里所写的,
　　　　以自我为据的皇上!

第十三场

(开罗。一个方形的大院。大院的周围是高墙和房子。还有加上栅栏的窗和铁笼。)

(院里有三名看守,第四名看守正在走进来。)

第四名看守:沙夫芒,
　　　　　　告诉我,
　　　　　　主任去了什么地方?

---

① 《启示录》是《新约全书》的最后一篇。

一个看守： 今天一早他就走啦！
 走的时候天还没亮！

第四名看守：我想，
 准有啥事叫他不开心！
 昨天晚上……

另一看守： 住嘴！
 他在门口啦！
 别讲！
 （贝格瑞芬菲尔特带着培尔·金特上。他锁上门，把钥匙放进自己的口袋。）

培　尔： （自言自语）
 他的话我连一句也不懂。
 他准是才高学广！
 （环视周围。）
 这就是学者俱乐部吗？
 学者们聚会的地方？

贝　格： 对，
 一个也不少，
 每个会员都在这个地方。
 七十名会员，
 近来增加了一百六十。
 全来了，

济济一堂!
（叫看守）
米克尔、
史令白格、
夫斯、
沙夫芒!
你们赶快钻进笼子!
不要延宕!

众看守：怎么?
我们?

贝　格：当然是把你们关上!
世界已经颠倒沧桑!
我们也要这样!
（把看守们推进笼子。）
伟大的培尔,
今天光临敝方。
从中可以悟出什么?
你们仔细想想!
我不再多讲。
（锁上笼子，把钥匙抛到井里。）

培　尔：博士先生,
主任先生,
敝人诚恐诚惶。
……

贝　格：我既非博士，
　　　　亦非主任分管一方。
　　　　我曾充当，……
　　　　可是现在，……
　　　　培尔先生，
　　　　您能否将我的秘密保藏？
　　　　我必须向您
　　　　倾诉衷肠！

培　尔：（更加不安）
　　　　什么衷肠？

贝　格：答应我！
　　　　听了不会晕倒，
　　　　不会跌在地上！

培　尔：我尽量……

贝　格：（把培尔拉到角落，低声说。）
　　　　昨晚刚到子时，
　　　　绝对理性不治身亡。

培　尔：仁慈的上帝呀！

贝　格：是的，
　　　　这事确实令人悲伤！

因我所处的地位,
尤其这样!
直到目前,
这个地方,
被称为疯人院,
就是禁锢疯子的地方。

培　　尔:疯人院?!

贝　　格:现在不是了!
您想想!

培　　尔:(面如白纸,压低声音)
我总算明白了,
这是个什么地方!
此人是疯子。
但没人知道他已疯狂!
(走开)

贝　　格:(跟在培尔后面)
我希望,
现在你把一切,
全都看看清爽!
我说旧的理性已经死亡,
其实并不确切恰当!
旧的理性疯了,
它的灵魂离体飘荡。

　　　　　　就像敝国同胞孟浩森①，
　　　　　　所写的那只狐狸一样！

　培　　尔：对不起，
　　　　　　我要出去一趟——

　贝　　格：(抓住培尔)
　　　　　　旧的理性并不很像狐狸，
　　　　　　倒与一条鳗鱼相当。
　　　　　　如果用针扎穿它的双眼，
　　　　　　它就会在墙上翻滚摆荡！

　培　　尔：我怎样才能获救？
　　　　　　离开这个鬼地方！

　贝　　格：只要在他的喉咙上面切个口，
　　　　　　然后让他吃上一顿棍棒，
　　　　　　转眼之间他便灵魂出窍，
　　　　　　四处游荡！

　培　　尔：简直是疯子的胡言乱语，
　　　　　　信口雌黄！

---

① Karl Friedrich Hieronymus Münchhausen(1720–1791)，德国的游记作家。他曾写过自己将一只狐狸的尾巴射中，钉在了一颗树上，然后在它前额划了一刀，以取其整皮。结果，那只狐狸竟然"从自己的皮毛里溜出去了"。在这里，易卜生用这个比喻来形容人因愤怒而失去理智。

贝　格：现在一切都已明了，
　　　　再也无法隐藏。
　　　　要想灵魂出窍，
　　　　世界必须革命一场。
　　　　昨晚子时的钟声刚响，
　　　　曾被看作疯子的人们，
　　　　立即恢复正常！
　　　　在这理性的新时期，
　　　　判别的标准已经变样。
　　　　曾被认为头脑健全的人们，
　　　　在那同一时刻全都疯狂！

培　尔：说起时间，
　　　　我的时间宝贵非常！……

贝　格：你的时间？！
　　　　你让我的记忆，
　　　　颠倒了时光！
　　　　（打开门，大叫。）
　　　　来吧！
　　　　重生的时刻到了！
　　　　旧的理性已经死亡！
　　　　培尔·金特万岁！
　　　　万岁！
　　　　我们的皇上！

培　尔：可是，

亲爱的朋友……

（疯子们陆续来到院子里。）

贝　　格：可喜可贺的早上！
　　　　　来吧，
　　　　　来问候，
　　　　　让我们得救的曙光！
　　　　　你们的皇上，
　　　　　已经驾临此方！

培　　尔：皇上？

贝　　格：对，
　　　　　皇上！

培　　尔：可是这样的荣耀我不敢当！
　　　　　这超出了我的想像！
　　　　　……

贝　　格：在这庄严的时刻，
　　　　　不要故作谦让！

培　　尔：给我点时间，
　　　　　让我仔细想想。
　　　　　不，不行，
　　　　　我不能胜任，
　　　　　你把我搞得晕头转向！

贝　格：您曾破解了斯芬克斯的谜!
　　　　怎会晕头转向?
　　　　一个保持自己本色的人,
　　　　怎会晕头转向?

培　尔：没错,
　　　　我在各个方面
　　　　都保持了自己的本色真相。
　　　　但问题就在这个地方:
　　　　看来这里的人,
　　　　全都失去了自己的本色真相!

贝　格：失去?
　　　　不,
　　　　您恐怕弄错了!
　　　　不是这样!
　　　　正是在这地方,
　　　　人们最能保持本色真相。
　　　　而且是纯粹的本色真相!
　　　　我们的帆船,
　　　　满张"自我"的风帆启航。
　　　　每人都把自己关在,
　　　　"自我"的桶里摇晃。
　　　　浸泡于"自我"的汁汤。
　　　　再把这些木桶的桶口,
　　　　全用"自我"的塞子堵上!

　　　　　没人为了别人的痛苦掉泪，
　　　　　没人在乎别人怎么想。
　　　　　无论思考还是说话，
　　　　　人们都是"自己怎样怎样"。
　　　　　并且要把自己无限扩张！
　　　　　既然我们需要一位皇上，
　　　　　那就应该是您——
　　　　　这个最最合适的人选来当！

培　尔：这真是见鬼！

贝　格：每件新的事物总有开头，
　　　　　您不要心灰气丧！
　　　　　来，
　　　　　让咱碰碰运气怎样？
　　　　　找些"自我"的例子，
　　　　　证明我的思想。
　　　　　（对着身边一位愁眉苦脸的人）
　　　　　胡胡，
　　　　　你好！
　　　　　你还那么愁眉不展，
　　　　　一脸苦相！

胡　胡：我有什么办法？
　　　　　一代一代的男女都已死亡。
　　　　　一个个种族的语言随之消亡。
　　　　　（对着培尔·金特）

您是陌生人，
　　　可以吗？
　　　请您听我讲。

培　尔：（鞠躬）
　　　当然可以。

胡　胡：那么，
　　　请听我讲：
　　　在东方，
　　　马勒巴的海岸，
　　　就像花环上的花冠一样！
　　　葡萄牙人以及荷兰人，
　　　在那里升起文明的曙光。
　　　当地的土著马拉巴人，
　　　就住在这些洋人的近旁。
　　　土著人将语言混杂，
　　　现在又主宰着那个地方！
　　　远古的时候，
　　　一只猩猩曾经统治那里，
　　　绝对称霸一方。
　　　按照天地自然的法则，
　　　他有时打架有时发狂！
　　　任意咧嘴哈哈笑，
　　　连打哈欠臭气扬。
　　　哈欠完了又咆哮，
　　　吼声碰壁听回响！

他是猩猩的首领,
在森林之中俨然国王!
但是,
外国人来了!
森林的语言失去了,
它原始的单纯铿锵。
四百年的黑夜长又长!
笼罩着猩猩的子孙后代,
毁掉一切萌芽的向前向上!
古老的原始森林,
再也不闻噪音迴响!
没人咆哮;
没人胡乱吵嚷。
若要表达自己的思想,
就得借助语言文章。
何等的拘束!——
葡萄牙人以及荷兰人,
必须这样;
马拉巴人以及混血儿,
也必须这样!
我曾为了我们,
真正的森林语言斗争反抗。
争取保持叫嚷的权利,
让土语起死回生可谓良方。
我自己就用土语叫嚷。
我还证明,
民歌民谣也该包括叫嚷。

然而我的斗争,
总是徒劳一场!
现在您当明白,
我为何如此心痛气丧。
感谢您倾听我的诉说,
极愿领教您的高见良方!

培　尔：(轻声地)
书里说,
如果遇到嚎叫的狼,
你就同它们一起嚎叫,
那样才能安然无恙。
(大声)
亲爱的朋友,
你听我讲:
如果我没记错,
在摩洛哥的某个地方,
有一种猩猩,
既无通晓多语的翻译,
也无本族的诗者游唱。
他们的语言经典动听,
和你的马拉巴语很像。
像你这样伟大的领袖,
假如自愿到彼流放,
为你的同胞做点事情,
岂不更显高尚?

胡　胡：感谢您聆听我的诉说。
　　　　我将按您的建议去走一趟。
　　　　（做夸张的手势）
　　　　东方践踏了它的游唱诗人，
　　　　西方有种猩猩待我寻访。
　　　　（下）

贝　格：你看，
　　　　他是不是个"自我"的例子？
　　　　我看就是这样！
　　　　他满心所想全是"自我"，
　　　　他把"自我"无限扩张！
　　　　他的每句话里，
　　　　都是只有"自我"的思想！
　　　　——正是因为他的灵魂
　　　　已离体飘荡，
　　　　过来！
　　　　我再给你看个人。
　　　　昨天晚上，
　　　　他的神经恢复了正常。
　　　　（对背着"木乃伊"的一个农民）
　　　　喂！
　　　　贤明的君主，
　　　　阿皮斯王！
　　　　近来怎样？

农　民：（疯狂地对着培尔·金特说）

我是阿皮斯王？

培　尔：（躲到贝格的身后）
　　　　对不起，
　　　　我真的不太了解情况。
　　　　不过，
　　　　根据你的语气，
　　　　我想……

农　民：你也在扯谎！

贝　格：陛下想谈谈形势吗？
　　　　请讲！

农　民：好！
　　　　我就讲一讲。
　　　　（转身对着培尔）
　　　　你看到他了吗？
　　　　在我的背上！
　　　　它就是当年的阿皮斯王！
　　　　如今，
　　　　人们称它"木乃伊"。
　　　　他早已死亡！
　　　　他盖了所有的金字塔，
　　　　还凿出了伟大的狮身人面像！
　　　　并且如同博士所讲，
　　　　阿皮斯王，

第四幕

曾对土耳其人，
左冲右突，
奋战沙场！
所以整个埃及，
全都把他尊为上帝，
供奉公牛
——他的偶像！
而我就是阿皮斯王！
此事千真万确绝不扯谎！
若你一时难以接受，
当可理解当可原谅。
但是很快你将恍然大悟，
认定我是阿皮斯王！
有一天，
阿皮斯王打猎游逛。
他突然翻身下马，
只身跑进我家的祖田，
找了个地方……
阿皮斯王施过肥的田里，
长出的庄稼穗饱粒大糯且香！
我从小到大，
都在吸收这些庄稼的营养！
如果还要证据，
有只看不见的犄角，
长在我的头上！
面对如此铁证，
竟然没人承认我是君王。

　　　　　　　实为欺君犯上！
　　　　　　　从血统传承来讲，
　　　　　　　我是阿皮斯王。
　　　　　　　但在人们的眼里，
　　　　　　　我只是农民的形象。
　　　　　　　现在请您赐教：
　　　　　　　我应该怎样，
　　　　　　　才可以像个阿皮斯王？

培　　尔：陛下必须修建金字塔。
　　　　　　雕一座更大的狮身人面像。
　　　　　　并且遵照博士所言，
　　　　　　去同土耳其人打仗！

农　　民：嗯，
　　　　　　这当然是个好主张。
　　　　　　但我只有简陋茅房。
　　　　　　我像饿着肚皮的虱子一样，
　　　　　　勉强能把老鼠赶出茅房。
　　　　　　不成！
　　　　　　朋友，
　　　　　　请再想个更好的主张！
　　　　　　让我和背上的、
　　　　　　阿皮斯王一模一样！

培　　尔：陛下，
　　　　　　我建议你去上吊悬梁。

然后在这大地的怀抱里，
　　　　　装着死去的模样。

农　民：好！
　　　　我就这样！
　　　　给我一条绳子，
　　　　我把它绕在脖子上。
　　　　上吊踢凳之初，
　　　　我也许感到不适不爽。
　　　　可是过不了多久，
　　　　便会平静如常！
　　　　（走开，并准备上吊。）

贝　格：培尔先生，
　　　　这才叫人格高尚！
　　　　真是很有办法的人，
　　　　令我刮目相望！……

培　尔：当然！
　　　　但他竟然真的上吊悬梁！
　　　　啊！
　　　　上苍！
　　　　我要病啦！
　　　　头昏脑胀。

贝　格：这是过渡时期，
　　　　时间不会太长！

培　尔：过渡？
　　　　过渡到什么地方？
　　　　我走了，
　　　　请原谅！……

贝　格：（抓住培尔）
　　　　你疯啦？

培　尔：还没疯。
　　　　疯狂？
　　　　老天啊，
　　　　不要让我精神失常！
　　　　（一阵喧哗。一个名为侯赛因的大臣从人堆中挤出来。）

侯赛因：我听讲，
　　　　今天来了一位皇帝。
　　　　（对着培尔）
　　　　是您吗？
　　　　皇上！

培　尔：（绝望地）
　　　　是的。
　　　　这好像、
　　　　已是定局一场！

侯赛因：那么这样：
　　　　有几个文件，
　　　　您得把您的御名签上。

培　尔：（抓头发）
　　　　好吧！
　　　　全部拿来我都签上！
　　　　越是疯狂，
　　　　就做得越像样！

侯赛因：陛下是否可以赏光？
　　　　拿着我，
　　　　去把墨水蘸一蘸！
　　　　（深深鞠躬）
　　　　我是一支笔，
　　　　就用我把名签上！

培　尔：（腰弯得更深）
　　　　那我显然就是，
　　　　皇家无用的羊皮纸一张。

侯赛因：我的陛下，
　　　　简短地讲，
　　　　我的故事是这样：
　　　　我是一支笔，

不是人们所说的沙箱。①

培　尔：笔先生，
　　　　简短地讲，
　　　　我的故事是这样：
　　　　我是白纸一张，
　　　　无人书写其上。

侯赛因：没人知道，
　　　　我最适合干哪行。
　　　　他们都只想用我，
　　　　来把沙子撒纸上。②

培　尔：我曾是一本有着银夹的祈祷书，
　　　　属于一个女人所藏。
　　　　我们都是同样的印刷错误：
　　　　无论我们疯狂还是正常！

侯赛因：想一想，
　　　　作为一支笔，
　　　　而又永远不和刀刃碰上。
　　　　真是让人元气大伤！

培　尔：（高高跳起）

---

① 古时候的人写字后会在纸上撒沙子，为的是让墨迹干得快一些。
② 这里暗指他虽然是名义上的有权之人，但在现实里，他只是被动地批准别人已经起草好的决定。

　　　　　　想一想，
　　　　　　当个驯鹿有多爽！
　　　　　　从悬崖纵身跳下，
　　　　　　降呀降呀降，
　　　　　　蹄子却总也不和地面碰上！

侯赛因：身为老笔我已钝，
　　　　请举快刀对我晃！
　　　　快来切我削我，
　　　　若不把我削尖，
　　　　世界就将灭亡！

培　尔：我为世界忧伤。
　　　　上帝本以为，
　　　　他所创造的世界如同天堂：
　　　　几乎完美无缺。
　　　　但却不是这样！

贝　格：这里有把刀。

侯赛因：（把刀夺过去）
　　　　啊！
　　　　现在我可以，
　　　　把墨水舔个精光。
　　　　哦，
　　　　用刀来抹自己的脖项。
　　　　这是何等的快乐，

何等的荣光!
（用刀抹自己的脖子。）

贝　格：（到一边让开）
何必溅我一身血,
弄脏我的衣裳!

培　尔：（越来越害怕）
握住他!

侯赛因：对,
握住我!
握住笔,
纸在桌上!
（倒下）
我完啦!
不要遗忘!
还有一段跋,
这样讲:
他是一支被人挥动的笔,
一直到死亡。

培　尔：（晕乎乎地）
我该做啥?
我是什么?
我的上苍!
老天爷,

紧紧握住！
你要我怎样，
我就怎样：
一个土耳其人、
一个罪人、
一个山妖魍魉！
我求你相帮：
我心里的什么，
正在爆炸轰响？！
(大声喊叫)
你的名字……
我竟然遗忘！
…………
啊！
救救我！
疯人的保护者，
快来帮我忙！
(培尔精疲力竭，昏倒在地。)

贝　格：(拿着用干草编成的王冠，跳过来，两腿张开，跨坐在培尔身上。)
嘿！
看他坐在泥土的宝座上，
灵魂已经离体飘荡！
我们给他加冕吧！
把王冠戴在他的头上！
(把草编的王冠戴在培尔头上，喊叫。)

自我的皇上万岁!

万岁,自我的皇上!

沙夫芒:(在铁笼中)

Es lebe hoch der grosse Peer!①

---

① 德语。意思为"伟大的培尔万岁!"

第五幕

第一场

（在一艘航行于北海的轮船上。远处是挪威的海岸。黄昏时分，大风大浪。）

（培尔·金特站在船尾。他已是一位两鬓苍苍但精神抖擞的老者。他一身的装束是半航海式的：水手的短上衣，海员的长靴。但衣裳有些破烂。他饱经风霜历受磨难，因而他的神态比以往冷酷！船长和舵手在掌舵。船员们守在前舱。）

培　尔：（两臂靠在船的栏杆上，凝望海岸。）
　　　　看呀！
　　　　哈林士卡尔夫，[①]
　　　　穿着考究的冬装。
　　　　这老头喜欢炫耀自己，
　　　　尽管已是暮色苍茫！
　　　　后面是他的弟弟约克尔，[②]
　　　　仍将冰青色的大氅，

[①] 挪威哈林岱尔的一座大山。
[②] 哈林士卡尔夫山西面的一条大冰川。

披在身上。
他们的后面是夫盖孚昂。①
她像个一身素净的处女,
躺在那里纯洁高尚!
你们这些老家伙,
可别跟我耍花腔!
你们都待在那里,
不要移动摇晃!
永远定在那里,
你们只不过是石头山岗!

船　长:(对前舱喊叫)
两个人掌舵!
把桅灯吊上!

培　尔:风刮得好猛好狂。

船　长:今晚风暴就要来啦!
狂风巨浪!

培　尔:在海上,
能看见龙德山吗?

船　长:看不见!
因为冰川阻挡!

---

① 也是一条大冰川。

培　尔：能否看到布拉杭？

船　长：那也看不见。
　　　　可是如果天空晴朗，
　　　　站在船桥上，
　　　　远处的格得贺皮根，[①]
　　　　可以看得很清爽！

培　尔：哈尔泰根在哪儿？

船　长：（用手指着）
　　　　喏！
　　　　就在这个方向。

培　尔：对！
　　　　就是它！

船　长：看来您很熟悉，
　　　　这一带的情况。

培　尔：我出国的时候，
　　　　乘船经过这些地方。
　　　　俗话说，
　　　　最后的记忆最难忘。

---

① Galdhøpiggen 是挪威最高的山，海拔2469米。

（啐了一口唾液，继续凝视海岸。）
人们就在那些蓝色的峡谷里，
日作夜息种田牧羊。
沿着峡湾的山谷阴暗狭长。
一条一条的峡谷，
从陆地伸向海洋。
（看着船长）
这一带散布着，
彼此相距很远的住房。

船　　长：这是走上好多里路，
　　　　　也不见人烟的地方！

培　　尔：日出以前能上岸吗？

船　　长：差不多。
　　　　　除非夜里雨暴风狂。

培　　尔：西边的天空有些吓人。

船　　长：是这样。

培　　尔：噢，
　　　　　结账时请您提醒一下，
　　　　　我要酬谢船员和船长。
　　　　　送点小礼略表衷肠。

船　长：那就费心啦。

培　尔：只是小意思。
　　　　我淘金赚了不少银两。
　　　　可惜所剩不多，
　　　　眼下又逢时运不济，
　　　　财路阻障。
　　　　你知道，
　　　　我带了多少东西在船上。
　　　　那就是我的全部家当！
　　　　别的都被魔鬼搜刮精光。

船　长：也不算少呀！
　　　　你把船上的这份家当，
　　　　带回家乡，
　　　　乡亲们都会对你刮目相望！

培　尔：家里没人啦！
　　　　我这回头浪子，
　　　　没人将我守望！
　　　　这样也好，
　　　　上岸后无需滞留船旁，
　　　　不会泪如雨淌！

船　长：看！
　　　　风暴来了。

培　尔：记住，
　　　　你们这儿有谁缺少银两，
　　　　我可不是吝啬鬼，
　　　　一定会给你们帮忙！

船　长：您真大方！
　　　　他们都很穷，
　　　　几乎人人都缺金钱银两！
　　　　家里都有老婆孩子，
　　　　光靠这点工钱只能喝粥汤！
　　　　明天你若犒赏他们几个钱，
　　　　他们一定感恩不忘。

培　尔：刚才你讲：
　　　　他们都有老婆孩子，
　　　　那么全都结了婚拜了堂？

船　长：对呀！
　　　　全都结了婚拜了堂！
　　　　最穷的要数船上的厨师。
　　　　他家常年缺粮。

培　尔：结婚了，
　　　　有家！
　　　　有人盼望！
　　　　他们一到家，
　　　　就有人为他们接风洗尘，

　　　　　是不是这样？

船　　长：是的，
　　　　　要洗尘。
　　　　　这是穷人家的洗尘，
　　　　　没啥花样！

培　　尔：如果他们某天晚上回到家，
　　　　　那会怎么样？

船　　长：那我想，
　　　　　老婆一定弄点好吃的，
　　　　　让他们喝辣吃香！

培　　尔：还会把油灯点亮？

船　　长：也许要点两盏灯；
　　　　　还有老酒可以尝！

培　　尔：把炉里的火拨旺。
　　　　　一家人团聚一堂！
　　　　　孩子们围在身旁，
　　　　　热热闹闹，
　　　　　你言我讲！
　　　　　七嘴八舌，
　　　　　谁也听不清，
　　　　　别人说些啥名堂！

船　长：对呀！
　　　　很可能就是这样！
　　　　因此我才讲：
　　　　您有一付好心肠！
　　　　您在船钱之外，
　　　　还要再给他们一点银两。

培　尔：（用拳捶一下船舷）
　　　　你真以为我像傻瓜一样？
　　　　我才不会另赏他们银两！
　　　　我不会为了别人的孩子，
　　　　慷慨解囊！
　　　　我多年当牛作马，
　　　　才弄到这点金钱银两！
　　　　他们有家可回，
　　　　却没人把我盼望！

船　长：好吧，好吧，
　　　　钱是你的，
　　　　随你的主张。

培　尔：那当然！
　　　　这钱就是我的，
　　　　旁人休想沾光！
　　　　船一抛锚，
　　　　咱就把船费结算清爽。

起点巴拿马，
终点就在这个地方。
然后我请每个船员，
喝杯小酒润肠。
此外，
一个钱也不赏！
我如果赏了，
你就给我一拳，
——在我的嘴巴上！

船　长：我要给你的是收据，
　　　　不是什么拳头在嘴上！
　　　　哦！
　　　　失陪了。
　　　　风越刮越狂。
　　　　（他在甲板上向前走。天黑下来。舱里点起了灯。海面不断升高。阴云密布，雾气茫茫。）

培　尔：能够享受天伦之乐……
　　　　心心相印欢聚一堂……
　　　　可没人把我念想！
　　　　他们的亲人欢迎他们回家，
　　　　把炉火拨旺油灯点亮。
　　　　我要灭火熄灯，
　　　　叫他们没有一点亮光！
　　　　对！
　　　　我得想个办法。

把他们灌得东倒西晃！
让这些混蛋醉成烂泥回家！
推开门骂爹骂娘！
把桌子拍得轰隆隆响！
吓得老婆孩子一片惊慌，
夺门而逃连哭带嚷！
我要让他们的幸福泡汤！
（船剧烈晃动。培尔步履蹒跚，很难站稳。）
好大的浪！
海干得这么欢畅！
好像多掀一个浪，
就多赚一些银两！
北方的大海，
总是这么凶狂！
动不动就耍脾气，
这样地反复无常！
（倾听）
是谁在尖叫？
这么响……

值班人：（在前舱）
下风有船触礁啦！

船　长：（在中舱，下命令）
右舵！
迎着风浪！

大　　副：那条船上有人吗？

值班人：我看到三个在船上。

培　　尔：快！
　　　　　放一条救生艇。
　　　　　快放！

船　　长：划不过去，
　　　　　到不了那个地方！
　　　　　（向前走去）

培　　尔：还像话吗？
　　　　　（对船员）
　　　　　谁有胆量，
　　　　　就该挺身而上！
　　　　　去搭救他们，
　　　　　浑身湿透又何妨？！

水手长：划不过去，
　　　　这么大的浪！

培　　尔：他们又在求救啦！
　　　　　风小点啦！
　　　　　厨师，
　　　　　你就辛苦一趟。
　　　　　我会给你奖赏！

厨　师：我不冒这个险！
　　　　即使赏我二十镑！

培　尔：你们这些胆小鬼，
　　　　这些饭袋酒囊！
　　　　那些人也有老婆孩子，
　　　　在等着他们回家。
　　　　跟你们一样！

水手长：忍耐是美德。
　　　　他们兴许遇难呈祥！

船　长：躲开暗礁！
　　　　千万不能碰上！

大　副：那条船沉下去啦！

培　尔：突然如此沉静——
　　　　没有声响！

水手长：你认为他们都已结了婚。
　　　　那么因为这场风浪，
　　　　又有三位寡妇守空房！
　　　　（波浪更加汹涌。培尔·金特走向船尾。）

培　尔：人们的信仰，

早已死亡!
基督的教义,
像是白纸一张!
善良罕见丑恶平常!
人们久已不再祈祷,
不对上帝表示景仰!
上帝于是发怒显威,
掀起滔天的巨浪!
那些混账,
应把这句格言,
牢牢记在心上:
"玩火是个危险的勾当!"
但是他们却要嘲弄上帝,
于是浪猛船毁人亡!
可我没罪,
一直敬畏上苍!
我能证明,
刚才我手里拿着银两,
时刻准备着帮忙。
我能得到善报吗?
能否挺过这次风浪?
我当然知道:
"只要凡事问心无愧,
便可高枕无忧于床。"
在岸上,
的确这样。
可是在这船上,

尽是坏蛋混账，
好人难得碰上！
在船上，
就不能保持自己的本性真相，
只能随同坏人，
一块儿溺水身亡！
因此如果恶报，
来到水手和厨师的头上，
我也不能幸免，
结局也和他们一样！
因此根本谈不上，
一个人的遇难呈祥！
你以为你是什么？
你同别人一样！
你也不过是，
机器挤出的一根香肠！
但是，
我不该过于谦让！
即使谦让一辈子，
好运也难被你碰上！
要是年轻一些，
我会改变主张。
将命运握在我掌。
不过现在我还不算太老，
尚可修改自己的主张！
过不了多久，
一个消息就会传遍四方：

培尔·金特，
从海外回到了家乡！
他曾万里远航！
我要使用所有的手段，
收回我的农庄！
我要把它修葺一新，
让它如同宫殿一样！
谁也不许擅自进入，
只许低头站在门旁！
一帮穷鬼摆弄手里的破帽，
站在门口向我鞠躬讨赏。
那是他们合该如此，
怎么可以要我供养？！
我什么也不给，
不给他们分币一张！
我曾在苦难之中颤抖恐慌。
现在应该轮到我来观赏：
别人如何颤抖恐慌！

一个陌生乘客：（站在黑暗中，就在培尔·金特身旁。友好地向他打招呼。）
晚上好！

培　尔：　啊！
晚上好！
您是谁？

陌生人：我是和您同船的客人，
　　　　和您一道远航。

培　尔：是吗？
　　　　我以为我是唯一的客人，
　　　　——在这船上。

陌生人：那是您的误会，
　　　　其实并非这样！

培　尔：那我以前怎没见过您？

陌生人：白天我不登上甲板，
　　　　从早到晚待在船舱。

培　尔：您病了吗？
　　　　脸像白纸一样！

陌生人：一点儿没病，
　　　　我很健康！

培　尔：可怕的风浪！

陌生人：大风大浪也是好事一桩！

培　尔：好事一桩？

陌生人：大浪高如房，
　　　　我心里真爽！
　　　　请您想一想：
　　　　这将掀翻多少船？
　　　　多少尸首冲到海滩上？！

培　尔：仁慈的主啊！

陌生人：您是否见过，
　　　　有人被绞被掐被淹而亡？

培　尔：这话好像有点过火——
　　　　不太恰当！

陌生人：尸首全都龇牙笑，
　　　　但都笑得很勉强！
　　　　而且他们中的大多数，
　　　　都会将自己的舌头咬伤。

培　尔：喂！
　　　　走开吧！
　　　　我不想听您再讲！

陌生人：我有一个问题：
　　　　假如今晚这船毁于大浪，
　　　　在黑暗之中沉降。
　　　　您将怎样？

培　尔：您认为咱们十分危险吗？

陌生人：这我说不上！
　　　　可是假如我能得救，
　　　　但您溺水而亡。……

培　尔：胡扯！

陌生人：我是说假如那样……
　　　　当人一只脚已经跨进坟墓，
　　　　他会突然变得心软大方！

培　尔：（摸摸衣袋）
　　　　啊！
　　　　你要我的钱！

陌生人：不！
　　　　我不要你的钱。
　　　　阁下能否把您的尸首献上，
　　　　送给我来派上用场？

培　尔：岂有此理！
　　　　太荒唐！
　　　　太嚣张！

陌生人：别的不要！

为了科学研究，
我恳求，
我希望：
您把自己的尸首献上！

培　尔：滚开！
你这混账！

陌生人：朋友，
请您想一想：
这对您将是好事一桩！
我会把您的尸首剖开亮相；
我要研究，
人体的哪个地方，
产生梦想？
我要研究您的每个部位，
切片化验绘图写文章！

培　尔：滚开！

陌生人：亲爱的先生，
火气不要这么旺！
只不过一具尸首，
怎么如此吝啬，
不愿割爱相让？！

培　尔：你这亵渎神明的混账！

是在趁灾打劫,
跟着风暴一起猖狂!
你是否精神失常?
这样的大风大雨大浪,
很可能大难就要降临头上!
可你却在冒犯上苍,
好让灾祸来得更快更狂!

陌生人:我看您此刻的心理状况,
这件事不宜再讲!
不过,
兴许您能回心转意,
满足我的愿望!
(友好地向培尔点点头。)
若是船沉之前,
你我不能碰上。
就等沉了之后再讲。
那时,
兴许您能豁然开朗!
(走进舱)

培　尔:此人居然不信上帝。
碰上这个学究真不吉祥!
(对正走过去的水手长)
朋友,
刚才那个客人是谁?
是否精神失常?

水手长：据我所知，
 　　　　只有您，
 　　　　这个唯一的客人在这船上！

培　尔：唯一的？
 　　　　不好了，
 　　　　真糟糕！
 　　　　（对着刚从舱里出来的水手）
 　　　　刚才是谁进了船舱？

水　手：是船上的那条狗，
 　　　　刚刚进舱。
 　　　　（继续走）

值班人：（大声喊起来）
 　　　　前面就是陆地啦！

培　尔：快把我的大箱小箱，
 　　　　全部搬到甲板上！

水手长：我们有更加重要的事情。
 　　　　等会儿再来搬你的大箱小箱！

培　尔：船长：
 　　　　先前我是跟你玩笑一场。
 　　　　放心，

> 我会接济那位厨师,
> 为他慷慨解囊!

船　　长:三角帆被风刮掉啦!

大　　副:那是前桅帆!
　　　　这风真狂!

水手长:(从前舱喊叫)
　　　　船首遇到大浪!

船　　长:船被撞破啦!
　　　　(船的撞击声。一片嘈杂、混乱。)

第二场

(离开海岸不远,在暗礁乱石之中,轮船正在下沉。烟雾迷茫里,似乎看到一条小船。小船上有两个人。一个浪头把水打进小船,小船翻了。一阵喊叫声。再后是寂静。再过一段时间,小船的龙骨浮上水面。)

(培尔·金特在距离翻了的小船不远的地方,从水下冒出头来。)

培　　尔:救命啊!
　　　　我要淹死啦!

赶快来帮忙!
派一条救生船来!
把我载上!
主啊,
救我!
《圣经》里面就这么讲!
(培尔紧握小船的龙骨。)

厨　师:(从小船的另一边冒出头。)
亲爱的上帝,
可怜可怜我的孩子们,
别让我溺水而亡!
发发慈悲,
把我救到岸上!
(牢牢抓紧翻转的小船。)

培　尔:你撒手!

厨　师:你才该撒手!

培　尔:我揍你!
你这个混账!

厨　师:我也揍你!

培　尔:我要把你踢开,
让你溺水而亡!

撒开手,
这船经受不了两人的重量!

厨　师：我知道,
所以你该放手滚到一旁!

培　尔：你滚开!

厨　师：你休想!
（两人搏斗。厨师一只手受伤,另一只手还紧紧抓住船。）

培　尔：放开那只手!

厨　师：求您饶我一命,
看在上帝的份上!
我家还有那些孩子,
你替他们想一想!

培　尔：我还没有孩子,
所以我更需要活在世上!

厨　师：放手吧!
我还年轻,
但你已将人间的一切品尝!

培　尔：放手!

　　　　　　快放！
　　　　　　不然咱俩全都溺水而亡！

厨　师：发发善心吧！
　　　　看在上帝的面上！
　　　　让我活吧！
　　　　你死了何妨？！
　　　　没人哀哭没人泪淌！
　　　　（手滑落了；大喊。）
　　　　我就要淹死啦！

培　尔：（抓住厨师）
　　　　我抓住你的头发，
　　　　赶紧念你的祷告词，
　　　　快讲！

厨　师：眼前一片漆黑。
　　　　我已遗忘！

培　尔：那就拣最最重要的讲！

厨　师："今日赐给我们——"①

培　尔：跳过这句，厨师。

---

① 整句祷告词是："我们日用的饮食，今日赐给我们。"出自《新约全书》马太福音6:11。

你所需的都会如愿以偿!

厨　师：“今日赐给我们——”

培　尔：怎么还是那句话!
　　　　显然你是个厨师,
　　　　别的什么都不在行!
　　　　(厨师的手脱开了。)

厨　师：(下沉)
　　　　"今日赐给我们——"
　　　　(没顶)

培　尔：阿门!
　　　　小伙子!
　　　　你直到死亡,
　　　　都是你自己。
　　　　(爬上翻掉的小船)
　　　　有命就有希望!

　　　　(陌生人出现,抓住小船。)

陌生人：早上好!

培　尔：哎哟!

陌生人：我听到,

　　　　　您大声嚷嚷。
　　　　　真有意思，
　　　　　又跟您碰上！
　　　　　喏，
　　　　　这下应了我先前所讲！

培　尔：把手放开！
　　　　　快放！
　　　　　这船只能、
　　　　　容我一人待在其上！

陌生人：呵，
　　　　　我可用左腿游水，
　　　　　使身体向上。
　　　　　只要用指尖勾在，
　　　　　小船的一道缝上，
　　　　　就不会溺水而亡！
　　　　　而您眼下的尸首问题，
　　　　　不知阁下怎么想——？

培　尔：闭嘴！

陌生人：别的人全都溺水死亡！

培　尔：不要再讲！

陌生人：不急，

您再仔细想想!
（静默）

培　尔：哦？

陌生人：我可没再讲。

培　尔：你这个魔鬼!
你这个混账!
究竟想要怎么样？

陌生人：我在等待，

培　尔：（扯自己的头发）
您到底是谁？!
简直让我精神失常!

陌生人：（点点头）
一个朋友。

培　尔：还有呢？
讲!

陌生人：您怎么想？
您能记起谁，
和我相像？

培　尔：只有魑魅魍魉!

陌生人：(温和地)
　　　　当恐怖压迫心海,
　　　　生命变得黢黑无光,
　　　　难道指路的明灯,
　　　　会由魔鬼充当?

培　尔：照你所讲,
　　　　你是我的福星。
　　　　守护在我身旁?

陌生人：朋友,
　　　　您可曾感到,
　　　　恐怖使你颤晃;
　　　　比如讲,
　　　　每隔半年有一趟!

培　尔：危险来到头上,
　　　　我会发抖颤晃!
　　　　可你刚才所讲,
　　　　好像另有名堂!

陌生人：朋友,您这辈子,
　　　　可曾有过一趟,
　　　　在惊慌之中获胜,
　　　　得到力量?

培　尔：（望着陌生人）
　　　　若您真是前来指引，
　　　　早该来到我的身旁！
　　　　眼下，
　　　　我可能就要沉入海洋。
　　　　您姗姗来迟，
　　　　能派什么用场？

陌生人：难道舒适地守在炉旁，
　　　　您对胜利的信心，
　　　　就会更强？

培　尔：谁知道？
　　　　很难讲。
　　　　不过您的话，
　　　　没有说清爽，
　　　　您觉得那样的话，
　　　　就会让我信心加强？！

陌生人：在我们那个地方，
　　　　会心的微笑，
　　　　就如同情绪失控的状况。

培　尔：一切都要因时因地看身份。
　　　　有句俗话这样讲：
　　　　适合征税的职员的，

但对主教可能很不恰当。

陌生人：往昔的死者安息坟场，
　　　　他们不会故作感伤。

培　尔：你这个妖怪！
　　　　滚开！
　　　　滚开！
　　　　我不会死亡！
　　　　我能爬到岸上！

陌生人：您不用挂心牵肠！
　　　　第五幕才演到一半，
　　　　你不会中途死亡！
　　　　（逐渐消失）

培　尔：他终于自我曝光！
　　　　原来他是个没趣的说教者，
　　　　叫卖陈词滥调的货郎！

第三场

(山顶教区的一块墓地。葬礼正在进行。牧师和前来参加葬礼的人群正在唱最后一段圣诗。培尔·金特在墓地的围墙外路过。)

培　尔：(在大门前停下来。)
又有一人踏上,
每个凡人必经的最后一段路。
感谢上苍,
我还没有踏上!
(走进墓地)

牧　师：(站在墓旁)
今天,
他的灵魂去见上帝了。
躯壳就像泥土一样,
在此平躺。
亲爱的朋友们,
在这葬礼上,
让我把这死者的人生旅程,
给你们讲一讲。
他既不富有,
才智也不位于众人之上。
他既不勇敢,

也不魁梧强壮。
他优柔寡断,
经常顾虑彷徨!
见人羞羞答答,
甚至羞红了面庞!
即使待在自己家,
连个主人也不像!
他悄悄溜进这座教堂,
仿佛哀求我们应允,
让他一同祈祷颂唱。
他年轻的时候,
就从谷博朗山谷,
迁来我们这个地方。
我相信大家都还记得,
他总把右手揣入衣袋的模样。
这个微小的特征,
以及腼腆羞涩的脸庞,
还有局促不安沉默少言,
就是他给人们留下的印象。
尽管他就像一个陌生人,
尽管他走在孤独的路上,
然而我们都知道,
他那藏在袋里的手上,
只有四个指头,
缺了一个搭档!
我还记得,
多年前的一个早上,

因为战争激烈,
隆德这个地方,
大举征兵开赴战场。
人人皆知那时国家危险
像在风雨之中摇晃!
上尉坐在桌子的中间,
市长还有军人坐在两旁。
壮丁一个一个走来,
查体测高再秤重量。
合格之后登记宣誓,
编队入伍换上军装。
房屋里人头攒攒;
庭院中笑声朗朗。
自愿参军的青年待在庭院,
七嘴八舌评短论长。
军士叫出一个姓名,
一位青年应声而上。
他脸色煞白就像山顶积雪;
破布缠在一只手上。
军士令他走到桌前,
上尉的提问使他慌张。
他上气不接下气,
结结巴巴嘟嘟囔囔。
欲言又止语无伦次,
两颊彤红心情紧张。
他终于清晰地吐出几句:
一把镰刀从他手里一滑,

砍到一个指头上。
掉了一个手指,
敷药扯布缠上。
说到这里,
一片寂静只听钟摆嘀嗒响!
人们立刻交换眼色,
撇起嘴唇投以轻蔑的目光。
沉默就像石块,
落在这位青年的身上!
接着,
头发斑白的上尉,
迅速站起挺立桌旁。
啐了一口唾液,
指着前方厉声讲:
"出去!"
"滚出这间房!"
人们纷纷向后靠,
青年穿过人群中的狭路,
快跑离开现场!
他往山里飞跑,
穿过树林爬过山冈。
他家位于深山,
家里有他的老娘。
半年以后,
他离开深山僻壤。
带着娃娃和未婚的妻子,
还有他的老娘。

他在山坡上面租了地,
自己动手盖了房。
这儿离开洛莫① 不远,
周围一片荒凉。
之后他便结了婚,
娶了娃娃的亲妈作新娘。
他在那片不毛之地,
扶犁迎朝阳,
荷锄披星光。
直到石头堆里,
绿油油的庄稼苗壮。
沉甸甸的籽实金黄。
每当他进教堂,
那只右手便在袋里藏。
可在自己的那块田里,
九个指头种出的小麦杂粮,
就像十个指头种出的一样!
一年春天山洪暴发,
大水冲毁他家的房。
幸好全家保住了命;
可是财产冲个精光!
他着手重建家园,
采石伐木手搬肩扛。
秋季来临他在山上,
一处更加安全的地方,

---

① Lomb 洛莫是挪威南部的山区。

盖好一栋炊烟袅袅的茅房。
虽然躲开了山洪,
但却难躲雪暴风狂!
不到两年,
暴雪又埋了他的茅房!
然而就连雪暴风狂,
也不能战胜他的顽强!
他铲掉了积雪,
清除了碎石乱桩。
伐下一堆一堆的圆木,
扛进山洞储藏。
就在严冬来临之前,
一座崭新的农舍,
屹立山冈!
他有三个男孩,
活泼聪明健康。
他们的学校离家很远,
经常要走的小路狭如羊肠。
还要经过堆雪结冰的陡坡,
一不小心就要跌伤!
他该怎么办呢?
老大翻山越溪,
自己走到学堂。
遇到实在艰难的地方,
他就用条绳索,
拴在老大的腰上。
另外两个一背一抱,

父子四人每天这样!
他终年辛苦操劳,
三个孩子终于硬了翅膀!
全都远走高飞万里,
成了美洲的阔佬富商!
对于孩子们的报答,
他很有理由指望。
然而孩子却把、
故乡的老爹彻底遗忘!
也忘了当年老爹怎样、
让他们受到良好的教育,
让他们茁壮成长!
这个人目光短浅,
超不出家庭的小框框。
他对社会的声音充耳不闻。
无论轻吟还是巨响,
都不能搅起他的心浪!
他对周围的一切熟视无睹,
全都投以模糊的目光。
管它什么祖国,
管它什么民族,
管它什么光辉的理想!
但是这人十分谦虚,
待人接物处处谦让。
自从他被轰出,
隆德那处征兵的地方,
耻辱的印记,

就已烙在他的心上。
深深的耻辱感，
明显得就像
他那两颊红胀。
就像他把缺指的手，
放在衣袋里面隐藏。
他触犯了法律吗？
的确这样！
但有样东西却在法律之上——
就像太阳照耀下的、
格里特亭山峰① 那样，
在银光闪闪的山顶之上，
还有云彩飞翔。
他不是爱国志士，
也并非社会栋梁。
然而在那荒凉的山野，
他把家庭放在生命的中央。
他在亲人中间，
在那简陋的茅房，
他却十分伟大，
是根顶天的栋梁！
因为在他的家里，
他显出了自己的模样。
保持自己真正的面目：
勤劳节俭忍耐慈祥。

---

① 挪威第二高山，海拔2451米。

他内在的素质率真，
直来直去从不装模作样！
他的一生就像、
在那无声的琴弦上，
奏出的一篇乐章。
一生默默无闻的战士，
安息吧！
在这寂静的坟场。
你这位农民，
饱尝辛酸历尽风霜，
一生犹如小小的战役一场。
你英勇作战最终阵亡。
我们不去探索这人的心灵，
和他受到的约束阻挡。
这不是凡人的责任，
该让天主去忙！
但是我坦诚地希望：
他面对上帝的时候，
将不再残废，
而是四肢健全仪表堂堂！
（参加葬礼的人散去。培尔·金特一人留下。）

培　尔：喏，
这才是基督教呀！
绝无令人难受的篇章。
牧师刚才所讲，
对我大有启发：

人应该永远保持、
自己真正的模样。
（凝视坟墓）
这是否就是那次，
我挥斧伐木建房，
在树林里面碰见的，
那位砍掉手指的少年郎？
唉，
谁知道呢！
若不是拄着拐杖，
站在这位朋友的墓穴旁，
说不定我会以为，
自己躺在那里进入梦乡。
倾听对我的颂扬！
一个人去世之后，
以宽厚的度量，
以赞许的目光，
去回顾他的一生，
评价他的晴雨风霜。
这是基督教徒一贯的做法。
应该肯定值得赞扬！
我自己就很愿意，
接受这样正直善良，
朴实无华的牧师，
对我评判对我颂扬！
不过，
掘墓人唤我归天之前，

估计我还有一段时光。
直到现在我才明白,
正像《圣经》所讲:
"最好的就是最好的。"
又讲:
"今日的困难今日担当。"
接下去又讲:
"死亡还没来临,
不要自寻苦恼忧伤。"
啊,
教堂真是唯一可得安慰的地方。
一位有识之士这样讲:
"你种什么就收什么。
种籽和果实永远一样!"
我现在刚刚领悟,
这话里的深厚蕴藏。
你要保持自己的本色,
无论行为还是思想。
不论大事小事,
自己都该有所主张。
对属于你的一切,
都要紧握手中常虑心上!
如果时运不畅,
只要遵循以上所讲,
仍会赢得人们的景仰。
现在回家吧!
启程前往故乡。

虽然前路坎坷，
晚运乖张，
老培尔·金特，
仍要走在自己的路上！
保持自己的本色：
贫穷，
但却高尚！
（下）

第四场

（一座小山。山下有一条干涸的河床。河边有一座坍塌了的磨坊。土地荒芜，满目疮痍。高处有一栋大的农屋。）

（屋前正举行拍卖。有一大批人聚在那里，声音嘈杂。许多人在喝酒。）

培　尔：（坐在磨坊旁的一堆垃圾上。）
　　　　往后朝前远近相同。
　　　　里途外道宽狭一样。
　　　　不待你我时流浩荡！
　　　　遇阻应按勃格所讲：
　　　　绕道而行或有指望！
　　　　慎计速为休要彷徨！①

---

① 以上6行译成了"抑扬整齐句"。

穿丧服的人①：现在，
　　　　　　只剩一堆垃圾散在地上。
　　　　　　（瞥见培尔·金特。）
　　　　　　陌生的客人来啦！
　　　　　　朋友，你好！

培　　尔：你好！
　　　　　　今天这地方，
　　　　　　真是一派节日景象。
　　　　　　是给小孩命名，
　　　　　　还是结婚拜堂？

穿丧服的人：宁可这样讲：
　　　　　　新娘过门，
　　　　　　大家聚会一场。
　　　　　　那位新娘，
　　　　　　正躺在爬满蛆虫的床上。

培　　尔：她的衣服正被蛆虫、
　　　　　　吃得破烂精光。

穿丧服的人：这就是收场。
　　　　　　生命故事的落幕收场。

---

① "穿丧服的人"就是铁匠阿斯拉克。他娶了茵格利德。现在铁匠在为茵格利德服丧。

培　　尔：　　　我在儿时便听长者讲：
　　　　　　　　每个故事都是自古便有，
　　　　　　　　它们的结尾全都一样。

二十岁的青年甲：（拿着一只铸勺）
　　　　　　　　看这个！
　　　　　　　　我刚买来的！
　　　　　　　　漂亮不漂亮？
　　　　　　　　培尔·金特曾用铸勺，
　　　　　　　　铸成银扣缝在衣上。

青年乙：　　　　看看我的！
　　　　　　　　我只用一个"席令"①，
　　　　　　　　就买了一只钱囊。

青年丙：　　　　这算什么？
　　　　　　　　我用了四点五个"席令"，
　　　　　　　　买了个小贩的货囊。

培　　尔：　　　培尔·金特？
　　　　　　　　他是谁？

穿丧服的人：　　我不知详。
　　　　　　　　只晓得他是死神的小舅子。

---

① "席令"（skilling）（不同于英国的"先令"），是挪威当时的货币单位，相当于现在挪威一克朗的一百分之三。

跟他沾亲的还有
阿斯拉克铁匠。

穿灰衣的人[①]：你醉了还是发疯？
竟然把我遗忘！

穿丧服的人：你忘了亥格镇的，
那处库房！

穿灰衣的人：哦，没错；
不过你一直不太讲究，
乡亲们都知道你的情况。

穿丧服的人：真希望，
茵格利德不要和死亡较劲，
只和它开个玩笑游戏一场！

穿灰衣的人：来吧，
和你的小舅子，
干上一杯一口喝光！

穿丧服的人：小舅子？
见鬼！
休得胡言乱讲！
你是否精神失常？

[①] 穿灰衣的人即马司·莫恩。

穿灰衣的人：血浓于水，
　　　　　　我可不是胡言乱讲！
　　　　　　咱俩和这培尔·金特，
　　　　　　不是表亲便是堂房！
　　　　　　（两人一同离开）

培　　尔：　（轻声地）
　　　　　　我确实见到老朋友了，
　　　　　　的确这样！

一个男孩：　（对穿丧服的人大声嚷嚷。）
　　　　　　阿斯拉克！
　　　　　　你若是还要用酒灌肠，
　　　　　　我那可怜妈妈的魂，
　　　　　　一定把你缠住不放！

培　　尔：　（站起来）
　　　　　　庄稼人讲：
　　　　　　"挖得越深，
　　　　　　气味越香。"
　　　　　　我看并非都是这样。

青年甲：（拿着熊皮）
　　　　　　看，
　　　　　　这是那只垛伏勒的猫！
　　　　　　只剩下皮囊。

圣诞夜它曾追赶山妖大王!

青年乙：(拿着驯鹿头骨)
就是这头驯鹿，
当年驮着培尔·金特，
奔驰在岩灛山梁。

青年丙：(手持铁锤，向对面穿丧服的人嚷嚷。)
喂!
阿斯拉克,
你瞧瞧这把铁锤!
当年魔鬼越墙,
你是否用它,
去跟魔鬼打仗?

青年丁：(空着手)
喂!
马司·莫恩,
这是那件隐身衣裳。
当年培尔·金特和茵格利德，
就是披着它一同横空逃亡。

培　尔：小伙子们,
喝点白兰地吧!
润润肠!
我老啦!
我要把我,

乱七八糟的家当,
全部拍卖光!

青年甲: 你有些什么家当?

培 尔: 在容德,
我有一座城堡。
它有高大牢固的围墙。

青年甲: 我出一个纽扣,
买你的城堡和那围墙。

培 尔: 那就再饶一杯酒!
价格要是再降,
那你就是罪恶一桩!

青年乙: 这个老头真有趣,
嘴真会讲!
(众人围过来)

培 尔: (喊叫)
我还有匹马——
戈兰妮!
谁给个价,
谁就骑上!

众人之一: 他能跑到多远的地方?

培　　尔：　他能去很远的西方，
　　　　　　一直到那太阳落下的地方！
　　　　　　我的戈兰妮，
　　　　　　他跑起来时快得就像，
　　　　　　培尔·金特说谎的速度一样！

几个声音：你还有什么家当？

培　　尔：　我有黄金闪闪亮，
　　　　　　也有破烂不像样！
　　　　　　买来的时候就有污点，
　　　　　　我要把价钱一降再降，
　　　　　　把它们赶快卖光！

青年甲：　都拿出来亮亮相！

培　　尔：　还有一本梦想中的祈祷书，
　　　　　　我一直把它珍藏。
　　　　　　谁愿出个扣环，
　　　　　　谁就能占有这个梦想！

青年甲：　让你的梦想见鬼去吧！
　　　　　我可不买你的梦想！

培　　尔：　还有我的帝国，
　　　　　　抛给你们去争抢！

第五幕

青年甲： 连王冠一起抛吗？

培　　尔： 一顶草编的王冠，
　　　　　　谁先戴上，
　　　　　　谁就是国王！
　　　　　　还有别的东西，
　　　　　　别忙！
　　　　　　没壳的鸡蛋，
　　　　　　疯子的白发；
　　　　　　还有先知的胡子，
　　　　　　可以粘在脸上！
　　　　　　草原上有个路标指方向。
　　　　　　上面写着"由此前行"，
　　　　　　以免行人踟蹰彷徨。
　　　　　　谁若对我讲，
　　　　　　路标在何方。
　　　　　　我就把所有的这些家当，
　　　　　　统统给他送上！

法律代表：（走来了）
　　　　　　老家伙，
　　　　　　你再这样卖你的家当，
　　　　　　我看那座路标只会把你、
　　　　　　引到监狱里去蹲牢房！

培　　尔： （手持帽）

479

很可能是那样。
不过，
培尔·金特是什么人？
请您讲一讲。

法律代表：没啥好讲。

培　　尔：麻烦您了，
我很想知道。
请讲！

法律代表：人们说他，
是个可恶的诗人，
最会信口雌黄。①

培　　尔：他是诗人？
最会信口雌黄？

法律代表：对，
他总是信口雌黄，
让人相信他干的事情，
伟大又雄壮。
啊，
朋友，

---

① 此处挪威语原文用了"digter"一词来形容培尔·金特。"Digter"的常用意思是"诗人"，但也有"擅长编造谎言的人"的意思。

对不起，
我很忙！
（下）

培　尔：　这个了不起的家伙，
现在何方？

一个长者：他出国了，
去海外闯荡。
可想而知，
他在那里肯定不顺当。
多年以前，
他被绞身亡！

培　尔：　被绞死了？
仔细想一想，
这也顺理成章。
已故的培尔·金特，
直到最终死亡，
始终保持自己的本色真相。
（鞠躬）
再见啦！
非常感激你们的热心肠！
（刚刚起步，又停下。）
你们这些快乐的小伙子，
你们这些美丽的姑娘，
听我讲段故事好吗？

想不想?

众　声：什么样的故事?
　　　　请讲,
　　　　请讲!

培　尔：很简单的故事,
　　　　很平常。
　　　　(走近他们,脸上的表情奇特。)
　　　　我曾在旧金山,
　　　　淘金闯荡。
　　　　在那里,
　　　　魔法师们满街满巷。
　　　　一个人用脚拉提琴。
　　　　另一个人跪在地上,
　　　　居然跳起西班牙舞,
　　　　倒也像模像样!
　　　　我还听人讲：
　　　　有个人吟诗朗朗。
　　　　身边一个家伙,
　　　　竟在他的脑壳上,
　　　　用锉钻出一个凹塘!
　　　　可他还是继续吟唱。
　　　　有一天,
　　　　魔鬼来到集市上。
　　　　也想试试运气怎样。
　　　　他有学猪嚎叫的本领,

学得就跟真的一模一样!
大家全都认不出他,
他却吸引了大批观众入场。
场地里座无虚席,
人人热切盼望,
盼他粉墨登场!
正像德国俗语所讲:
"人总得打扮打扮自己。"
于是他把长袍披在身上。
长袍里面藏了一头小猪,
他抖擞精神拾阶登场。
表演开始,
魔鬼掐住小猪不放。
猪便滋啦滋啦叫响。
整个表演是一场、
表述猪猡一生的幻想乐章。
直到它在屠刀下尖叫收场。
表演完毕,
魔鬼面对观众鞠躬退场。
专家议论纷纷,
有的痛贬,
有的夸奖。
有人认为猪的叫声太细,
和那真正的猪叫不大像。
有人认为猪死之前的叫声,
过于做作夸张。
但是纷纭的意见,

却有共同的地方:
就是这场猪叫的表演,
作了过分的夸张。
这就是魔鬼得到的评价。
全是因为他愚蠢荒唐,
对观众没有正确的估量。
(说完之后,培尔·金特鞠躬下场。大家突然感到尴尬不安。沉默。)

第五场

(五旬节前夕。大树林的深处,一片空地上有一所茅房。门楣上挂着驯鹿的犄角。)

(培尔·金特趴在地上摘野葱头。)

培　尔:一种观点是这样。
第二种呢?
怎样?
你得把所有的观点,
全都试试想想。
然后选其最棒!
喏,
我就是这样!
我一度曾是罗马的皇上。
如今我是巴比伦王。

看来我还得把《圣经》的历史,
从头到尾的每篇每章,
都温习一遍了解其详。——
老小子又回到了妈妈的身旁!
毕竟《圣经》上讲:
"人是用尘土造的。"
生活中最最重要的,
就是填饱肚肠!
用葱头来填?
那可不成!
葱头不能代替肉和粮。
我得想想办法,
设下圈套、
捕些野味来尝。
至于水嘛,
正好附近有条小河流淌!
啊!
我在这里,
仍是主宰万物的王!
待我接近死亡,
我就爬到被风吹倒的树下。
像熊一样,
浑身盖满树叶而葬。
我要先在树干的表皮,
刻出几行大字百世流芳:
"培尔·金特在此埋葬。
他为人正派,

是万兽的皇上。"
皇上?
(自己笑起来)
你这个老傻瓜!
你是大葱头,
不是皇上!
我要剥你的皮啦!
亲爱的培尔,
你看怎么样?
祈祷呀!
哭呀!
祈祷声朗朗,
哭诉泪淌淌。
现在都没用,
派不上用场!
(拿起一个葱头,一层一层剥皮。)
这是最外的一层皮。
破了,
裂口好长!
就像抓住沉船的人,
即将溺水而亡!
下面是层干枯的皮,
就像瘦如枯草的乘客一样!
我来尝一尝。
嗯!
还是有点培尔·金特的辣和香!
里面这层就是淘金者了,

倒是和我很像!
它曾水分充足,
如今已枯再无昔日风光!
粗皮的这层就像,
哈德逊湾的岸上①,
那个谋取兽皮的打猎狂。
再里面的那层,
真像王冠一样!
好了!
谢谢!
这个葱头嘛,
恕我不敢品尝!
把它扔掉,
不必多讲!
啊!
这是一位考古学家。
个子不高但很强壮!
哟!
这是一位预言家。
新鲜多汁一掐便淌!
按俗话讲:
它通体发臭,
满嘴是谎!
能把诚实人的眼眶,
辣得泪水直淌!

---

①哈德逊湾在加拿大东北部。

下面这一层,
温文尔雅像个绅士一样,
多么自在欢畅!
再下面一层,
一副病相!
满身黑色条纹,
使人想到黑人,
或者修道士们的衣裳!
(一下便剥掉几层。)
可真有不少层啦!
再剥多少层?
葱心才会亮相?!
(把这只葱头掰碎。)
上帝呀,
没有葱心!
大自然真是幽默异常。
只是一层又一层,
越来越小向中央。
(把碎片抛掉。)
让所谓的"思想"见鬼去吧!
你一旦开始思想,
脚跟也就开始摇晃!
老实讲,
现在我的四肢稳稳当当,
全都趴在地上。
因而绝不担心跌倒受伤!
(搔搔后脑勺)

生命本身是个奇怪的勾当。

有人讲：

生命就像一只狐狸，

藏在你的耳朵后方；

你去抓他，

他却溜掉，

不知所向。

你抓到的，

往往不是你的期望。

或者甚至一无所得，

白白辛苦一场！

（他已走到茅屋附近。看看它，越看越吃惊。）

咦，

在森林里，

居然有这样一座茅房？

（揉眼）

我敢赌咒，

我曾见过这座房！

驯鹿的犄角挂在门楣上！

长尾人鱼雕在山墙上！

不要乱讲！

那不是人鱼，

而是铁钉扎在木板上！

还有一根门栓，

不让妖怪的邪念往里闯！

苏尔维格：（在茅屋里唱歌）

培尔·金特

    降灵的节日转眼即至,
    亲爱的情侣流落远方。
    何日你才决定返航?
    是否肩扛沉重的行囊?
    暂且放下休息片刻,
    不必匆忙不要累伤!
    很久以前我就应允:
    一定等你回到身旁!①

培　尔:(挺起身体,一言不发,脸色煞白。)
    一人牢记;
    一人遗忘。
    一人坚信;
    一人迷茫。
    我心沉重,
    生命不能重来,
    游戏已经收场!
    我心惶惶,
    我的帝国,
    就是眼前的这个地方!

---

① 以上译成了"抑扬整齐句"。

第六场

（夜晚。荒原上有着一片一片的杉树林。大火曾将这里的森林焚烧。一眼望去，周围几里地全是烧焦的树干。地面的上空飘浮着一团团白色烟雾。）

（培尔·金特从荒原对面跑来。）

培　尔：烬灰烟雾白；
　　　　浮屑风尘黄。
　　　　入眼黑木炭；
　　　　涉足灰泥浆。
　　　　看似皆无用，
　　　　加工可建房！
　　　　灰泥腐烂臭气熏天，
　　　　就像白糊糊的坟场！
　　　　这座想象中的金字塔，
　　　　是用幻境、梦想，
　　　　和智慧的死胎，
　　　　奠基作桩。
　　　　台阶楼梯的材料是谎！
　　　　"远离真理永不改悔。"
　　　　就像旗帜在此飘扬！
　　　　让世界末日的号角吹响：
　　　　"这里的杰作是谁所创？
　　　　伟大的培尔·金特皇上！"

(听)
我听见孩子们的哭声,
好像半哭半唱!
线团在我脚下滚,
(踢线团。)
去!
别挡我的路,
去别的地方!

几个线团:（在地上滚。）
我等是思想。
你早就该把我们念想!
敏捷的小脚,
你早该给我们装上!

培　尔:　（绕道而行）
我曾将生命赋予了思想,
但这有了生命的思想,
却是两腿畸形,
走起路来摇晃。

线　团:　本该在天空挥翼翱翔。
穿云展翅颤声歌唱。
现在成为灰色的线团,
我们只好滚在泥塘!

培　尔:　（被线团绊了一下。）

线团，
你们这些讨厌的混账！
是否存心绊倒你们的父亲？
想让我倒在地上？
（急忙跑掉）

落　叶：　　（随风飞舞。）
我等如同标语口号，
你早该把我们标榜。
全都怪你生性懒散，
害得我等飘落枯黄。
昆虫咬断每根经络，
树不结果白忙一场！

培　尔：　　尽管这样，
你们没有白白来到世上！
就在那儿静躺，
尚可充当树木的营养！

空中的叹息：我们都是歌曲。
你早该将我们吟唱！
我们曾把希望，
寄托在你心房。
百次千回地企盼，
终于不再幻想！
我们被你窒息。
我们被你杀光！

愿你喉中藏毒，
再也发不出声响！

培　　尔：　是你们喉中藏毒，
你们这些愚蠢的诗行！
我哪有多余的时光？
去听你们无聊的押韵铿锵！
（转身想走近路）

露　　珠：　（露珠从树上滴落。）
我们像是泪水，
但从来不会流淌！
我们能够化开，
尖锐冷酷的冰霜。
如今冰刺残留在、
我们倔强的胸膛。
伤口虽然封上，
但我们没有了力量！

培　　尔：　多谢！
我曾在容德哭过，
眼泪汪汪。
但他们还是把一条尾巴、
装在我的屁股上！

折断的麦秸：我等是善行一桩桩。
你早该将我们执行推广。

你的怀疑压迫着我们,
害得我们身心受创!
末日来临终审的那天,
麦秸的故事我们要讲。
当庭宣布你的罪状!
现在你该收敛勿狂!

培　尔：你们这些邪恶的混账!
我根本没有你们所谓的罪状!
你们竟然贬我骂我,
把我冤枉!

奥斯的声音：(从远处传来)
你这个赶车人,
真是太不像样!
竟然让我跌在雪地上,
弄脏了我的衣裳!
培尔,
你搞错了方向!
那座城堡究竟在何方?
魔鬼让你上了当,
让你迷失方向头晕脑胀!

培　尔：我想,
还是赶快溜掉,
离开这个地方!
我自己的罪状,

已经让我够呛！
　　若是还得替那魔鬼，
　　承担一份罪状，
　　那我必将沉入山下的泥塘！
　　（下）

第七场

（荒原的另一个角落。）

培　尔：（唱）
　　　　教堂司事在何方？
　　　　致悼庸师讲稿长！
　　　　礼貌缠黑悲老友，
　　　　紧随棺木到坑旁。①

（铸纽扣的人带着工具箱和大铸勺从小路上来。）

铸纽人：晚上好！
　　　　老汉吉祥！

培　尔：晚上好！
　　　　你也吉祥！

---

① 培尔所唱译成了"七言绝句"。

铸纽人：先生要去哪儿？
　　　　这样匆忙！

培　尔：去送葬。

铸纽人：请问，
　　　　你是培尔吗？
　　　　我的眼力，
　　　　已不如往常！

培　尔：对，
　　　　我是培尔·金特。
　　　　刚从国外返乡。

铸纽人：真巧！
　　　　我今晚要接的，
　　　　正是培尔·金特。

培　尔：接我？
　　　　你要把我怎样？

铸纽人：你大概看得出来，
　　　　我所干的行当。
　　　　我是铸造纽扣的工匠。
　　　　我要你铸勺里面把身藏！

培　尔：藏那儿干嘛？

铸纽人：要把你熔化成浆！

培　　尔：熔化成浆？

铸纽人：对，
　　　　　正是这样。
　　　　　看，
　　　　　这把铸勺擦得锃亮，
　　　　　空空的等着把你放。
　　　　　挖好了你的墓坑。
　　　　　备齐了你的棺木灵床。
　　　　　蛆虫将在你的遗体上，
　　　　　大啃大吃大争大抢！
　　　　　我接到指令，
　　　　　把你的灵魂立刻带上，
　　　　　带到主人那地方。

培　　尔：事先也没打个招呼，
　　　　　你可不能这样！

铸纽人：自古分娩以及举丧，
　　　　　选好的日子，
　　　　　事先绝不声张！
　　　　　当事人从来就不知情况。

培　　尔：是呀！

那还用讲!
那么你是——?
唉!
我已晕头转向!

铸纽人：告诉过你啦!
我是铸造纽扣的工匠!

培　尔：我明白了。
受宠的孩子、
总有爱称昵称等等名堂!
好吧，培尔，
你就在那铸勺里面，
度过最后的时光!
但是，
我的好人，
这样的方式有点荒唐!
我的下场，
总该比这强!
我并非坏得如你所想；
我在世上，
也曾扶危救亡。
最多只能说我，
愚笨自私荒唐鲁莽。
但我决没有过滔天罪状。

铸纽人：我的好人，

　　　　　问题就出在这个地方；
　　　　　正是因为你的罪状，
　　　　　全都轻得没啥分量，
　　　　　所以没有逼你蹈火赴汤！
　　　　　而是落入我的这把铸勺，
　　　　　和那芸芸众生一样！

培　尔：随你怎么讲！
　　　　是勺是汤，
　　　　都一样！
　　　　淡啤黑啤都是啤酒；
　　　　嫩姜老姜都是生姜！
　　　　退去吧，撒旦！①
　　　　魑魅魍魉！

铸纽人：休得如此无礼！
　　　　竟然将我诬为魍魉！
　　　　难道你以为，
　　　　我的一只脚和那马蹄一样？！②

培　尔：不管马蹄还是狐爪，
　　　　无论你是否魍魉，
　　　　不要管我逼我！
　　　　赶快离开这个地方！

---

① 在《新约全书》马太福音4:10里，耶稣就对撒旦说："撒旦退去吧。"
② 民间有一种说法：魔鬼(撒旦)的一只脚是马蹄。

铸纽人：朋友，
　　　　你错得离奇荒唐！
　　　　既然咱俩都很忙，
　　　　我就简单扼要讲一讲。
　　　　如你自己所说，
　　　　你并未有过滔天罪状，
　　　　连个中等罪人也都算不上！

培　尔：你总算开始讲点道理，
　　　　不像刚才那样荒唐！

铸纽人：等一下，
　　　　别急别忙！
　　　　我如果说你是个正人君子，
　　　　那也对你过奖！

培　尔：这个我倒也从来没指望！

铸纽人：你奉行中庸之道：
　　　　不左不右不冷不烫。
　　　　目前鲜见绿林匪盗狂。
　　　　欲干那等勾当，
　　　　也需勇气力量！
　　　　绝非翻滚泥塘，
　　　　便可得道入帮！

培　　尔：你刚才所讲，
　　　　　乃是至理名言，
　　　　　闪烁智慧之光！
　　　　　欲干坏事，
　　　　　就得有绿林匪盗的骄勇暴狂！

铸纽人：朋友，
　　　　　你恰恰相反，
　　　　　和那匪盗不一样！
　　　　　你之所以犯罪，
　　　　　皆因轻举妄动遇事颠狂。

培　　尔：我的罪状，
　　　　　就表面上看，
　　　　　小得没啥分量！
　　　　　就像溅到身上的一点泥浆！

铸纽人：现在你我的观点越说越像！
　　　　　像你这样，
　　　　　只是沾了一点泥浆，
　　　　　那就不必抛进无底深渊，
　　　　　溺于热水沸汤。

培　　尔：朋友，
　　　　　既然这么讲，
　　　　　我就可以像我来时那样，
　　　　　自由自在地离开这个地方！

铸纽人：不!
　　　　朋友，
　　　　因为你的微小罪状，
　　　　我得把你熔化为浆!

培　尔：我出国这些年，
　　　　你们搞出了新名堂?

铸纽人：这个方法古已有之，
　　　　算不上什么新名堂!
　　　　目的在于节省原料，
　　　　控制耗材的总量。
　　　　你知道，
　　　　在咱铸造这个行当，
　　　　也常常会出废品，
　　　　开裂缺眼甚至奇形怪状!
　　　　比如讲，
　　　　铸出的纽扣没有眼，
　　　　如果是你，
　　　　你会怎样?

培　尔：当然扔掉。
　　　　还能怎样?

铸纽人：对!
　　　　你和你爹真像!

你爹约翰·金特，
只要还有几个金钱银两，
就会大肆铺张！
可是我的老板，
却是节俭成狂！
所以发了大财成为富商！
他把废物当作原料，
加工出售赚取银两。
你本该成为世上，
一件马甲上的纽扣，
迎着太阳闪闪发光！
但是你这纽扣没有洞眼，
所以作为废品熔于炉膛！

培　　尔：你总不会把我胡乱搭上，
随便哪个张三李四①，
就这么塞进炉膛？

铸纽人：正是这样！
此前已有多人入炉化浆！
在那造币的工厂，
对于磨损的硬币，
也是这样！

培　　尔：真是不折不扣的吝啬狂！

---

① 原文用了挪威的两个常用名：Per（佩尔）和 Pål（保尔）。

>亲爱的老朋友,
>请你放我离开这个地方!
>一个纽扣没有洞眼;
>一个硬币已被磨光。
>以你老板的财产来衡量,
>它们就像垃圾一样!

铸纽人:哦,
>但是你有灵魂,
>和别的废品不一样!
>多少有点价值,
>说不定可以派上用场。

培　尔:不成!
>我要拼到底。
>我要反抗!
>做什么都行,
>就是不当废品进炉膛!

铸纽人:可是不当废品又当啥?
>你怎这样不识相?
>就凭你这样,
>休想上天堂!

培　尔:我这人不难满足,
>并无过高的欲望!
>但是你休想,

要我拔根毫毛给你煎汤!
我愿按照古老的方式:
接受法律的裁判!
并不奢望,
要上天堂。
就让我在魔鬼那儿
熬过百年的时光。
那毕竟只是精神的惩罚,
虽然折磨的时间那样漫长!
我不会忍受不起,
我一定显出我的坚强!
正如《圣经》所讲:
"这是过渡时期,
前景灯火辉煌。"
或者就像,
童话中狐狸所说的那样:
"务必耐心等待,
时间不会太长。
得救的时刻就会到来,
好运就会降临头上。
你就退缩隐身企盼吧,
企盼美好的时光!"
而你给我的下场,
却是另外一番景象:
与别的东西熔为一体,
变成其中一丁点儿的分量!
让我培尔·金特,

　　　　　　了此一生熔于铸勺成浆。
　　　　　　我从灵魂深处,
　　　　　　直到肢体面庞,
　　　　　　都会进行反抗!

铸纽人：啊,
　　　　我亲爱的培尔,
　　　　对此等小事,
　　　　无需如此紧张!
　　　　其实,
　　　　你从未保持自己的本色真相。
　　　　如今,
　　　　你就是永远消亡,
　　　　那又与世何妨?

培　尔：我从未保持自己的本色真相?
　　　　啊!
　　　　我真要笑得眼泪汪汪!
　　　　难道培尔·金特,
　　　　是他人的什么形像?
　　　　你这个铸纽的工匠!
　　　　不!
　　　　你是闭着眼睛瞎讲!
　　　　要是你能洞察我的心房,
　　　　就能认清我的形象——
　　　　一个真正的培尔!
　　　　其它的一切短和长,

都不会进入你的眼眶!

铸纽人：这我做不到。
　　　　我是奉命来到这个地方。
　　　　瞧,
　　　　这道命令的黑字,
　　　　就写在白纸上:
　　　　"把培尔·金特带来。
　　　　为他安排的命运他竟违抗!
　　　　必须把他作为废品,
　　　　放进铸勺化浆!"

培　　尔：休要胡言乱讲!
　　　　命令上的"培尔"一定写错!
　　　　你们究竟在搞什么名堂?
　　　　可能是拉斯莫司或者约翰,
　　　　我却成了他们的替罪羊!

铸纽人：我早把他们熔化为浆!
　　　　不要浪费时间,
　　　　废话少讲!
　　　　你要从容温雅,
　　　　不要企图反抗!

培　　尔：我就是不干,
　　　　随你怎么讲!
　　　　也许明天你会发现,

培尔·金特确实是个替罪羊！
伙计，
还是谨慎为上！
这份责任有多大？！
请你好好想一想！

铸纽人：命令写得明明白白，
还要怎么想？

培　尔：那就给我一时半晌。

铸纽人：凭啥给你一时半晌？

培　尔：因为我要证明，
我每时每刻、
都保持自己真正的形象。
对吗？
咱们之间的分歧，
就在这个地方！

铸纽人：证明？
怎么个证法给我讲一讲！

培　尔：找个证人。
有凭有据有本账，
拿出事实对你讲！

铸纽人：我那老板可能不认账！
把你的凭据撇一旁！

培　尔：不可能！
俗话讲：
"一天的困难一天担当。"
朋友，
请准许我，
借用一下自己去一趟！
一会儿我就回到这地方！
我们毕竟只是出生一趟。
对于自己的生命，
总是恋恋不舍，
我想你也一样！

铸纽人：好，
那就这样！
不过别忘！
咱们即将再见。
下一个十字路口上，
我会突然站在你的身旁！
（培尔·金特快步跑下。）

第八场

（荒原的另一处角落。培尔·金特跑步上。）

培　尔：一本名著曾讲：
　　　　时间就是金钱银两。
　　　　真希望，
　　　　我知道下个十字路口，
　　　　是在什么地方，
　　　　也许近在眼前，
　　　　也许远隔万丈！
　　　　大地就像烧红的烙铁，
　　　　滚烫滚烫！
　　　　我要找个证人，
　　　　该到何处寻访？
　　　　广阔的荒野茫茫；
　　　　无边的森林苍苍。
　　　　这个世道真是糟糕透顶，
　　　　横看竖看都不像样！
　　　　我的权利原本就像白昼，
　　　　一眼望去一清二爽。
　　　　如今却要我去寻证，
　　　　证明我保持了自己的本色真相！

（一个老人弯腰驼背，挂着拐杖背着口袋，摇摇晃晃走到培尔跟前。①)

老　人：（停下来）
　　　　餐风宿露无家归；
　　　　雪地冰天何处藏？
　　　　行行好！
　　　　老爷吉祥。

培　尔：我没零钱怎么赏？

老　人：咦，
　　　　培尔驸马！
　　　　想不到咱们又碰上！

培　尔：你是谁？

老　人：你还记得吗？
　　　　——容德山庄。

培　尔：难道你是——

老　人：我正是垛伏勒的大王！

培　尔：垛伏勒大王！
　　　　真的？

---

① 这个老人就是垛伏勒的山妖大王。

　　　　　　是吗?
　　　　　　山妖大王!

山妖大王：正是!
　　　　　　不过,
　　　　　　我已今不如往!

培　　尔：破产了吗?

山妖大王：遇上了强盗,
　　　　　　什么都被抢光!
　　　　　　我如今到处流浪,
　　　　　　像一只饿狼!

培　　尔：太好啦!
　　　　　　吉人自有天相!
　　　　　　你正是我要寻找的人,
　　　　　　可以证明我的情况!

山妖大王：培尔驸马,
　　　　　　咱们分手以来岁月漫长。
　　　　　　你已见老,
　　　　　　不像当年那样健壮!

培　　尔：年龄不饶人啦!
　　　　　　我的好岳丈!
　　　　　　那好,

　　　　　　咱们私人之间，
　　　　　　特别是家庭内部的吵吵嚷嚷，
　　　　　　那就偃旗息鼓，
　　　　　　不要再打口水仗！
　　　　　　咱们初次见面时，
　　　　　　我还涉世不深行为鲁莽。

山妖大王：培尔驸马，
　　　　　　你那时气血方刚。
　　　　　　年轻人都有一股冲劲，
　　　　　　难免狂躁鲁莽！
　　　　　　你甩了你那新娘，
　　　　　　这事看来你没做错。
　　　　　　那时我却火冒三丈！
　　　　　　和她分开之后，
　　　　　　你不再因她丢脸；
　　　　　　不再因她沮丧。
　　　　　　后来，
　　　　　　你那新娘，
　　　　　　一直走在下坡路上！

培　　尔：真的这样？

山妖大王：现在她成了堕落的婆娘。
　　　　　　她的姘夫就是特朗。

培　　尔：哪个特朗？

山妖大王：瓦尔非岱的那个混账！

培　　尔：　喔，
　　　　　　原来是他！
　　　　　　我曾抢走，
　　　　　　他的三个牧牛姑娘！

山妖大王：可是我的外孙却不一样！
　　　　　　又高又大、事业辉煌。
　　　　　　到处都有他的崽子，
　　　　　　调皮捣蛋呼爹唤娘。

培　　尔：　岳丈！
　　　　　　这些细节不必再讲！
　　　　　　我有别的心事一桩：
　　　　　　一件麻烦的事情让我碰上！
　　　　　　急需找个证人替我开脱。
　　　　　　好岳丈！
　　　　　　给我帮帮忙！
　　　　　　作为回报，
　　　　　　我将请你去把美酒尝。

山妖大王：培尔驸马，
　　　　　　我真的能够帮上你的什么忙？
　　　　　　那你或许也能给我做证，
　　　　　　咱们互相帮忙？

培　　尔：那还用讲！
　　　　　但我手头有点紧，
　　　　　只能省吃俭用半饱肚肠！
　　　　　请您听我讲，
　　　　　究竟啥事一桩。
　　　　　你总记得我到容德那天，
　　　　　曾向你的公主求婚的情况。

山妖大王：驸马，
　　　　　当然记得，
　　　　　我没遗忘！

培　　尔：别再叫什么"驸马"，"驸马"！
　　　　　我说，
　　　　　那时你真凶狂。
　　　　　要挖我的眼珠，
　　　　　把培尔·金特
　　　　　变成山妖魍魉！
　　　　　那时我的表现怎样？
　　　　　我挺身挥手反抗！
　　　　　发誓谁也不依傍！
　　　　　放弃爱情王土权杖！
　　　　　我抛掉了一切的一切，
　　　　　为了保持自己的本色真相。
　　　　　我要你发誓给我证明的，
　　　　　就是以上所讲。

山妖大王：这，
　　　　　我可办不到。
　　　　　请你别勉强。

培　　尔：你说什么？
　　　　　什么勉强不勉强？

山妖大王：难道你要我来扯谎？
　　　　　当时你装上了山妖的尾巴，
　　　　　并且喝了我们的蜜酒佳酿！
　　　　　怎么这些你都遗忘？

培　　尔：对！
　　　　　你曾经诱我上当！
　　　　　可是关键时刻我没弯下脊梁！
　　　　　判断一个人，
　　　　　就该看他关键时刻的情况。
　　　　　正像一首诗歌那样，
　　　　　要看它的最后一行！

山妖大王：可是培尔，
　　　　　后来的结果怎样？
　　　　　与你所讲，
　　　　　恰恰相反大不一样！

培　　尔：你这是什么意思？

可别诽谤!

山妖大王：你离开我那王宫殿堂，
　　　　　逃回你的家乡。
　　　　　你把山妖的那句格言，
　　　　　写在了你的家徽上!

培　　尔：什么格言?
　　　　　怎讲?

山妖大王：就是那句山妖的话，
　　　　　它包罗万象!

培　　尔：哪句话?

山妖大王：正是这句话，
　　　　　把山妖和人类，
　　　　　区分得一清二爽!
　　　　　"山妖，
　　　　　只需为己私利至上。"

培　　尔：（退后一步）
　　　　　只需为己私利至上!

山妖大王：你好好想一想。
　　　　　自那以后，
　　　　　你正是按照这句格言所讲，

一直活在世上。

培　　尔：　什么？
我？！
培尔·金特？！

山妖大王：（哭泣）
你这个忘恩负义的混账！
你像山妖那样活在世上。
可是你却伪装正人君子，
不让别人知道真情实况！
我教给你的这句格言，
使你乖巧玲珑媚上。
从而名利双收事业辉煌！
如今你却跑来自我赞扬；
并且嘲弄这句格言，
和我这个山妖大王！

培　　尔：　只需为己私利至上！
一个山妖魍魉！
如果真是这样，
那就是纯粹的私己主义，
一个不折不扣的混账！
这全是胡说八道，
信口雌黄！
信口雌黄！

山妖大王：(拿出一叠旧报纸)
我想，
你一定认为，
我们不会办报写文章。
但是瞧！
红字印在黑纸上！
自从那年冬天，
你离开这个地方，
《巫山邮报》①上，
吹捧你的一系列的文章，
该是何等夸张！
《神山时报》②，
也是这样。
培尔，
署名"种马蹄"的这篇文章，
你读读怎样？
还有一篇《山妖的国家主义》，
也对你大肆赞扬！
作者这样讲：
要做个山妖，
并非外形模仿。
不管是否长了犄角。
或者装上尾巴摇晃，

---

① 原文是Bloksbergs-Posten。邮报的名称是德国北部的一座山Brocken。在民间传说中，此山乃巫神聚会之所。
② 原文是 Heklefjelds-Tidene。这份报纸的名称很可能指的是冰岛的一座火山，叫 Hekla 或 Hekkenfjel。在民间传说中，此山也是巫神聚会之所。

     只要还有一丝脸皮,
     那就做不成山妖魍魉。
     这篇文章最后讲:
     "只需为己私利至上。"
     这种精神的弘扬,
     可以把山妖的品格,
     移植到人类的身上!
     接着,
     作者举出培尔·金特,
     作为人们的榜样。

培　　尔:　我?
     一个山妖?
     他们这样讲?!

山妖大王:　对,
     他们确实这样讲。

培　　尔:　我还不如舒适安稳地,
     待在容德那个地方!
     省得东跑西逛。
     跑来跑去受尽折腾,
     劳命伤财浪费时光!
     培尔·金特,
     竟是山妖,
     真是弥天大谎!
     再见,

给你一枚硬币,
买烟叶去吧!
真是荒唐!

山妖大王：亲爱的培尔驸马——

培　　尔：不许你再这样嚷嚷!
你不是老年痴呆,
就是精神失常!
快到养老院里找张床!

山妖大王：我正要去那儿找张床。
我刚才对你讲,
我的重孙曾孙们,
在此腾踏如飞黄。
他们到处这样讲:
我们的太爷爷,
只是书里的人物,
神话中的山妖大王,
有人这样讲:
亲人是你最大的敌人,
无论是嫡是旁!
看来这话应验在我身上!
被人当作神话人物,
令我极其悲伤!

培　　尔：我的朋友,

　　　　　　　这种事别人也曾碰上！

山妖大王：我们山妖没有养老金。
　　　　　也没有捐款箱。
　　　　　并且没钱存在银行。
　　　　　在咱容德那地方，
　　　　　根本没有这些名堂！

培　　尔：对，
　　　　　在你们那个地方，
　　　　　唯一重要的就是那句话：
　　　　　"只需为己私利至上。"

山妖大王：培尔驸马，
　　　　　你无需抱怨，
　　　　　不必多讲。
　　　　　现在，
　　　　　要是你能对我伸手相帮——

培　　尔：我的朋友，
　　　　　大概你的嗅觉出了故障！
　　　　　我已穷困潦倒偏又遇狼！

山妖大王：不会吧！
　　　　　难道驸马你也落魄流浪？

培　　尔：彻底破产到处流浪！

连我这个"驸马"的身份，
也被典当！
这全怪你们这些山妖，
腐蚀人类的力量如此之强！
这雄辩地证明，
结交下等朋友绝无好下场！

山妖大王：又落空了，
我的这个指望！
再见吧！
我到城里去一趟。
混混再说看看怎样。

培　　尔：你进城干啥？

山妖大王：我想登台演上一场！
听说他们正在，
把招聘的告示登在报上。
本国的表演天才，
都有登台的希望。

培　　尔：祝你如愿以偿！
替我问候他们，
祝他们身体健康。
我若能够抽身，
也要和你一样：
粉墨登场！

我要写出一部喜剧，
写得趣味盎然寓意深藏。
它的名字将是这样：
《就这样消逝了，
世界的荣光。》
（培尔沿着小路跑走了。老人在他后面喊。）

第九场

（在一个十字路口）

培　尔：培尔，
　　　　好像你已无路可走，
　　　　重重艰险挡在前方！
　　　　落到这个下场，
　　　　都是因为山妖的那句：
　　　　"只需为己私利至上。"
　　　　你的船已经沉入海洋。
　　　　你得抓住一根木头，
　　　　或是浮起的什么也都一样！
　　　　就是别当废品扔进炉膛！

铸纽人：（在十字路口）
　　　　哦！
　　　　培尔·金特，

你的证明呢?
在什么地方?

培　尔：可真快呀!
你我又在十字路口碰上!

铸纽人：我一看到你的面庞,
就知道证明书里的情况。
这就像看路牌那么清爽。

培　尔：我已找得心力交瘁,
很容易迷路迷失方向!

铸纽人：你是否知道,
这条路通向何方?

培　尔：是呀!
通向何方?
在这大森林,
天地黢黑,
四下里没有一点亮光!

铸纽人：有个流浪的老汉,
就在不远的地方。
咱们把他叫过来,
你看怎样?

培　尔：不用啦!
　　　　他是个醉鬼东倒西晃!

铸纽人：他也许能够给你帮忙——

培　尔：不!
　　　　随他去吧!
　　　　他怎能给我帮忙?

铸纽人：那么,
　　　　咱们开始吧。
　　　　你看怎样?

培　尔：先提一个问题:
　　　　　"保持自己真正的形象",
　　　　这话究竟怎讲?

铸纽人：你这问题令我震惊,
　　　　你刚才还讲——

培　尔：长话短说。
　　　　请讲。

铸纽人："保持自己真正的形像"。
　　　　就是把你自己身上,
　　　　最坏的东西涤荡。
　　　　但你一定不懂,

什么叫作将罪恶涤荡。
长话短说繁衍简讲：
你要充分贯彻，
主的意旨主的思想！

培　尔：如果某人从来不知，
主的意旨主的思想。
那将怎样？

铸纽人：每个人都要凭直觉，
尽量领悟上苍！

培　尔：直觉不准，
出错常常，
误导往往。
若凭直觉走路，
那走到半路就会陷入泥塘。

铸纽人：的确这样。
但你如果没有直觉，
那么就给魔鬼留了空当。

培　尔：此事复杂异乎寻常！
看来证明培尔·金特，
"保持自己真正的形象"，
难以如愿以偿！
因此我宣布：

　　　　　　放弃自己先前所讲。
　　　　　　收起自己先前的愿望！
　　　　　　刚才我在荒原上，
　　　　　　突然感到良心被刺伤，
　　　　　　疼痛非常！
　　　　　　我对自己讲：
　　　　　　"对，
　　　　　　你是个罪犯，
　　　　　　罪行一桩又一桩！"

铸纽人：现在，
　　　　你又开始重复了，
　　　　把讲过的拿来再讲！

培　尔：不！
　　　　我指的是我犯了大罪！
　　　　犯在所想，
　　　　犯在所行，
　　　　犯在所讲。
　　　　我在外国异乡，
　　　　简直堕落到了无耻荒唐！

铸纽人：也许是这样。
　　　　可你并未拿出证明，
　　　　只是空口对我讲！

培　尔：给我一点时间，

让我离开这地方。
去找一位牧师，
向他坦白我的罪状。
忏悔自己的所作所讲。
然后把他的记录拿来，
让你仔细端详。

铸纽人：好吧，
就这样！
如果你能拿到，
证明一张，
那你便可以，
不进我的铸勺化浆。
可是，
培尔，
我接到的命令
却是这样——

培　尔：这张纸那么旧，
肯定是很久以前的主张。
我曾呆傻疯狂！
笃信命运星相。
我还扮成预言家，
信口雌黄骗人上当！
嗯，
我能否试一试？
——去证明我的罪状？

铸纽人：可是——！

培　尔：好朋友，
　　　　反正你也不忙。
　　　　这儿的空气新鲜清爽，
　　　　使人气舒血活长寿健康。
　　　　御司太达尔的牧师，
　　　　经常这样讲：
　　　　"几乎没人死在这个地方。"

铸纽人：那么就这样！
　　　　下一个十字路口再见。
　　　　时间不能拖得太长！

培　尔：无论怎样，
　　　　我要找位牧师。
　　　　哪怕用手铐，
　　　　也要把他铐到这个地方！

第十场

（遍开石楠花的山坡。沿着山脊的一条弯曲的小路。）

培　尔：有一趟，

培尔·金特

艾司本捡到喜鹊的翅膀①。
他这样讲:
"小小东西,
说不定能派大用场!"
谁能料到,
我一生的罪状,
到头来竟然就像,
我的救星一样!
不过,
我的处境环生险象!
有可能刚刚跳出油锅,
又将跌进火塘!
但是,
有一句谚语这样讲:
"只要一息尚存,
就有希望!"
此话十分灵验,
屡试不爽!
(此时,一个瘦子沿着山间小路跑下来。他身披笔挺的法衣,扛着一只捕鸟网。)
谁呀?
一位牧师?
肩扛捕鸟网!
太好啦!

---

①艾司本是北欧神话中的人物。他因为捡到一只死喜鹊,而娶到了一位漂亮的公主。

我今天运通气畅！
晚上好！
大人吉祥！
路不好走吧！
崎岖坎坷，
忽下忽上！

瘦　子：确实不好走。
但即使蹈火赴汤，
为了挽救一个灵魂，
我也要不惧艰险，
毅然前往！

培　尔：照你这么讲，
大概有人要升天堂？

瘦　子：哪里的话？！
我希望，
他去别的地方！

培　尔：是否可以同您一道走走，
作您的搭档？

瘦　子：那当然！
我正想找个旅伴聊聊家常！

培　尔：我有点心事要讲。

瘦　子：那就请讲！

培　尔：您会发现，
　　　　我正派善良、
　　　　奉公守法，
　　　　不偷不抢。
　　　　从未戴过手铐，
　　　　更没蹲过牢房！
　　　　可是再好的人，
　　　　有时也会失足跌伤！

瘦　子：谁也难免，
　　　　确实这样！

培　尔：您知道，
　　　　这些小小罪状——

瘦　子：你说，
　　　　是些小小罪状？

培　尔：是的，
　　　　我从未有过大的罪状。

瘦　子：照你这样讲，
　　　　伙计，
　　　　不来找我也无妨！

　　　　我并非如你所想！
　　　　你好像对我的手指有兴趣，
　　　　你看出了什么名堂？

培　　尔：您的指甲真发达，
　　　　——出奇地长！

瘦　　子：对我的腿脚也感兴趣吗？
　　　　你怎么看了又看反复打量？

培　　尔：（指着）
　　　　这个蹄子是天生的吗？

瘦　　子：是的，
　　　　可以这么讲。

培　　尔：（脱帽）
　　　　我刚才真的确信，
　　　　您是一位牧师。
　　　　却没想到能和您碰上！
　　　　真是再好不过。
　　　　俗话讲：
　　　　要是前门正殿敞开，
　　　　谁也不进后门偏房！
　　　　要是能见国王，
　　　　何必去同小吏交往？

瘦　子：握握手吧！
　　　　你这人倒也直爽！
　　　　看来对我没有成见，
　　　　反而欣赏。
　　　　那么我能帮你什么忙？
　　　　你别向我索要权势，
　　　　也别向我乞求金钱银两！
　　　　这些我都帮不上忙。
　　　　近来十分萧条，
　　　　什么生意都没碰上！
　　　　新的灵魂寥若晨星，
　　　　一个两个偶尔闪光！

培　尔：照您这么讲，
　　　　人类已有显著进步，
　　　　涤除了许多丑恶肮脏！

瘦　子：恰恰相反，
　　　　他们越来越糟糕，
　　　　越来越荒唐！
　　　　大多数人都在铸勺里面，
　　　　结束一生化为浆！

培　尔：我已听厌了铸勺化浆！
　　　　正是为此找您商量！

瘦　子：有啥心事请讲！

培　尔：若不嫌我冒昧，
　　　　是否可以求您这样——

瘦　子：替你找个像样的住房？

培　尔：我还没有开口，
　　　　您就猜中我的思想！
　　　　正如您所讲：
　　　　生意越来越不景气，
　　　　所以您也不必仔细考量！

瘦　子：可是，
　　　　朋友——

培　尔：我没有什么奢望！
　　　　甚至就连起码的生活费，
　　　　我也不想！
　　　　我只想您尽量待我友善，
　　　　与您为伴做个好搭档！

瘦　子：给你一间温暖的客房？

培　尔：可是也别过于暖洋洋！
　　　　若是可能，
　　　　我希望：
　　　　允我自由来往！

　　　　　而且让我有权搬走，
　　　　　倘若我苦尽甘来老运辉煌！

瘦　子：我的好朋友，
　　　　恐怕很难如愿以偿！
　　　　你尚且不知，
　　　　有着多少朋友和老乡，
　　　　知道他们将要离开人世，
　　　　都与你一样，
　　　　开出这样的条件，
　　　　来向我申请住房！

培　尔：可是考虑我的以往，
　　　　我认为我比他们，
　　　　更有权利申请住房！

瘦　子：不过，
　　　　你的罪状，
　　　　实在轻得没啥分量！

培　尔：也可以这样讲。
　　　　如果不计贩卖黑奴的罪状。

瘦　子：有些混账，
　　　　干过贩卖灵魂的勾当。
　　　　但是他们的生意一塌糊涂，
　　　　因此未能获得住房！

培　尔：我还曾向遥远的中国，
　　　　贩运印度教的偶像。

瘦　子：废话休讲！
　　　　这算什么罪状？
　　　　有人通过传教，
　　　　以及文学艺术的播扬，
　　　　贩卖过的东西更加肮脏！
　　　　即使这样，
　　　　他们还是不能得到住房！

培　尔：我还一度冒充预言家，
　　　　装神弄鬼信口雌黄！

瘦　子：在国外？
　　　　那根本算不上罪状！
　　　　干过这类乱七八糟事情的人，
　　　　多数进了铸勺化浆。
　　　　若你提出申请的根据，
　　　　只是一些鸡毛蒜皮的罪状，
　　　　那我再想帮忙，
　　　　怕也帮不上！

培　尔：那就听我讲！
　　　　我坐的那船沉入海洋，
　　　　我拼命抓住一只，

翻了的小船的船帮。
正如俗话所讲：
"有人即将溺亡，
就会抓住救命的稻草，
——哪怕希望渺茫。"
另外一句这样讲：
"人人自扫门前雪，
休管他人瓦上霜！"
在那危急的时刻，
我可以说是，
或多或少剥夺了船上，
那位厨师生还的希望。
致其溺水而亡！

瘦　子：你若或多或少，
剥夺了你的厨娘，
她的这样或者那样，
甚至侵犯她最宝贵的地方，
我也管不上！
刚才，
你那个关于厨师的"或多或少"，
意思并不清爽。
有些躲躲藏藏！
请问，
用这种含糊其词的方式，
谈论自己的罪状，
究竟有何考量？

目前如此匆忙,
谁愿听你的废话,
浪费宝贵的时光?
请不要怨我鲁莽!
我所嘲笑的并非是你,
而是你的罪状!
我的直言不讳,
还请多多原谅!
喂!
好朋友,
打消你的愿望!
爽爽快快,
准备进勺化浆!
若我给你饮食住房,
你将得到怎样的下场?
你是一个明白人,
请你仔细想想!
你的记忆都会保留,
可是你所回想到的一切景象,
无论用理智,
或者用感情来衡量,
它们都只不过——
像那瑞典人所讲:——
是"无趣的游戏一场接一场!"
你这一生,
既无值得一笑的欢畅;
也没值得一哭的悲伤。

　　　　　既没什么可以夸耀；
　　　　　也没什么令你绝望。
　　　　　既没什么使你愤怒；
　　　　　也没什么令你沮丧！
　　　　　你只不过从早到晚，
　　　　　忧心忡忡左思右想！

　　培　尔：有人讲：
　　　　　若不把鞋穿上，
　　　　　你就不知，
　　　　　这鞋哪里夹脚，
　　　　　哪里舒爽。

　　瘦　子：此话有理！
　　　　　多亏某人帮忙，
　　　　　我穿鞋无需一双！
　　　　　我很高兴，
　　　　　咱们谈到了鞋子上。
　　　　　这提醒了我，
　　　　　赶快离开这个地方！
　　　　　我正在寻找一块肉，
　　　　　希望这肉有汁多脂肪！
　　　　　我走啦！
　　　　　没有时间听你说，
　　　　　也没时间对你讲！

　　培　尔：请问，

　　　　　你的这位朋友，
　　　　　因何罪状！
　　　　　使他有汁多脂肪！

瘦　子：他无论白天或是黑夜，
　　　　　都保持自己真正的形象！
　　　　　归根结底，
　　　　　这是主要的一项。

培　尔：保持自己真正的形象？
　　　　　这种人归你管吗？
　　　　　是否由你鉴别？
　　　　　是否由你归档？

瘦　子：这很难讲；
　　　　　对于这些人，
　　　　　门至少是半闭半敞。
　　　　　记住，
　　　　　一个人可有两种方式，
　　　　　保持自己真正的形象。
　　　　　——就像衣服有正面反面一样。
　　　　　也许你已知道，
　　　　　巴黎有人利用阳光，
　　　　　给人留影照相。
　　　　　要么是直接拿到照片一张，
　　　　　要么是拿到底片——
　　　　　它颠倒了阴暗明亮！

——在常人看来丑陋异常。
但只要把它冲洗出来,
那就与景与人完全一样!
如果有条灵魂,
把自己拍成底片一张,
这张底片不会抛掉,
而是送到我的桌上。
我负责以下的过程,
使它变形变样:
把它浸到药水里,
使用配料和硫磺。
蒸它烤它冲洗它,
直到现出原来的模样!
这便成了照片一张。
可是,
像你这样的情况:
干了一些事情和勾当,
但却因为曝光不充分,
掩盖了部分的丑恶肮脏!
那就无论加上多少,
钾碱或硫磺,
也不能现出原来的模样!

培　尔：照你这么讲,
　　　　这些底片,
　　　　刚到你那地方,
　　　　全都黑得,

　　　　　就像乌鸦一样。
　　　　　而当他们离开你那地方，
　　　　　便全都白得，
　　　　　像那拔光毛的松鸡一样！
　　　　　请问，
　　　　　你现在冲洗的，
　　　　　是谁的一张底片？

瘦　子：这人名叫培得尔·金特①。

培　尔：哦！
　　　　　真是培得尔·金特？
　　　　　他是否保持了，
　　　　　自己真正的形象？

瘦　子：他赌咒发誓说，
　　　　　保持了自己真正的形象。

培　尔：这个培得尔·金特，
　　　　　十分可靠，
　　　　　值得交往。

瘦　子：你认识他？

培　尔：嗯，

---

① Peter(培得尔)和 Peer(培尔)是同根词。Peter 有许多变体，其中包括 Per 和 Peer。

稍有来往。
我认识的人各种各样。

瘦　子：我得走啦！
上次你在什么地方，
和他碰上？

培　尔：在海角。

瘦　子：好望角那个地方？

培　尔：是的。
不过我猜想，
他很快就要，
离开那个地方。

瘦　子：那我马上、
就要去那地方！
但愿我能和他碰上。
好望角！
那可不是好地方。
斯太旺格的传教士[①]，
在那儿结伙成帮！
（向南跑下）

[①] "斯太旺格"（Stavanger）是挪威西部的渔港。挪威曾派那里的传教士去南非传教。

培　尔：这个笨蛋！
　　　　瞧他那副傻相。
　　　　他将大失所望！
　　　　骗骗一头笨驴，
　　　　倒也能心情舒畅！
　　　　瞧他摆的臭架子，
　　　　简直就像老爷一样！
　　　　他有啥了不起？
　　　　只不过耍耍花腔！
　　　　他要靠这份差事谋取厚利，
　　　　则休想！
　　　　休想！
　　　　尽管他有许多花样，
　　　　他也会一头栽下，
　　　　从山顶跌入山下的泥塘！
　　　　可是，
　　　　我自己的屁股坐得也不稳当！
　　　　失去了"保持自己真正的形象"——
　　　　这一令人羡慕的身份；
　　　　失去了与其相伴的声望！
　　　　（一颗流星掠过天空。他向流星点点头。）
　　　　你好啊！
　　　　流星兄弟。
　　　　我怀着敬意仰望，
　　　　仰望你的片刻辉煌！
　　　　你划过长空，
　　　　闪闪发光。

但是仅仅一会儿,
你就燃烧殆尽,
失去光芒!
永远消失,
无处寻访!
(他好像有所畏惧,蜷缩起身体,越走越深入迷雾。他沉默了一会儿,然后大叫。)
难道宇宙里面,
就没一个人吗?
深渊里面和天上,
难道也没人吗?
(又走回来。把帽子摔到地上,抓自己的头发。渐渐又沉静下来。)
照这样讲,
一个人的灵魂,
可以凄惨地飘荡。
飘回到那
灰色的烟雾里去躲藏。
可爱的大地,
不要因我生气,
我一生踩你无数趟,
却没留下美痕一行。
美丽的太阳,
你浪费了你的光芒!
光芒洒向一间空屋,
屋主已经不知所向!
没人享受你赐的温暖,

无人感恩,
无人把你颂扬!
可爱的大地和太阳,
你们浪费了温暖和营养!
白白照亮了我娘,
白白哺育我成长!
精神界多么吝啬;
自然界多么大方!
一个人为了来到世上,
要付出的代价多么高昂?
最后竟要用生命抵偿。
我要攀上
顶峰的顶尖。
再次欣赏,
日出的壮丽景象!
我要把上帝赐予的
这块福地的风光,
看个足够仔细端详!
直到眼睛疲劳把眼合上!
最后让雪把我埋葬。
要把这样的一句话,
写在我的坟上:
"这里没有埋着什么人。"
然后,
管它什么水火风霜!
随它去吧!
我还能怎样?

善男信女：（教堂的善男信女，在小路上唱着。）
　　　　　　在这无比清新的早上，
　　　　　　天国喷洒的绚丽光芒，
　　　　　　就像燃烧的细剑，
　　　　　　轻抚地球的四面八方。
　　　　　　这幅壮美的景像，
　　　　　　乃是上天所赐的最好礼物，
　　　　　　让我们人类共享。
　　　　　　在这地球的四面八方，
　　　　　　赞美的诗歌越唱越响。
　　　　　　沿着上帝施舍的光芒，
　　　　　　歌声升向如锦的天堂。①

培　　尔：（心惊胆战，身体蜷缩。）
　　　　　　我不看！
　　　　　　那里是一片荒凉！
　　　　　　唉！
　　　　　　我在咽气之前，
　　　　　　其实早就死亡！
　　　　　（他企图钻入灌木丛，却穿到十字路口。）

铸纽人：早上好！
　　　　培尔·金特，
　　　　你的罪状清单，

----
① 善男信女所唱译成了"抑扬长短句"。

放在了什么地方?

培　尔：我到处都在吹口哨;
　　　　我到处都在叫嚷!

铸纽人：仍然什么人也没碰上?

培　尔：碰到一个旅行摄影师,
　　　　沿街叫喊:"照相!"

铸纽人：你的期限已到。

培　尔：万事期限已到。
　　　　猫头鹰在叫嚷!
　　　　它一定觉察到,
　　　　黎明前的微微光亮!

铸纽人：那是晨祷的钟声在响!

培　尔：(指着一方)
　　　　你看!
　　　　那是什么在发光?

铸纽人：不过是茅屋里的灯光。

培　尔：你听!
　　　　那是什么声音在响?

铸纽人：不过是一位女人在唱！

培　尔：啊，
　　　　就在那个地方，
　　　　我会找到、
　　　　自己所有的罪状——

铸纽人：（抓住培尔）
　　　　来！
　　　　去把你家收拾妥当，
　　　　准备上路！
　　　　（这时他们已走出灌木丛，站在茅舍的前面。天已黎明。）

培　尔：把我家收拾妥当？
　　　　对！
　　　　我家就在这个地方！
　　　　你给我走开！
　　　　你那把铸勺，
　　　　就是大到棺材那样，
　　　　也不能装下我和我的罪状！

铸纽人：那么我们就
　　　　相约在第三个路口上。
　　　　到那个时候，
　　　　看你还有什么可讲！

(转身走开)

培　尔：(走近茅舍。)
　　　　往后朝前远近相同。
　　　　里途外道宽狭一样。
　　　　(停下脚步。)
　　　　不!
　　　　我听到了心中的巨响!
　　　　这是强烈的,
　　　　无止无休的狂嚷!
　　　　它命令我进去!
　　　　要我回家!
　　　　要我回到亲人身旁!
　　　　(只向前走了几步,又停下。)
　　　　"要绕道!"
　　　　勃格这样讲。
　　　　(听到茅舍里传出的歌声。)
　　　　不!
　　　　无论路有多窄,
　　　　多么困苦难当,
　　　　这次我也要
　　　　走进这幢茅房!
　　　　(他向茅房奔去。这时苏尔维格走出来到门口。她一身进教堂的打扮:手帕里包着祈祷书,手里拿着一根拐棍。笔直地、安详地站在那里。)

培　尔：(趴倒在门口的台阶上)

　　　　　　　审判我吧！
　　　　　　　审判这个罪人！
　　　　　　　宣布我的罪状！

苏尔维格：是他，
　　　　　　是他呀！
　　　　　　感谢上帝慈祥！
　　　　　　（摸索着向培尔走去。）

培　　尔：大声讲一讲，
　　　　　　我那深重的罪孽，
　　　　　　我那无数的罪状！

苏尔维格：我唯一的爱人，
　　　　　　你没有任何罪状！
　　　　　　（又朝培尔摸索，终于摸着了。）

铸纽人：（在茅房后面）
　　　　　培尔·金特，
　　　　　清单呢？

培　　尔：快大声讲出，
　　　　　　我的罪状！

苏尔维格：（在培尔身旁坐下）
　　　　　　你让我的一生，
　　　　　　成为优美的歌唱！

　　　　　　你终于回到我的身旁!
　　　　　　愿上帝把福赐给你,
　　　　　　也赐给这个降灵节的早上!

培　　尔：这下我可完蛋啦!

苏尔维格：这要听从神的主张。

培　　尔：(朗笑)
　　　　　　我完蛋了——
　　　　　　除非你能破解一个谜,
　　　　　　我方能逃过劫难一场!

苏尔维格：请讲!

培　　尔：好!
　　　　　　可是你得破解出来对我讲!
　　　　　　这个谜,
　　　　　　是这样：
　　　　　　你上次见过培尔·金特之后,
　　　　　　他去了什么地方?

苏尔维格：你在问我,
　　　　　　他去了什么地方?

培　　尔：对!
　　　　　　命运的痕迹,

印在他的额头上。
一生的起伏,
在他的心底深藏。
从他按照上帝偶然的意志,
来到这个世上,
他到过哪些地方?
你知道吗?
能否对我讲?
如果你不讲,
那我就得去那、
森森鬼谷不见阳光!

苏尔维格:（微笑）
你这个谜好破,
可以对你讲!

培　尔:那么请讲!
我自己,
那个真正的我,
完整的我,
真实的我,
去到了什么地方?
上帝所赐的印记,
在我的额头上。
我带着印记去到了何方?

苏尔维格:啊,

　　　　　　你去到了何方？
　　　　　　你一直在我的信念里；
　　　　　　一直栖于我的希望。
　　　　　　你始终在我的爱情里，
　　　　　　和我一同欢笑歌唱！

培　　尔：（惊慌，向后退缩）
　　　　　　你说什么？
　　　　　　似乎在说谜语。
　　　　　　那样的人是你的儿郎。

苏尔维格：正是这样！
　　　　　　谁是孩子的父亲呢？
　　　　　　应该是，
　　　　　　听了母亲的祈祷之声朗朗，
　　　　　　于是就赦免孩子的、
　　　　　　那位至慈至善至尊至强！

培　　尔：（似乎有一道光照在培尔·金特身上。他哭出声来。）
　　　　　　我的妻子，
　　　　　　我的娘！
　　　　　　你这圣洁的女人，
　　　　　　啊，
　　　　　　用你的爱情和希望，
　　　　　　——把我深藏！
　　　　　　（培尔紧紧偎着苏尔维格，把脸贴在苏尔维格的膝盖上。长时间的静默。太阳升起来了。)

苏尔维格:(温柔地歌唱。)
　　　　　睡吧!
　　　　　我的至爱!
　　　　　我来摇你,
　　　　　守在你身旁。

　　　　　孩子坐在妈妈的腿上,
　　　　　和妈一道玩耍,
　　　　　从旭日东升,
　　　　　直到夕阳西降。

　　　　　一生都躺在妈妈的怀里,
　　　　　我的宝贝儿郎。
　　　　　我的至爱,
　　　　　上帝赐你吉祥!

　　　　　一生靠近妈妈的心房,
　　　　　现在已经疲倦,
　　　　　渐入梦乡。

　　　　　睡吧,
　　　　　我的至爱。
　　　　　我来摇你,
　　　　　守在你身旁。

铸纽人： （在茅房后面）
　　　　　培尔，
　　　　　咱们将在最后一个、
　　　　　十字路口碰上。
　　　　　那时，
　　　　　看你到底怎样——
　　　　　我不再多讲。

苏尔维格：（太阳普照四方。苏尔维格的声音逐渐响亮。）
　　　　　我来摇你，
　　　　　守在你身旁。
　　　　　我的至爱，
　　　　　睡吧，
　　　　　进入梦乡！

　　　　　　　　　　　　　——剧终

易卜生生平及作品年表

1828年3月20日 亨里克·约翰·易卜生出生于希恩市斯多克芒加登庄园。

父母：玛丽琛（婚前姓阿斯腾伯格）和克努特·易卜生，商人。

1835年 父亲生意破产，家庭财产被拍卖，举家搬迁到格尔彭的温斯托普农场。

1843年 在格尔彭教堂接受坚信礼；全家搬迁到希恩的斯尼佩托普；易卜生12月27日离开家庭。

1844年1月3日 抵达格里姆斯塔，给药剂师闫斯·阿鲁普·莱曼当学徒。

1846年10月9日 与莱曼的女仆之一，艾尔莎·索菲·闫斯黛特，产下一名私生子航斯·雅克伯·亨德里克森。易卜生承认父亲的身份，并承担今后14年的抚养费。

1849年冬 易卜生创作《凯蒂琳》。他的第一首诗《秋天》于9月见报。

1850年4月12日 《凯蒂琳》正式出版，作者化名为布林约夫·比阿姆。同日，易卜生离开格里姆斯塔，平生最后一次到希恩看望家人。

之后前往克里斯蒂安尼遏（奥斯陆），参加全国秋季高中统考，数学和希腊文成绩不合格。

易卜生作品首次搬上舞台：独幕话剧《武士冢》于9月26日在克里斯蒂安尼遏剧院上演。

1851年 与朋友一起创办了文学期刊《人类》，后改名为《昂德日姆纳尔》（北欧神话里的一个人物），以化名布林约夫·比阿姆发表了一些诗歌和讽刺剧。

著名小提琴家吴勒·布尔聘请易卜生到他在卑尔根创办的挪威剧院工作。易卜生从学徒做起，之后成为导演和编剧。他同意每年为剧院创作和排演一部新剧。

1852年 在哥本哈根和德累斯顿逗留三个多月，学习丹麦和德国戏剧。

1853年1月2日 《圣·约翰之夜》首演；挪威剧院正式成立。

1855年1月2日 《厄斯特罗特的英格夫人》首演。

1856年 《苏尔豪格的宴会》首演；这是挪威剧院第一次真正卖座的演出。该剧紧接着在克里斯蒂安尼遏剧院上演，并出版成书。

与苏珊娜·岛娥·图洛森订婚。

1857年 《奥拉夫·里列克兰斯》在挪威剧院首演，反响不佳。同年夏天，易卜生移居克里斯蒂安尼遏，9月初担任克里斯蒂安尼遏挪威剧院艺术总监。

易卜生的作品首次在国外上演：《苏尔豪格的宴会》于11月在斯德哥尔摩的皇家剧院上演。

1858年6月18日 与苏珊娜·图洛森在卑尔根举行婚礼。

11月24日 《海尔格伦的海盗》在克里斯蒂安尼遏挪威剧院首演,观众反应热烈。

1859年 长诗《荒原》作为"献给读者的新年礼物"在《新闻画报》上发表。儿子希古尔德12月23日出生。

1860-1861年 易卜生债务缠身并欠税,被债主告上法庭。在此期间,易卜生嗜酒,全家被迫搬家数次。在克里斯蒂安尼遏挪威剧院,他的剧本选择受到批评。

1861年 诗歌《特尔耶·维根》在《新闻画报》发表。

1862年 克里斯蒂安尼遏挪威剧院破产。同年夏天,易卜生前往古德布兰达尔峡谷和挪威西部搜集民间传说。

《爱情喜剧》出版。

1863年元旦 受聘担任克里斯蒂安尼遏剧院的艺术顾问,因此偿还了大部分债务。

第一篇关于易卜生生平的短文由他的朋友保罗·博藤航森发表于《新闻画报》。

3月 易卜生申请国家经费,未获批准,但获得了400元挪威币的旅行津贴,供他出国。(当时的一名男性教师一年工资约250元挪威币。)

10月 《觊觎王位的人》出版,发行量为1250册。写作长诗《患难兄弟》。

1864年1月17日 《觊觎王位的人》在克里斯蒂安尼遏剧院首演,大获成功。

4月1日 易卜生离开挪威,前往意大利并开始在罗马生活四年。

1865年　在意大利的阿里齐亚创作《布朗德》。

1866年3月15日　诗剧《布朗德》由易卜生的新出版商（丹麦的裕登达尔出版社）出版，发行量1250册。当年再版三次。该剧是易卜生事业上的突破，为他确保了稳定的收入。

易卜生获得挪威政府每年400元挪威币的艺术家津贴，以及新一笔的旅行津贴。

1867年　在伊斯齐亚岛和索兰托创作《培尔·金特》。11月14日，该剧发表，发行量1250册。两周后再版，发行量更大。

1868年10月初　迁居德国的德累斯顿，开始与家人在那里的七年生活。

1869年　前往斯德哥尔摩出席斯堪的纳维亚文字大会。9月30日，《青年同盟》出版，发行量2000册。同年10月18日，该剧在克里斯蒂安尼遏剧院首演。

10月　前往埃及，作为官方嘉宾出席苏伊士运河开通典礼。

1871年5月3日　易卜生的第一本暨唯一一本诗集出版，发行量4000册。

丹麦批评家戈奥格·布朗德斯（所谓北欧"现代突破"文学运动的推动者）到德累斯顿，与易卜生首次碰面。

1872年　埃德蒙德·高斯的文章"易卜生的新诗"于3月在英国的《旁观者》发表。

1873年1月　高斯的文章"亨里克·易卜生——挪威的讽刺家"发表于英国的《半月评论》杂志。

6月　易卜生前往维也纳，担任世界博览会的艺术评委。

10月16日　《皇帝与加利利人》出版，发行量4000册。同年12月再版，发行量2000册。

11月24日 《爱情喜剧》首演于克里斯蒂安尼遏剧院。

1874年7月至9月底 易卜生与家人访问克里斯蒂安尼遏。这是易卜生自从1864年离开挪威后第一次回国。

1875年 《凯蒂琳》改编本出版，以此纪念易卜生二十五周年的作家生涯。

4月13日 易卜生全家迁居慕尼黑，开始在那里的三年生活。

1876年2月24日 《培尔·金特》首演于克里斯蒂安尼遏剧院。埃德华·格里格为演出谱曲。

《皇帝与加利利人》被凯瑟琳·雷译成英文。这是易卜生的作品第一次被译成英文。

1877年9月 易卜生被（瑞典）乌普萨拉大学授予荣誉博士学位。

10月11日 《社会支柱》出版，发行量7 000册，并于11月14日首演于丹麦的欧登瑟剧院。

1878年9月 易卜生迁居罗马。

1879年7月 易卜生全家旅行至意大利的阿马尔菲，在那里创作了《玩偶之家》的大部分。然后又辗转到索兰托，9月抵达罗马，10月搬回慕尼黑。

埃德蒙德·高斯发表《北欧文学研究》，大篇幅介绍易卜生。

12月4日 《玩偶之家》出版，发行量8 000册，并于12月21日在哥本哈根皇家剧院首次公演。

1880年11月 易卜生返回罗马。

1881年6月 前往索兰托，在那里创作《群鬼》的大部分。该剧于12月13日出版，发行量10 000册，受到读者严厉批评，影响了剧本的销售。

1882年5月20日 首演于芝加哥。

11月28日 《人民公敌》出版，发行量10 000册。

1883年1月13日 《人民公敌》首演于克里斯蒂安尼遏剧院。

1884年11月11日 《野鸭》出版，发行量8 000册。

1885年1月9日 《野鸭》首演于卑尔根国家舞台剧院。

3月24日 《布朗德》首演于斯德哥尔摩新剧场。

6月初 易卜生和妻子苏珊娜访问挪威，9月底经哥本哈根，10月回到慕尼黑，开始在那里的六年生活。

1886年11月23日 《罗斯莫庄》出版，发行量8 000册。

1887年1月9日 《群鬼》在德国柏林的王宫剧院上演，标志着易卜生在德国的突破。

1月17日 《罗斯莫庄》首演于卑尔根国家舞台剧院。

1888年 易卜生60寿辰，斯堪的纳维亚和德国举行庆典。亨里克·雅戈尔发表了第一本易卜生的传记。

11月28日 《海上夫人》出版，发行量10 000册。

1889年2月12日 《海上夫人》同时首演于德国魏玛宫廷剧院和克里斯蒂安尼遏剧院。

1890年12月16日 《海达·高布乐》出版，发行量10 000册，柏林、伦敦和巴黎的译本与原版几乎同时发表。

1891年1月31日 《海达·高布乐》首演于慕尼黑王宫剧院，易卜生出席当晚的首演。

7月16日　易卜生返回挪威,在克里斯蒂安尼遏定居,直至死亡。这一年,易卜生与比他小36岁的希尔杜尔·安德森结识。该女子通常被认为是易卜生《建筑大师》里希尔德·房格尔的原型。

1892年　威廉·阿切和查尔斯·阿切将《培尔·金特》译成英文散文。

易卜生的儿子希古尔德与易卜生的同事兼竞争对手比昂斯特尔纳·比昂逊的女儿结婚。

12月12日　《建筑大师》出版,发行量10 000册。

1893年1月19日　《建筑大师》首演于柏林莱辛剧院。

1894年12月11日　《小艾友夫》出版,发行量10 000册。

1895年1月12日　《小艾友夫》首演于柏林德意志剧院。

易卜生迁居位于克里斯蒂安尼遏的阿尔宾斯街和德拉门大街拐角处的公寓并在那里度过晚年。

1896年12月15日　《约翰·盖勃吕尔·博克曼》出版,发行量12 000册。

1897年1月10日　《约翰·盖勃吕尔·博克曼》同时首演于赫尔辛基的瑞典剧院和芬兰剧院。

1898年　易卜生70寿辰——克里斯蒂安尼遏、哥本哈根和斯德哥尔摩同时举行大型庆祝活动。欧洲和北美各地发来贺电。

1899年12月22日　易卜生的最后一部作品《当咱们死人醒来的时候》出版,发行量12 000册。

1900年1月26日　《当咱们死人醒来的时候》首演于斯图加特的宫廷剧院。

3月　易卜生第一次中风。之后几年身体每况愈下。

1906年 5月23日　易卜生在阿尔宾斯街的家中逝世。

© 民主与建设出版社，2018

图书在版编目（CIP）数据

玩偶之家；培尔·金特 /(挪) 易卜生著；夏理扬，夏志权译. -- 北京：民主与建设出版社，2018.9（2023.12重印）
ISBN 978-7-5139-2262-3

Ⅰ.①玩… Ⅱ.①易… ②夏… ③夏… Ⅲ.①话剧—剧本—挪威—近代 ②诗剧—剧本—挪威—近代
Ⅳ.①I533.34

中国版本图书馆CIP数据核字（2018）第183198号

玩偶之家　培尔·金特

出 版 人	李声笑
策 划 人	周晓斌
著　　者	易卜生
译　　者	夏理扬　夏志权
责任编辑	刘　芳
封面设计	邓琳娟
出版发行	民主与建设出版社有限责任公司
电　　话	（010）59417747　59419778
社　　址	北京市海淀区西三环中路10号望海楼E座7层
邮　　编	100142
印　　刷	大厂回族自治区彩虹印刷有限公司
版　　次	2018年9月第1版
印　　次	2023年12月第4次印刷
开　　本	880毫米×1230毫米　1/32
印　　张	18.125
字　　数	390千字
书　　号	ISBN 978-7-5139-2262-3
定　　价	68.00元

注：如有印、装质量问题，请与我们联系，联系电话：15810400792。